西西，她這樣的一位作家

何福仁　著

中華書局

一九三七年和母親、哥哥

一九三〇年代末兩歲

一九四〇年代初和父親合照

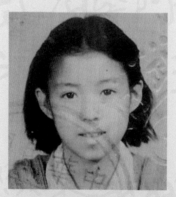

一九四六年初十歲

| 一九五〇年代在協恩中學讀書

| 一九五〇年代下旬葛師受訓

一九五〇年代聽 Bob Dylan

一九六〇年代西西和小學生

| 攝於一九七〇年代

| 一九八〇年代在黃河邊與羊皮筏子

一九八四年在土耳其

一九八四年在埃及。左起：朱楚真、張紀堂、西西、何福仁、辛其氏。

西西在廚房的小凳上寫了《我城》、《哨鹿》、《美麗大廈》等小說

‖ 在廚房的小凳上寫作

‖ 與素葉朋友合影。前排左起：張灼祥、許迪鏘、周國偉、
　 淮遠、何福仁、蔡浩泉；後排左起：辛其氏、鍾玲玲、西西。

一九八七年，送書及稿酬給莫言，右為張紀堂。

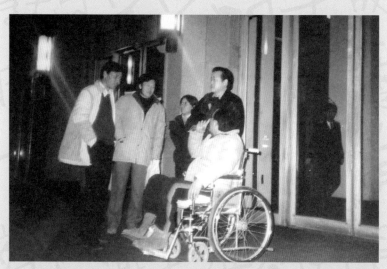

一九八七年北京飯店前。左起：鄭萬隆、李陀、西西、莫言、史鐵生。

一九九八年在土耳其 Pamukkale

攝於一九九八年

一九九八年攝於家中

二〇〇〇年摩洛哥和車上花貓

二〇〇二年德國馬丁路德譯新約處

｜二〇〇二年在柏林

｜二〇〇三年沙士期間在何福仁家中工作

｜二〇〇五年與黃飛熊坐「歐洲之星」火車

｜攝於二〇〇五年

二〇〇七年七十歲和十五歲的花花

二〇一〇年在馬來西亞國家公園

二〇一〇年和何福仁、紅毛猩猩

二〇一〇年青年廣場手藝展

| 二〇一一年手做猿猴

| 二〇一一年七月二十五日香港書展

二〇一一年，前排左起：許鞍華、西西、張敏儀、小思；
後排左起：張敏慧、關玲玲。

二〇一二年四月東莞圖書館

二〇一四年獲全球華文文學星雲獎

二〇一五年做玩具

二〇一五年拍攝紀錄片《候鳥》

攝於二〇一七年

| 二〇一七年八十歲

| 二〇一九年十二月在家中校讀《欽天監》

｜ 二〇一九年在美國俄大《魯拜集》詩人歐瑪爾‧海亞姆塑像前

｜ 二〇一九年三月往俄大領紐曼華語文學獎

二〇一九年底獲瑞典蟬文學獎

｜二〇一九年和素友合照。左起：梁國頤、辛其氏、西西、梁滇瑛、朱楚真。

| 二〇一九年十二月攝於家中

攝於二〇二一年五月四日

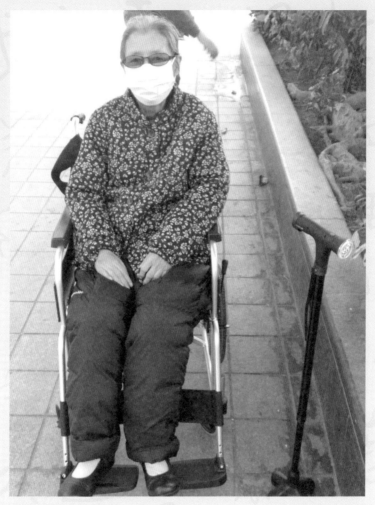

攝於二〇二一年

‖ 二〇二一年九月最後的一輪明月

前言

　　西西在《港島吾愛‧風箏》一文提到法國著名攝影師拉提格（Jacques Henri Lartigue, 1894-1986）的攝影，說他拍自己的家人，拍女性時裝、賽車、游泳、海浪，拍風箏，以及各種飛行物體，包括他兄長的滑翔機。他拍甚麼都好像飛起來，原來都不過是日常的生活。但有些東西，他從來不拍。西西在文末說：

> 有些甚麼是他不拍的？是災難、苦痛、不幸。他看過戰爭，兩次。他不是沒有見過苦難，但他要表現的是生活裏的甜美、開朗、良善的一面，叫人不要忘記，戰爭是短暫的。這成為了他不朽的藝術風格。

　　這其實也是西西不朽的藝術風格。

　　西西同樣經歷過兩次戰爭，一次是日寇侵華，另一次是國共內戰，在內地輾轉逃避戰火，最後才隨父母來到香港。她和

拉提格不同的是，拉提格家境富裕，六歲生日，父親就給他一部照相機，讓他隨意拍攝；西西少年讀書時，往往買不起貴重的書本，還得張羅學費，整個冬天因為衣服不足而鬧傷風。中年後提早退休，專心讀書、寫作，寫的可不是流行的暢銷書，而是不斷創新；因為退休金微薄，大部分的歲月沒有資格交稅。她可是樂在其中。

至於肉身的病痛，我們都知道，她挨受的要比一般作家多許多。即使到了晚年，寫作長篇《欽天監》時，眼睛仍受黃斑裂孔之苦。要說苦難，她豈會沒有見過，沒有親嚐？但她要表現的，同樣是生活裏開朗、善良、有趣的一面。她不是要麻痺自己，更不是要麻痺讀者，而是當遇到困難，就面對它，勇敢地，解決它，例如她因治療癌症，致右手喪失功能，她並沒有怨天尤人，而是運用左手努力學寫，多年來，竟然也創作不輟，寫出許多本書。看她一生的作品，我們沒有找到她對人生有一句怨言。這固然是出於本身的性情，積極，溫厚，與人為善，更是由於她對人世的看法，相信人還有善良的一面，她要表揚的，正是這一面。這是見過山不是山見過水不是水，而回復山是山水是水的清明之境。

是的，這是一種超越傷痛的境界，而她始終如一，表現出過人的堅毅。在《花木欄》精妙的代序〈答問〉裏，她寫：「你問我，愁字的筆劃是多少，我說，我們必須努力把這個字忘記。」寫災難、苦痛、傷痕，深挖人類醜惡的作品，還會少麼？人類會因此更幸福？環視周遭，人禍天災竟越來越多。

想起四十年前我試譯過唐納德・巴塞爾姆的一個短篇〈工

兵克利〉，這是西西很喜歡的小說，故事的主人翁一次大戰時在德國負責運送飛機，因為開小差，有一架飛機失掉了（又是會飛起來的東西），秘密警察一直在監視他。克利向天空搜索一番後，想到的辦法是，運用繪畫的才能在貨單上做手腳；居然可以瞞天過海，連目睹一切的秘密警察也稱讚他，想大力給他一個擁抱，限於「秘密」而不得不自我壓抑。這位愛讀中國短篇小說，愛繪畫和巧克力的工兵，竟是著名畫家保爾‧克利（Paul Klee）。收結時，克利說：

戰爭是短暫的，繪畫和巧克力卻是永恆的。

*

本書是我過去多年來所寫以及編輯西西書籍的文字，從第一篇〈《我城》的一種讀法〉（一九八八年），輾轉數十年，累積了二十多篇。歲月不留，想不到本年初還寫了幾篇追思。如今合為一帙。寫的時候，乃因應不同的需要、不同的要求，獨立成篇，時間不同，媒體有別，內容不免有所重複，其中有幾篇，曾見於《像她們這樣的兩個女子》一書，也不再刪修了；向這麼一位作家致敬，並寄予深切的懷念。

詞

鸚鵡 美麗入

哀悼 乳房 耳暗書

旋轉木馬 西西詩集

拼圖遊戲 白髮阿妹

西西 天科幻小說

心室 織巢 我的

某 石頭記

一、

綜述

西西：其人其事

按：本文乃根據講稿整理而成。香港教育大學在二〇二〇年十二月舉辦「西西作品國際研討會」，我應邀以 Zoom 形式發表演講。

要認真研究一個作家的作品，文本的細讀，最重要，不過作家這個人，作家的一些事，雖然屬於外緣，但也是有用的參考，令研究顯得更加融通、立體。至於更重要的「其文」，則要請教各位高明了。

為了方便，我將要講的分為六項：名字、年齡、地方、生活、工作、寫作。分項並不嚴格限定，難免會有重複，不過也會有所補充。

第一、從西西的名字說起

她曾經解釋西西這名字，很有趣，西西兩個字，就好像穿着裙子的小女孩在跳飛機，這是大家都知道的。不過西西，原名張彥，本來叫張燕，燕子的燕，但祖母認為燕字意頭不好，因為燕子長大了，就飛走了，像白居易詩中所說「舉翅不回顧」，所以把燕轉為彥，發音相近。她長大了，一直和家人同住，並沒有「隨風四散飛」。

西西英文名是 Cheung Yin，這是她十二歲來港申報時，海關人員按照粵語做的音譯。Cheung Yin 之後，後來還加一個洋名 Ellen，成為 Cheung Yin Ellen。這是在香港協恩中學讀書時，升上中四，一九五三年，父親要她轉到英文部，為了將來出社會做事，較容易找到工作。洋老師認為同學有一個洋名比較方便，西西就選了 Ellen。於是大家就叫她 Ellen。早年有人翻譯她的作品，洋名逕譯為 Zhang Yan，她收到的版稅曾因此不能兌現。

西西中學開始寫作，用過許多筆名，藍子、皇冠、藍馬店、倫士，等等，也偶然出現張愛倫、倫，但大抵一九六二年開始用西西之後，其他名字逐漸淡出。不過，不可不知，當年在《快報》上連載《我城》時，名字是阿果；阿果是主角，由西西扮演，他的原型是她當年任職政府電話部門的弟弟。她另外在報上的好幾個專欄「閱讀筆記」、「隨耳想」、「花目欄」，用的也是阿果。她不是唯一的阿果，在文化界，卻是最早的阿果。

至於西西這筆名，一般譯為 Xi Xi，這是普通話的音譯；過去，更早的時候，有人按粵音譯為 Sai Sai。當然是可以的，最好在 Sai Sai 之後括號 Xi Xi，或者 Xi Xi 之後括號 Sai Sai。這是香港兩文三語的特色。

可是「西」的粵音是先稽切，先稽切音，西；將西西讀成 Sai Sai，粵語有些微差異。一定要選一個，西西選 Xi Xi，因為她運用的是漢語的書面語，日常生活用粵語，而無需強調寫作也是用粵語。雖然，需要的話，她在作品裏也會用上粵語的詞彙。

第二、年齡

她的香港身份證説明是生於一九三八年十月七日，這和真實的情況有出入。

她大妹二〇一六年離世，其遺物發現一家人在上海的國民身份證，西西原來生於一九三七年。當年內地人赴港，可以自行申報出生日期。出於不同原因，有的報大，有的報小。父親把西西的年齡報小，是為了入讀中學，不宜超齡，因為來港時九月後中學已經開課。她因此可以自行逛街，無意中看了一齣粵語片，大喜，她發現了一個從此生活的新世界：香港。

西西的生日，上海國民身份證是十月七日，其實是指陰曆十月初七，跟陽曆相差約一個多月。老一輩的華人社會，生日往往以陰曆計算。入境處的職員也許為免麻煩，索性寫十月七日，把陰曆當做陽曆。陽曆應該是十一月九日。換言之，西西

的生辰是：一九三七年十一月九日。

這麼計算，今年二〇二〇年，西西八十三歲。

不過多年前她接受一位記者訪問，記者說她有童心，她就說二十七歲後，就停止長大了。

第三、地方

多年來，西西去過許多地方旅行，她喜歡旅行，平日節儉，努力積蓄，就為了旅行。她的《看房子》記錄了一部分。

西西雖然原籍廣東中山，但中山並沒有親人，父母早兩代已移居上海。她到過中山，到過孫中山的故居，已經像遊客。至於上海，她在《候鳥》裏寫過，寫得很詳細，在《候鳥——我城的一位作家》紀錄片裏更自己用積木重建。她入讀「新閘路小學」，在那裏完成小學。為了拍攝紀錄片，我二〇一五年去過，已經翻修，並且已成區內名校，如今叫「上海市靜安區第一中心小學」。

上世紀九十年代西西到上海探親，故居仍在，後來再去，已經拆卸。

十二歲後，一九五〇年，她跟隨父母到了香港，就在香港定居，在香港成長。

還有一個地方，她有一種特別的感情。雖然不曾在那裏長期生活，那是台灣。她大部分的書都由台灣洪範出版。以往編製出版的《香港年鑑》（一九八九年），就曾當她是台灣作家。

總結一下：她在內地十二年，在香港，七十一年。

不久之前她的《縫熊志》譯成英文，書很漂亮，西西覺得 Christina Sanderson 譯得很好，不容易譯的書。主持編譯的 Prof. Minford（閔福德教授）在序裏說：

Xi Xi is very much a writer 'made in Hong Kong'.

西西讀了很高興，覺得自己的確是「香港製造」。

回頭宏觀地看製造西西的整個過程，在她成長的時期，可算是非常難得的機遇。在一九六○、七○年代，這地方跟其他華文地區對照，資訊最流通、最自由，可以讀到各地各種書刊。

當年台灣還在戒嚴時期，大部分五四作家的書成為禁忌，但仍然出了許多非常出色的作家，因為仍然可以看到外國的書。至於大陸，相對地孤立，六六年且開始十年文革。

西西在內地經歷兩次戰火，日本侵華、內戰，第二次很深刻；然後在年青時，適逢世界藝術電影成熟的黃金期，產生許多不朽的作品。她受衝擊，努力吸收。此外，她見證了香港七十年來的變化，以至內地從封閉到開放，種種變改。這些特殊的經驗，她會活用、會轉化。

西西較早的〈瑪利亞〉，已經可以看到，只有香港作家才會處理那種題材，修女、僱傭兵，還有那種視野、那種關心，又突破了這小小的香港。

又如她的第一本書《東城故事》，也可見受西方電影的啟發，她讀到五四小說，但少見影響的痕跡，更多的是香港這個

華洋雜處的特色。

正如許多論者指出，西西並不止於是一個地區的作家。香港，是出發點。她是從特殊，走向普遍；從一個特別的地方，走到其他地方。

第四、生活

要了解西西的生活，有兩本書是必需的參照：

一、《候鳥》；二、《織巢》。

這兩本書大部分是西西的長篇自傳。可以獨立地看，但一如書中的親情，是血脈相連的。當年，一九八一年在《快報》連載，本來是兩卷接續。

對西西其人其事有興趣的人，要讀，就是對小說敘事藝術有興趣，也可以看，名字、地名之類改了，情節有加有減，人物有的又轉移了，所以雖有事實根據，可仍然是小說。兩書的內容，無需複述，也都不能夠簡化地複述，讀者自己讀，而且要慢讀。我只覺得，書名其實可以互換，因為上卷的姐姐素素沒再離開，一直努力編織一個可以安頓的家；下卷的妹妹妍妍才是候鳥，來而又走，最後又回來了。

此外，有一本書少人留意和西西的關係，以為純屬虛構，那是《飛氈》，其中寫花順記，其實是她外祖父和母親的故事，外祖父花順記曾在上海開設汽水廠。

在香港，西西大部分日子在土瓜灣居住，曾住在長寧街的「美利大廈」，當年瘂弦給她寫信，寫成「美麗大廈」。這美麗

的誤會，她寫成長篇《美麗大廈》，緊接着《我城》在報上連載，從一個城，收小為一座大廈，一橫一直，從宏觀到微觀，筆法、語調兩者完全不同。這大廈住了來自內地、五湖四海的人，南腔北調，但仍能守望相助。這其實也是香港早期的縮影。

她在這大廈居住的實用面積甚少，但想像的空間無限，她在廚房旁放一小凳，在凳上寫了《我城》、《美麗大廈》、《哨鹿》、《哀悼乳房》等等許多小說。她在任何環境都可以寫。

西西來港初期的生活，比較艱苦。祖父祖母在內地過身。香港一家九口，外公外婆、父母、兄弟姐妹五人，父親是唯一的經濟支柱。

在校讀書時常為學費、家政費等發愁；她不斷投稿，固然是對寫作有興趣，另一方面也是想賺一點稿費，可以幫補買書簿。

父親早逝，一九六七年。西西一直和母親、大妹一起生活。兄弟及幼妹結婚後另外組織家庭，她和大妹都沒有結婚。她們仁後期都是病號。母親二〇〇〇年過世。我覺得這位老人家很了不起。《候鳥》中寫丈夫先到香港找工作，由她獨力扶老攜幼，從內地輾轉來到香港。年輕時是編織高手，家人的毛衣全是她的手作。《飛氈》裏的花艷顏，寫的就是她；然後成為白髮阿娥系列的主角。我想，西西認識足球，來自父親的啟蒙；對毛熊、布偶的編織，多少是母親的遺傳。

大妹病前曾在私家醫務所做護士，所以也可以幫助照顧母親、西西，但後來，她自己也生病了，一種怪病，是腸癌的一種，俗稱「玻璃肚」。總之，抗病七年，生命力很頑強。西西

反過來要照顧她。

至於西西，我們知道她一九八九年患乳癌，她打破傳統禁忌，把治病過程寫成《哀悼乳房》，因手術的後遺症，右邊身體淋巴腺受損，右手逐漸喪失功能，二〇〇〇年終於失靈。之後，她改用左手寫作。癌症治好，再沒復發，不過中年後的西西，毛病不少，高血壓、高血糖、高血脂、風疹、胃病；對豆類奶類敏感。困難、病痛那麼多，但她從不訴苦，作品充滿樂觀精神，體現一種中國人樂以忘憂、圓融達觀的生活態度。

第五、工作

西西多年來做過報章的電訊翻譯，做過《中國學生周報》、《大拇指周報》、《素葉文學》編輯，編輯的工作大都並不收酬，也不是全職。

她全職的工作是教書。西西在官立小學大約全職教了二十年。

一九七八年，西西四十一歲（以一九三七生年計），因為教師太多，學生減少，教育署讓教師可以選擇提早退休，他們叫這做「肥雞餐」。教育署如今叫教育局。西西提出申請。

退休後，四十多年來，大部分時間有一樣她沒有資格：交稅。

她是公務員，每月有退休金，但只得原本薪金三分之一，退休時原薪不足四千港幣，每月獲退休金一千三百元。當初以為節儉一點，應該不成問題。問題是香港生活指數高，而且不

斷通脹，一九八〇年代漲得很厲害。

她要到五十五歲正式退休年齡，才可以調整。但畢竟退休時薪酬少，五十五歲，只增多數千元而已，約五千多元。

所以不得不經常代課，也每天寫作專欄。稿酬不高，而代課以日薪計，教一整年的話，退休金就停發了。政府讓提早退休的教員轉職，到郵政局去，或者到公園去收票。她都沒有興趣。有人問她對哪些職業感興趣，她說想做動物園的管理員，野生的動物園，打理長臂猿、金絲猴、環尾狐猴。但香港沒有動物園，更沒有野生動物園。在香港，寫作是不能謀生的，何況她寫的不是流行、暢銷的小說。

所以所謂肥雞餐，其實一點不肥。不過她想，還是不交稅的好。

第六、寫作

長篇小說	九本
短篇	九本（加未結集，近一百個）
中篇	二本
其他	
詩集	三本
散文集	十三本
書評書介	三本
藝談對話	二本
影評影介	一本
合集	二本
	共四十四本（二〇二二年八月增補）

此外，我想指出兩個較少人提及的特點：

其一：西西是一個有「我」的作家。有我無我，不能作為好壞的判別，也不可能絕對化。

西西的「我」，她的作品固然許多都以我命名：《我城》、《我的喬治亞》、《我的玩具》、《像我這樣的一個讀者》，用得比其他作家多。主要還是，她的作品，許多都直接來自她自己，或近親的生活經驗。

例如《我城》，主人翁阿果的原型，其實是西西的弟弟，在紀錄片《候鳥 —— 我城的一位作家》裏，西西的弟弟講述自己在電話公司工作，他的朋友，有木匠，有海員，假期時旅行，到島外露營，偷菠蘿等等，都成為《我城》的情節，也是當年年輕人的活動。還有那種年輕人樂觀的心態，也是上世紀我城七八十年代的心態。

例如《我的喬治亞》，來自她經營的一座喬治亞微型屋，這屋子如今收藏在香港中文大學圖書館裏。

再如《哀悼乳房》，那來自她患癌的體驗，寫發現、療治的過程，再想到其他。又如白髮阿娥系列，以母親為原型，寫她晚年的生活。這是西西比較寫實的作品，寫作時，西西也逐漸走近母親的年齡。

但不要忘記，生活經驗成為小說，要經過藝術過濾，經過剪裁、轉化。西西這個「我」，是出發點，是切入點。自我的審視，在筆下其實成為他者，從特殊可以看到普遍，從一個小我，變成眾我。就像我城，其實亦反映他城。

舉一個轉化的例子：《候鳥》開初寫仍是嬰孩的時候，一

次僕人失手，把她掉落河水中，幸得一個陌生人相救；真正掉下水中的，西西告訴我，其實是她的哥哥。這個轉化很重要，這是緊扣大時代整個流離的主題，這種體驗，是她哥哥的，也是她的，也是那個時代的。

> 大家都說我的魂魄落在河裏了，家裏的老人帶香燭到河邊去拜祭，喊：素素，你回來啊。……到我長大了，一定會遇見各種各樣的河，那時候，我就到處再去找找我的那一點兒流浪的魂魄吧。

這成為小說的象徵。

又如，她小小年紀參加慶祝會遊行，大雨滂沱，疲累，病了，感覺又掉下河裏去。

又如〈像我這樣的一個女子〉，通過第一身我的敘述，反而與真實的我無關，是引用了親朋戚友的材料，但那種對愛情的看法，對身份從猶豫到確認，從認同宿命到拒絕認命，則是西西的。

她自創的「我城」，成為慣用語，早年在大陸、台灣，也有人用來稱呼他們的地方。「像我這樣的一個……」的句式，也有不少人用。

其二：西西寫作的題材、內容，伸向許多種，都有表現。

作家，寫十種八種已經不多見，但西西，伸向二十種。

先從她撰寫的電影劇本計起。

西西撰寫的電影劇本：《黛綠年華》（一九六七年），秦劍導演；《窗》（一九六八年），龍剛導演，她用母親的名字陸華

珍，都是應電影公司要求改編外國作品。

她希望劇本由自己創作。她自己創作過幾個劇本：一九六九年，《小孩與狗》，有仔細的分鏡頭，沒有人拍；一九七〇年，《寂寞之男》，是獨幕劇，登在香港的《海報》上，這劇本當時在台灣讀書的鄭樹森看了，轉發到他參與編務的刊物去，這是西西第一次在台灣出現。

她另外寫了一個電影創作劇，那是《瑪利亞》。

我們知道，〈瑪利亞〉是她參加《中國學生周報》一九六六年徵文比賽的作品，得了獎，她後來把小說改成劇本，去參加另一個比賽。說來有趣。那比賽叫「十八般文藝」，由政府處理民政的部門主辦。兵器可能有十八種，文藝有沒有十八種，我不知道，那大概是泛稱吧，參加的可以是小說、散文、詩、劇本，諸如此類，混合起來，不同的類型，各有特性，怎麼評審呢？

當年，西西交出了《瑪利亞》的劇本，外國的修女可以改成華裔。她沒有得獎。她把底稿交好友陸離，陸離要看，看了，推薦給一位正籌組電影公司的大亨，結果沒了下文。沒有拍成電影，當然可以理解，因為沒有商業元素。

這劇本成為石頭，沉下大海。她從此專心寫作。她的寫作，倒有十八般，不，二十般武藝，伸向許多種題材、內容，都有表現。我試數一下：

一、劇本：剛才說過。

二、童話專欄：一九六〇年十一月在《天天日報》寫作童話專欄，嚴以敬畫插圖，這是她最早的專欄，可惜沒有剪存。

三、影話、影評、影論：一九六〇、七〇電影時期，適逢電影新潮，她用不同的名字，在《真報》、《星島日報》、《星島晚報》、《中國學生周報》、《亞洲娛樂》等以專欄形式發表。

自己也嘗試拍攝、剪接：蒙太奇剪接的《銀河系》（一九六八），近年還有台灣電影人借到海外參展。

一九七〇「牛眼和我」專欄，也寫了不少談論電影的文章。有人說她是香港紀錄片元老之一。一九六〇年代她寫作影評影介達四百多篇。

四、翻譯、採訪：一九六〇年中曾在報館翻譯電訊，並有一些文學的翻譯。

替《香港影畫》採訪明星，清新、活潑，和宣傳不同，她當人那樣寫。一度為中學中文科範文的〈店舖〉，也是《大拇指周報》採訪特寫。

五、畫文配合：她的散文，由自己繪畫、拼貼，如《剪貼冊》、《畫／話本》、《旋轉木馬》。

六、書評、書介：出版《像我這樣的一個讀者》、《傳聲筒》。近年專談小說的有《看小說》。

七、音樂專欄：一九八八年在《星島日報》寫「隨耳想」專欄。

小說〈感冒〉即利用音樂來寫人物的轉變。

八、足球專欄：一九九〇年世界盃，曾在《明報》每天寫觀看的專欄。

華語女作家能寫這種文章，既不比足球專家遜色，又能以文學、文化的角度，最先喻之為「嘉年華狂歡節」，可說至今

未見。

小說〈這是畢羅索〉，則寫和曾任足球教練及裁判的亡父一起看世界盃。

九、談繪畫專欄：曾先後在《中國學生周報》寫「畫與畫家」專欄，及後編《大拇指周報》藝叢版，談畫。

她告訴我，當年教書每個月領薪酬，就到辰衝（Swinton）買一本大畫冊。

十、文學、文化對談：出版《時間的話題》。

十一、縫製毛熊：縫是一面，另一面是寫熊。寫出中國服飾毛熊系列。出版《縫熊志》。

十二、縫製猿猴：為瀕臨絕滅的靈長類發聲，出版《猿猴志》。

十三、旅遊：出版《看房子》。

十四、科幻文學、電影：對談專書，出版《西方科幻小說與電影》。

十五、詩：她十多歲最早投稿的是詩。做編輯，最早是編《中國學生周報》「詩之頁」。

出版《石磬》、《西西詩集》；《動物嘉年華》繪本，二十七位畫家主動替她的動物詩配畫。二〇一九年她並因此獲得兩個外國的詩獎。

十六、散文：長期積累，數量甚多。

十七、推介中國大陸新小說：在一九八七年編輯四本大陸新時期作家的書，最早向台灣文學界引介莫言、王安憶、韓少功、李銳等人。

十八、電子報上的專欄：二〇〇〇年，詹宏志在台灣創辦最早的電子報，西西應邀寫作一個網上專欄。

十九、談玩具：在周刊上寫了兩年，出了一本彩色圖文的《我的玩具》。

二十、小說：當然，還有小說。最後一本長篇是《欽天監》，斷斷續續寫了五年，其間眼疾黃斑裂孔，康復後再執筆完成。

多年來能夠不斷開拓、創新，我想，她始終能以一種好奇的眼光看世界，真誠、善意地對待萬事萬物，探索、寬容，不怕困難、挫折。她比大多數人有更多的困難、挫折，但她不抱怨，右手失靈，她會說我還有左手。且堅毅努力，對物事尋根究柢，仔細研究，更善於轉化。

西西，她這樣的一位作家

按：西西在二〇二二年初得香港藝術發展局頒終身成就獎，本文應邀而寫，刊於該局第十六屆頒獎的刊物。因資料重複，略有刪節。

　　西西，原名張彥，一九三七年生於上海。經歷抗日、內戰，輾轉幾個地方，然後完成小學。一九五〇年，西西從南方的上海來到更南方的香港。

　　初來香港，一家人借住親戚的地方，稍後租住九龍紅磡寶其利街，才算有了自己的家。父親逝世後，她們一度搬到親友在北角空置的照相店，得以學習沖曬。哥哥後來因此成為攝影師，曾任職麗的呼聲新聞部，棄用的新聞片，經主管的許可，給了妹妹。西西把棄片重新拼接成蒙太奇的組合，稱為《銀河系》，約五分鐘，近年還有年輕電影人帶到各地參展，稱她為香港實驗電影其中一位元老。串連既有材料，翻出新意涵，成

為西西寫作慣用的一種技巧。

幾年後從北角重返土瓜灣，居住美利大廈；台灣詩人瘂弦寫信給她，寫成「美麗大廈」，她居然收到，於是也不改了。這大廈住了來自五湖四海的新舊移民，鄉音難改，且把各自的生活口味帶來，不過同樣可以溝通，和洽地聚居，更能自發組織防盜。這是當年香港精神的縮影。她後來寫成眾聲複調的小說《美麗大廈》（一九七七）。再然後，一九九七年，搬近土瓜灣九龍城碼頭。

西西來港後就讀協恩中學，教書時就在母校對面的農圃道官立小學，超過半個世紀都在土瓜灣度過。她長期在土瓜灣寫作，還寫過許多與土瓜灣有關的作品。在美利大廈，她在洗手間張開一張小摺枱，坐在另一張小凳上，寫出了《我城》、《哨鹿》、《哀悼乳房》等等。土瓜灣屬九龍城區，雖舊，卻人文薈萃，當年史學、哲學名家錢穆、唐君毅、牟宗三等人在桂林街創辦新亞書院，以及新亞研究所，新亞研究所則於一九五六年遷入土瓜灣農圃道。西西曾在新亞旁聽牟宗三講《易經》，用心聽講，並且寫成長文〈上學記〉（一九九五，收於《旋轉木馬》）。

香港中學當年採六年制，初中及高中各三年，然後會考。西西初中時在中文部，高中時學校增設英文部，父親認為轉到英文部去前途會比較好，儘管她老大不願意。由於生活艱苦，常為學費、堂費、各種雜費發愁。香港那時尚未推行免費教育。每月一號，班主任按例逐一點名向學生收取。而父親的公司每月二號發薪，所以要到三號才能繳交，每次紅着臉對老師

說三號才能繳交，當然尷尬難堪。曾有老師替她墊支，也曾有富裕的同學借錢給她。好幾個冬天，她都只能穿着薄薄的布衫和毛線衣上學，一直鬧傷風，母親問她夠暖嗎，她總說夠暖。厚厚的英文歷史書，她買不起，要看旁邊同學的書。她漸漸適應了香港的生活，經過不斷的努力，功課趕上了，開始贏得老師和同學的讚賞，尤其是中文科，作文她經常取得最高分。老師在課堂上讀出她的文章，還有文章刊登在校刊上。

中學時西西已開始在報刊、雜誌上投稿，作品散見各報的學生園地：《星島日報》、《中國學生周報》、《青年樂園》。她喜歡寫作，也可以賺一點稿費作零用。她第一篇公開的作品，是《人人文學》的一首十四行詩〈湖上〉，當時只有十五歲。那些年，她寫過許多短詩，還附上自己的繪畫或者木刻，名字小紅花，或者皇冠，往往還附上校名協恩中學。一九五七年，

中學畢業證書（一九五七年）

EDUCATION DEPARTMENT
HONG KONG

Grantham Training College
TEACHER'S CERTIFICATE

This is to certify that

CHEUNG Yin (張　彥)

having successfully completed the One-year Course at Grantham Training College and taught for two years as a teacher-on-probation to the satisfaction of the Director of Education, is hereby qualified to be a Primary School Teacher.

....
Director of Education

....
Ag. Principal

Date: **5th April** 1961

葛量洪教育學院畢業證書（一九六一年）

西西沒有升讀大學，考慮到昂貴的學費，選擇進入葛量洪教育學院（今香港教育大學），一年學習，兩年實習，實習時已經有薪水，可以幫補家計。實習期間，她寫成小說〈和孩子們一起歌唱〉（一九五八），描述她在樓宇的天台教導貧童，取得《青年樂園》的徵文比賽冠軍。畢業後她任教於官立小學，一九七〇年代曾積極參與爭取教師權益的運動。一九七九年教師過盛，她申請提早退休。開始專事寫作，偶而應聘代課。

一九八七年，她活用香港特殊的優勢，把當時中國內地重新開放後新銳作家的小說寄到台灣去，包括莫言、李銳、韓少功、王安憶、張承志、余華等十八位，先後編了四本選集。這些作家，如今在內地已大大有名。書出後她還親自送稿費到北京、上海、廣州和深圳。當然可以郵匯上去，但大家都希望面敘，也怕郵誤。結果她自己收到的版稅都花在旅費上，但她很愉快，還趁便會見了好幾位翻譯拉丁美洲小說的西班牙文專家。後來莫言的《紅高粱家族》、李銳的《厚土》在洪範出版，也是她的轉介。

她早期較多用的筆名是藍子，之後主要是西西，偶用阿果。許多年後，她在報上連載《我城》、《飛氈》（一九九五）等，也附上自己的繪畫。《我城》之作，明顯是要告別那種她並不相信的存在主義的氛圍，轉而運用創新的轉喻，一種詩意的語調，加上獨特的結構，寫年輕人踏實、愉快地工作，認同本土，追尋並肯定自我的身份。書中不乏對現實的憂慮，但不是焦點，西西另有更多反思社會問題之作，而輕重本末，自有選擇的分寸。至於「我城」之名，言簡意賅，已成普遍用語。

西西的寫作，成書之前，往往通過報章的專欄形式發表，大概從一九七〇至二〇〇〇，也是報章副刊的黃金時代。她最早的專欄，是一九六〇年的童話專欄（《天天日報》，由嚴以敬配圖）。六〇年下旬，遇上意大利電影的新寫實主義和法國的新浪潮，開始她的電影時期，在報上、雜誌上寫作了大量影話、影論，用清新的筆調訪問影星。據學者趙曉彤的搜集，有四百多篇。宋淇當時在邵氏當編審主任，找她編劇，她用另一筆名編出《黛綠年華》，改編自《小婦人》（*Little Women*）。龍剛導演的《窗》，也是她應要求改編柯德莉‧夏萍的《盲女驚魂記》（*Wait Until Dark*，港譯《奇謀妙計女福星》）；她曾建議改編卡繆的《瘟疫》，但她留意到並提出版權的問題，最終沒有拍成。西西為電影公司編劇的經驗，不完全是愉快的，主要是不能發揮自己的創作；當年的電影公司，以商業為務。她真正自己寫的，是《瑪利亞》，小說曾得獎，她把它改編成劇本，仔細地分鏡頭，好友陸離看到後把它寄給開創電影公司的鄒文懷，結果石沉大海。

　　一九六〇年代下旬她曾任報章的電訊翻譯，並一度任《中國學生周報》詩頁的編輯，因見來稿的詩太多晦澀難明而辭任。一九七五年，完成《我城》的連載，她和一群朋友創辦《大拇指周報》。一九七九年，因見當年出版嚴肅作品的出版社甚少，她和張灼祥、辛其氏、鍾玲玲、周國偉、杜杜、許迪鏘、何福仁等人成立素葉文學出版社，曾出版文學叢書七十五種，售書所得，用作出版新書之用。叢書之外，稍後又出版文學雜誌《素葉文學》，共六十八期。素葉雖為同人合辦，但園地開

放，叢書及雜誌展示了不同類型的豐碩作品，培養了不少年青作家。一九八二年，西西原刊《素葉文學》的小説〈像我這樣的一個女子〉，瘂弦在《聯合報》副刊重發，大受歡迎，開始了她和台灣的文學緣。她後來大部分的書都在台灣洪範書店出版，以往的《香港年鑑》更曾稱她為台灣作家。但倘説她是「出口轉內銷」，也不全對，因為在這之前，香港文學的內行人無不認識西西。

一九八九年九月西西曾因癌病入院，接受連串治療。在治病期間斷續寫成《哀悼乳房》（一九九二），揭示治病經過，以及對疾病、對生命的思考。手術後康復，雖仍受各種疾病困擾，卻無損她的寫作，一直創作不輟。先後出版了《故事裏的故事》（一九九八）、《旋轉木馬》（二○○一）、《拼圖遊戲》（二○○一）、《白髮阿娥及其他》（二○○六）等書。二○○○年則因手術的後遺症，淋巴腺受損，右手日漸失靈，終於完全失去功能，乃毅然改用左手寫作，之後完成了長篇《我的喬治亞》（二○○八）、遊記結集《看房子》（二○○八）、《我的玩具》（二○一九）、《看小説》（二○一九）等書。《我的喬治亞》一書從她喜歡的微型屋出發，回溯香港和英國糾結交纏的歷史，可説是《我城》的前傳，也寄寓了她對將來的思考。

二○○○年，她學製布偶、毛熊，也作為右手的物理治療，曾因此獲得熊藝設計首獎，於二○○九年出版《縫熊志》。這書的內地版，獲得內地許多報刊選為年度好書。二○一○年，她以猿猴為主題，出版《猿猴志》，通過縫製、抒寫，以及談話，澄清猿猴的形象和書寫；珍重其他生靈，正是關心人

類自己。

綜觀西西六十年來的文學歷程，最矚目的是那種源源不絕的創意，往往化鐵成金；她的小說，不論長篇短製，形式千變萬化，一篇一貌，縝密細緻，而又呼應社會現實，緊貼時局遷變。環視香港的文學創作，能當下呈現回歸前後許多年的變化，出入現實臨即與想像虛構，計質和量，當為此中翹楚。多年來，她通過《我城》、肥土鎮的眾多故事、〈浮城誌異〉（一九八六）、《飛氈》（一九九六）等長短篇，運用象徵、轉喻，為這地方營建了一個既獨特又意蘊豐富的文學世界。

年逾古稀，仍然創作不斷，近年出版長篇《欽天監》，曾為此重訪北京，攀上古觀象台，無論形式與題材，俱為新創。二〇二〇年初，她曾輕度中風，住院一個月。最近文稿整理出短篇小說集《石頭與桃花》；並選出二十三首有關動物的詩作，和二十七位畫家合作，成繪本《動物嘉年華》。

西西為人一如她的寫作，觀人審事，睿智精準，一直保持赤子的初心；且樂於助人，不求回報。她沒有敵人，要是有人妒嫉她的成就，那是她沒有辦法的事。她寬容，不等於不會分辨是非。當年在北京，曾跟李陀見過數面，李陀觀察入微，說西西「外柔內剛」，是的，西西青年時代已認定做人以及作文的取向，不喜爭辯，但有所堅持，一以貫之。

對於藝術發展局頒給她終身成就獎，她表示非常高興，感激。

二〇二二年二月

候鳥：記憶一些西西

一

西西，原名張彥，出生之初名張燕，因祖母認為燕子長大後離家不顧，意頭不好，乃轉燕音為彥。西西在一首詩〈家族樹〉中自言外祖母的外祖母，原籍西班牙，所以皮膚黝黑，長着女巫式折曲鼻樑，而母親的膚色輪廓就是那樣。她沒有折曲的鼻樑，並不太像她的母親，反而她的大妹，成年後越長越像。不過西西遺傳了黝黑的皮膚，童年時，鄰居當她是印度人，長大後，她到中東旅行，披上面紗，露出大眼睛，貝都因人（Bedouin）沒當她是外人。中學時，洋老師派她演出莎劇《威尼斯商人》，演甚麼角色？那個猶太商人。

這一陣，朋友叫我一塊玉。我說，呵，我可有個一塊「玉」的故事：讀中學的時候，班主任有一天把我叫去，另外還有其他班的同學，說是讓我們演個戲，慶祝校

慶。戲目是《威尼斯商人》，莎士比亞作品。全班同學，
只我一人入選，回到班上，我很神氣，老師是英國人，
找我演戲，自以為是由於英文比別人強。

角色派下來，原來找我演糟老頭子猶太商人，硬要割切
小伙子一塊肉。我人很瘦，又天生黑炭一般，扮糟老頭
子根本不用化妝。戲演過後，同學都叫我一塊肉。一塊
肉和一塊玉，粵語同音。

我從小就是黑炭，母親自稱黑牡丹，我自認一塊炭。一
塊炭也有故事：母親上街，一出門坐上三輪車，我就在
車後追趕，當然追不上，一面哭一面自己走回家。好心
的過路人看見了，就說：小妹妹，我帶你回家去吧。那
人領我過馬路，一直帶我到家對面的印度會去，誤以為
我是印度娃娃。

──《花木欄·一塊炭》

　　這是西西式的自嘲，那位猶太借貸商 Shylock 在莎劇中絕
非閒角。最初一家人居住在公共租界虹口區的同孚路（今石門
一路）。西西出生翌年，一九三九年日軍侵華時上海淪為「孤
島」，尚未侵佔歐美租界。一九四一年，日軍偷襲珍珠港，迅
即佔領整個上海。為了逃避戰亂，西西隨父母遷避浙江金華蘭
溪市上徐村，寄住二姑母家。當時四歲，年紀太小，對之前同
孚路的舊居並沒有印象。後來，她聽說那是上海石庫門兩層建
築的樓上，從樓上的梯級下來，通向一條露天的吊橋，橋道的
另一端是一間小房間，叫「亭子間」。

以前，住在一間有木百葉窗，有一個煙囪，牆上滿是圓石子的屋子裏的以前。每天上學，我得走很遠的路。一個人，背了一個書包。有時候，繞過一個大圈，經過一座花園，叫做哈同。（你說，我那時窮得很厲害，從當年的哈同花園附近到西門鐵橋去上課，往來都是步行，有時連中午的一碗陽春麵的錢也要欠一欠。但是這時卻已經有了跑舊書店的習慣。）街上總是靜靜的，樹下有滿地的秋葉，手掌般大，我就會拾起好些，一路上撕剩一條梗，帶回學校去做遊戲。學校的名字是小沙渡路工部局七個字。操場是闊的，有鞦韆。其他的記憶，零散且模糊。也是以前，在一間有兩層樓的房子裏的以前。住在樓上，從梯級上下來，可以通向一條露天的橋道，走到一間房間的門口，那間房，叫做亭子間。

——《剪貼冊·以前》

　　亭子間是舊上海最富地方特色的建築，上面是曬台，下面是廚房，環境其實比香港的劏房差劣，那是人口擠迫、房子不足的惡果。西西記得亭子間，那是後來聽長輩說，並且讀到眾多文人的描寫，魯迅的《且介亭雜文》據說就是居住亭子間的作品。上世紀三四十年代的上海電影，也留下不少亭子間的寫照。但一家人是否真的住在石庫門的樓上，比她年長兩年的哥哥張勇後來告訴我，說恐怕不是，但的確是一座樓宇的二樓。

　　西西的《候鳥》一書，原本想加一副題：「一些記憶」，她在後記說：

如果這些記憶和過去的時代相涉，並不完全是偶然的事，我們這一輩，的確從小就身不由己，隨着父母為了這樣那樣的原因遷徙，在遷徙裏艱苦地、緩慢地長大。稍為安定下來，又發覺身邊的許多人，又開始了另外的、也許更為遙遠的遷徙。然而，也終究只是一些記憶罷了，這裏面並沒有甚麼因果得失、是非成敗，並沒有一些人寫讀傳記、歷史時的願望：從過去透視未來，從個人或集體的反省裏獲得智慧。我絕不敢懷疑這種智慧，我只是抱歉自己並沒能夠把它帶給讀者。而這，或竟就是小說與個人傳記、集體歷史的分別吧。

書中記載敘事者素素年稚時從河裏撿回來的段落很動人，母親告訴素素：當素素還在手抱的時候，照顧她的姑娘，抱着她在橋上看河，一不小心把她掉進河裏。那時正值冬天，風很大，年輕的姑娘嚇得六神無主，連忙走到河裏去撈，雙腳卻陷進軟泥巴裏，移動不得。忽然岸上經過一個人，二話不說，跑進河裏把她抱起，又把姑娘攙扶上岸。把孩子交給姑娘，走了。《候鳥》這樣寫：

> 從河裏撈上來，我喝了很多河水，整個人都是濕的，病了很久，老是肚子瀉，又呆頭呆腦，大家都說我的魂魄落在河裏了。家裏的老人家帶香燭到河邊去拜祭，黃昏的時候，他們在河邊喊：素素，你回來啊，素素，你回來啊。……誰知道我的魂魄是不是真的回來了，媽媽說，我一直是個笨女孩。大家都說，我的魂魄還有一些仍舊在河裏，也許是吧，我永遠也不能把我全部的魂魄從河

　　　　　　　　　　　　西西，她這樣的一位作家

裏找回來了，我以後會一直是個笨女孩。……到我長大了……我就到處再去找找我的那一點兒流浪的魂魄吧。

　　西西告訴我，掉進河裏的，其實是她的哥哥。不過母親後來向兒女提及的，的確這樣告誡他們：長大了可要一直記得呀，那麼冷的天，這麼一個人跑到河裏去，自己一定全身濕了，而且整個人都是泥巴；長大了，記得要隨時隨地毫無條件的去幫忙人家呀。這掉下水的意象，後來還一再出現。《候鳥》由洪範出版（一九九一），約十八萬字。純從主人翁林素素敘述，虛構之餘，泰半仍是寫實的；整本書，基本上是她輾轉幾個地方的記憶，從女孩到少女，從小學到中學畢業進入師範學院，敘事的語調、心神，也是從童稚徐徐轉到青年。西西借身於林氏一家小民，在大時代裏掙扎、調適，呈現堅韌的生命力，而文字質厚樸實，娓娓說來，有情韻，有餘甘，也有壯闊的波瀾。研究西西其人其文，《候鳥》是起點。

　　到蘭溪之前，西西找回來那一點兒年稚的記憶，就只有打鈣針，因為一直害怕打針。打針是為了骨骼好、牙齒好。事實證明，年近八十的西西，牙齒基本上還是完整好好的。浙江二姑母家很富有，住的是大夫第。本來住在城裏，因為打仗，才搬到蘭溪鄉下。蘭溪當年豪族一姓嚴，另一姓祝。祝家曾出祝英台，祝英台真有其人，其事也並不完全虛構，她在舊社會女扮男裝勇敢求學的故事，曾激勵無數女子，可能也啟發了西西。祝家在晚清曾有兩姐妹入宮做太子乳娘，獲賜賞豪宅、田產。二姑母即嫁祝姓後人，擁有火腿莊、綢緞莊；在蘭溪鄉下

住的也是大宅，有許多傭人使喚。西西一家住在大宅的廂房。姑丈是讀書人，本身會中醫，卻能醫不自醫，一直有肺病，到杭州看病；姑母是護士，因而相識。據西西記憶，祝家內外大小事務，都由二姑母作主，且打理得井井有條。當時一般女子不識字，她識，更會算術；鎮日呼嚕呼嚕地抽着水煙，坐在客廳正中的扶手椅，分派工作，很有威嚴。

西西說起蘭溪上徐村，七十年後記憶猶新。上徐村是農村，哥哥上課，要到十里以外。西西年紀還小，鄰近也沒有學校收容女生，大人就教她習字，也背背古詩。

姑丈：是素素呀，長得這麼高了。

姑姑：那時候才這麼小。

姑丈：還是落在河裏撈起來的一隻小病貓呀。

姑姑：吃掉我不少蓮子哩。

姑丈：已經上學了吧。

姑姑：我們這裏可沒有學校。

姑丈：吳村那邊呢？

姑姑：寄宿的，只收男生。

姑丈：城裏也沒有女校。

姑姑：只好在家裏溫習溫習。

姑丈：看看找不找得到一些課本。

姑姑：哪裏找他們那種課本。

姑丈：就背一些古書好了。

姑姑：背背古詩也好。

——《候鳥》

其他時間，她百無聊賴，終日跟隨一位牧牛女放牛，牧牛姐姐教她認識自然界的各種事物，有時到田裏拔西瓜，用樹枝打破分吃；摘栗子，在地上踩去有刺的栗皮生吃。又到小溪裏捉螃蟹、蝦子。牧牛姐姐告訴她，到籬笆那邊的竹林，要小心一隻大公雞，很兇，會啄人。後來西西無意中闖進牠的領土，就被這大公雞追逐，啄了一下，手臂上至今仍留下印痕。結果被姑母宰了。西西説，可惜呵，牠不過是保護自己的家。

我曾被一隻大公雞追逐
七十多年前，被啄了一下
我的手臂還留下淺淺的疤痕
我想説，我從來沒有怪牠
相反，我要向牠道歉
因為戰禍
我們一家人避到鄉下
我小小年紀
無意中闖進牠的地盤
牠不過要保護大小全家
那些日子
日本軍閥侵華
大人們不是那樣
要保護自己的家園嗎？

——《動物嘉年華·大公雞》

姑母午飯後往往在大廳教村裏十來個小孩識字，書本是一字一圖，西西還會背誦出來：「人手足刀尺」；「山水田、狗牛

羊」；「几桌椅、瓦銅盤」；「一身二手、大山小石」。這些字，她本來都認識，小朋友用蘭溪話唸，她也當起小老師，教他們用國語唸。姑母聽了好笑，但還是不要再教了，姑母說，小朋友都不怕她，會把認字讀書當成遊戲，不再認真了。這位姑姑是個很嚴肅的人，但顯然外冷內熱。偶然，上前線的軍隊路過蘭溪，在山上的廟裏住一陣，小朋友都跑去看，和兵大哥攀談。西西比較熟悉其中一個連長，這連長叔叔會打仗，還會背詩，西西背「秦時明月漢時關，萬里長征人未還」，他會接口，「但使龍城飛將在，不教胡馬渡陰山」。部隊不多久走了，再沒有回來。大人說，都犧牲了。

一九四五年，抗日勝利後，西西七歲，一家人遷回上海，住中正西路三四五弄二號，門牌易記得很。西西最近還找到自己當年的「上海市國民身份證」，證件還連接數十張小小的購物券。中正西路之前叫大西路，之後不久，改叫延安西路至今。街名可也會隨人事遷徙。斜對面的里弄叫美麗園，鄰近靜安寺，西邊遠處則為兆豐公園，近旁又有愚園路。西西經常到公園玩，看池塘的蝌蚪、游魚。同住的家人，父母之外，還包括祖父母，後來又多了外祖父母、姨姨。西西有兄弟妹妹四人，大哥、兩個妹妹、幼弟。搬到中正西路，西西九歲，不多久妹妹張舜出生，再後是幼妹張禹。幼弟張堯則到了南方香港才出生。中正西路的房屋，本來是上海跑馬場的馬廄廢址，由一位堂叔安排；叔叔從外國回來，在洋行工作，會跟洋人打交道。父親先帶西西到來。由蘭溪回上海，父女坐的是烏篷船，經過富春江，然後是錢塘江，走了好幾天。

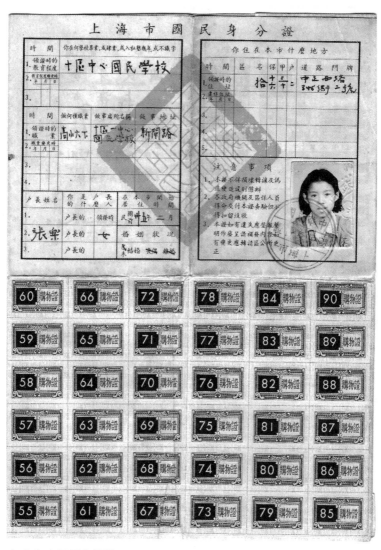

上海市國民身份證

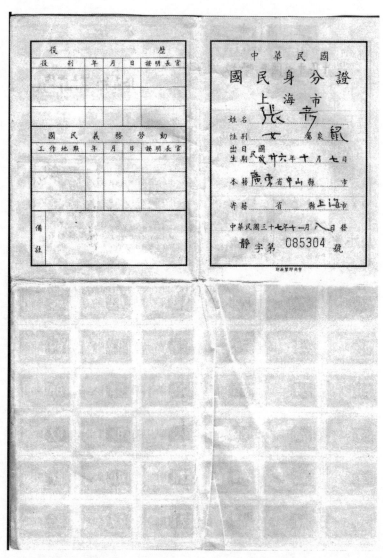

上海市國民身份證

西西，她這樣的一位作家

日本投降後，爸爸帶我先回上海，哥哥正在吳村宿舍讀書，我沒有上學，因為沒有女校。我是坐烏篷船離開蘭溪的，坐的是大烏篷，幾十人一船，分開睡在隔閉的船艙。船上有黑篷，圓形，彎到船的兩邊，四周沒有窗子，一切都是黑色的。船會兩邊搖，聽得見水聲，搖呀搖，搖着一盞昏燈，我很快就搖進了夢鄉。醒來時已是第二天的早上。爸爸早已起床，打水給我洗臉，又拿早餐給我吃。然後替我梳頭髮，紮了兩條小辮子。爸爸帶我坐到船頭，原來船外都是田，水在船邊，淺得可以看見水底的石頭。船的兩邊岸上各有五六個人一面哼呀嗨呀地喊，一面緊握纏過背脊的粗繩，彎了腰吃力地把船往前拉。許多年過去，我好像還聽到縴夫的呼喊聲。

——《我的玩具·烏篷船》

安頓好了，也替西西找到學校了，才接母親等一家團聚。父親一九六七年逝世，幾個月後，一九六八年，西西這樣懷念父親：

他們說，在眾多的孩子中，你最愛我。我們總是在一起。我們是那樣地坐過船的，好闊的好淺的錢塘江。每天早上，你就給我梳辮子，我們在一個城裏找到一間有個大煙囪有個大花園的屋子，晚上就睡在一張榻榻米上。我每天上學，就坐在你的腳踏車的後面，有一次，你為了避開一輛吉普車，我就坐在地上了。

——《交河·港島吾愛》

屋宇環繞馬匹運動場而建，西面是一列棚屋，東面是分為
三排十二幢二層高帶閣樓的平房，棚屋是馬廄，平房則屬馬
伕的宿舍，可以養鴿。戰亂時，馬不可能照跑，丟空了。馬
伕也離開了。他們住近門口的平房，本來是辦公室，地方相當
寬敞。樓頂有煙囪，煙囪再不吐煙，於是鳥兒在其中築巢。屋
後有大片泥地，有一陣，父親一位朋友還帶來兔子暫住，成為
她的玩伴。最特別的是這裏有冷熱水的瓷洗盆，英式壁爐，可
燒柴。只是一直不用，於是只供應冷水。浴室有花灑，又有抽
水馬桶，無疑都是當年全中國最先進的設備。西西很喜歡這屋
子。上世紀八十年代，西西到內地旅行時，先後兩次重訪舊
居，第一次仍在，再去已完全拆卸，變成高架橋之類。

　　我受喬治亞房子簡明樸實的外貌所吸引，其中也不乏別的
理由。我特別喜歡兩面坡屋面的房子，也許因為我曾經住
過那樣的房屋。那時候我才八九歲，住在上海的大西路，
後來改為中正西路，如今再改為延安西路。故居附近有一
座靜安寺，對面是一個名叫美麗園的小住宅里弄。我家住
的是大院子中的平房，院內一片空地，西面是一列棚屋，
東面是分為三排十二幢二層高帶閣樓的民居。這大院子不
是普通的住宅，而是馬廄的棚屋，十二幢房子住着的都是
馬伕，空地供馬匹蹓步。我們住的紅磚平房是職員的辦
公室。後來，馬匹還走了，馬伕離去了，才變成普通民
居。我非常喜歡那座平房，牆上都是卵石，一列百葉木
窗，兩面坡屋頂，還有一個大煙囪。花園可以種花。記
得一位叔叔曾經帶了幾頭兔子來，因為他的老家打仗，

要寄住在我們家，兔子成為我們的玩伴。那麼好的房屋，但同樣因為戰禍漫延，我不得不隨父母離開。

許多年後，我重返上海旅行，多次還到那裏去看房子，起初覺得殘破了許多；後來再去看，已給拆掉了。我很難過，好像我有些甚麼已經真的失去了。這種感情，並不是把這個那個拆掉，然後當地產項目發展的官僚所能了解的。我特別喜歡江南鄉郊的房子，因為它們也都是兩面坡頂，簡明樸素，它們和喬治亞房子很相似，只不過屋頂沒有一左一右兩個煙囪，而是從屋脊兩端各伸出一支蠍子尾飾。

——《我的喬治亞》

未到蘭溪之前，父親張樂任職海關檢疫員，商船進入上海，就隨同醫生上船檢疫、消毒。他穿上青蛙似的連套衣，戴上防毒面具。有一次，還帶了西西去，讓她留在小船上觀看。當年的虹口區，有個小廣東，聚居了許多廣東人，由於屋宇稠密，大車不能駛入，倘遇火災，消防車進不來，於是和廣東鄰居自發組織街坊滅火隊，一有火警，就每人拿一把斧頭合力搶救，彼此守望相助，所以有「斧頭幫」之稱，並沒有貶意。周星馳電影《功夫》的上海斧頭幫則是黑幫。

父親工餘參加足球比賽，退役後成為裁判員、教練。因此認識曾在上海出賽五年，有「中國球王」之稱的李惠堂，後來移居香港後獲李的轉介進入九龍巴士公司工作，當查票員，並一度兼任九巴足球隊教練。一九五〇年初南（華）巴大戰，是

香港體壇盛事，全城轟動。西西第一次去看足球，在上海，是在母親的肚子裏。上海一次足球大賽，父親擔任裁判員，由於是獎盃的決賽，母親也挺着大肚子去捧場，步履蹣跚，那時候西西才七、八個月大。後來在香港，父親清晨到花墟球場帶領球員練習，往往就帶了西西同去，她自己也在場邊練跑，然後一起上茶樓。她還記得當年南巴的足球名將，如鮑景賢、何應芬、李大輝。然後才坐巴士上學去。回到學校還早呢，她就在校園背書，所以默書總拿滿分。

> 清晨的空氣新鮮而寒涼，我覺得自己像馬，像河水，像飛鳥，但有時又覺得自己像石頭，像書包，像父親的釘鞋。四百公尺的一個圈子，我急跑一段，緩步一段，再急跑一段，又緩步一段，我跑一個圈，休息一會兒。跑步的確是快樂的經驗。父親並沒有跑步，他只看球員們跑，看他們的體操，看他們練習射門。……

> 六點半過後，早操的一群人從球場出來，在破曉的街道上，步行到附近的一家茶樓上去喝早茶，幾桌子的人，仍然只有我一個女孩子，大家總是叫我吃這個吃那個，我面前的碟子全是點心。在黑暗的球場上，我看不清楚別人的臉，但在茶樓上，我可以仔細地辨識這些人，報紙上有他們的照相，有他們的名字，因為他們多半是足球明星，但我看看他們，也不過是很普通的人，有的和善愛笑，有的慷慨激昂。

——《花木欄·花墟》

一九八六年，世界盃足球賽在墨西哥舉行，西西深夜看比賽，母親、妹妹都睡熟了，她竟感覺是和父親一起看，那是奇異的經驗，她因此寫了小說〈這是畢羅索〉，通過足球比賽，思考是非的判斷、成敗的得失等問題。也是因為父親的淵源，西西是華文界少有懂得看足球，且寫過足球專欄的女性作家。一九九〇年意大利世界盃，她同樣每夜追看，翌日在報上寫一則，是足球知識和文學文化的融合，其中一則是這樣的：

香港南巴大戰的年代，球隊沒有甚麼隊型可說，當然也沒有電視可看。那時報上刊登球隊的排陣，只是一二三五。一是龍門，五是前鋒，一字排開，彷彿他們在球場上應該是這個樣子。那時傳媒上的球評，都屬於「新批評」學派，就球員論球員，用不着通盤的分析，也沒有戰術美學的反省。甚麼雙翼齊飛、三角短傳，已經包括所有的足球肌理了。

後來，我們打開了視野。拉丁美洲的巴西出現，他們因為有很傑出的中場球員，於是踢出了四二四陣式，中場兩位負責瞻前顧後，而英國也創出了 WM 式，然後，又有所謂四三三。……一時間大家都有一套這樣那樣的戰術了。球評家忽然發現了球場的深度和廣度。而比利的十號球衣，以至巴西，成為藝術的「意符」，這時候，足球是否可以說進入了「結構主義」的時代呢？

七〇年代以後，荷蘭告魯夫他們推出「全能足球」，新的意識、新的詮釋，把足球看成開放的「文本」，流動，

沒有固定的位置，足球於是進入「解構」年代，還記得荷蘭球員擺的越位陷阱麼？球員必須互相配合才行。我們對球賽的閱讀能力無疑提高了。

可是，要完全「離心」（decentring），在體育界似乎仍不可能，我還是喜歡看個別的天才，這所以比利等人令人懷念。

——《耳目書・看足球》

　　母親陸華珍，同籍廣東中山。父母親，有些有趣的故事。二〇一二年，西西接受《南方人物周刊》的訪問，西西告訴記者邢人儼幾個故事，我都聽過，記者的記錄以西西的第一身自述，其中一個是這樣的：

我母親和男友拍拖，拍了七年都沒有結婚。我父親娶了一個太太，突然死了。在一個親戚的葬禮上，父親見到我母親，覺得這個女子也不錯，就和我母親相親。他知道我母親有一個男友，戀愛了七年。他就帶了一把手槍，找到那個男人，指着他說：

「你怎麼搞的啊，和一個女子戀愛了七年，又不娶她，辜負了人家的青春，人家等你這麼多年，你娶不娶她？你不娶她，我娶！」

結果，我父親娶了我母親。這個故事是我母親寫下來的。

記者還記了西西母親的另一個故事：

那時，我有個朋友畫插畫，替出版社出一些「三毛錢」小說。每本三毛錢，幾頁紙，都是愛情小說，一個小說四萬字。我的《東城故事》就是這個四萬字小說。他讓我幫他的插畫配小說，我說，好啊。我寫這個有四百塊稿費。

我母親見我在寫稿，問我，你在寫甚麼？我說，我寫四萬字就有四百塊稿費。她說，這麼好啊，那我也寫。她就真的密密麻麻寫了四萬字，一開始就寫了父親拿手槍來逼婚。她是用廣東話寫的，我想糟了，廣東話沒有人會出。書最後沒有出版，所以我欠我媽媽四百塊稿費。我媽媽很喜歡稿費，結果沒有，她也忘記了。

要補充的是，那個朋友是畫家蔡浩泉，「幫他的插畫配小說」，當然是謙稱，不要以為是圖畫說明。四百港元，在當時是很高的酬勞。當年，一般工人月賺約三百元；一九六六年香港天星小輪頭等兩毫，加五仙，即引起示威抗議，成為社會運動。近年有自認權威人士認為《東城故事》稿費應為二百港元云云，其說或來自耳食，或出諸以己度人，儼如對西西手上接到的稿費比西西更清楚。此外，「三毛錢小說」是流行的說法，西西的《東城故事》其實已經賣四毛錢。

《東城故事》是西西出版的第一本書，那是一九六六年。母親寫的，並沒有標點。「在一個下午天陰無陽光兒女們都已

上班去了我獨自一個在家中寂寞無聊回憶起以往的故事我是生於宣統二年農曆十一月初五日……」這是母親自傳的第一句，後來，成為了西西小説〈玫瑰阿娥的白髮時代〉（一九八八）收結的一句。白髮阿娥，以母親晚年為原型，這小説最後融入白髮阿娥的意識，母女重疊，不分彼此。宣統二年，即一九一〇年。父親在外努力工作，母親操持家務，照顧一家老少，很能幹，從內地遷居香港時，父親一個人先到香港看看環境，找工作找房子，半年後還是她獨力帶着外公外婆、兒女，辦理各種繁瑣的手續，領着兩個隨嫁而捨不得的樟木箱子輾轉到港。不過她也有點玄妙。西西小時一次感冒，喝過她的靈符水。這靈符水，她用毛筆在白紙上畫一道只有她自己才曉得的符，把符燒成炭，泡上開水，拌了個混濁，然後叫西西喝。據母親説，這是祖傳秘方，可以遠溯到張天師，但不傳外人，只傳張家媳婦，好替家人治病。她又會按曆法占算，為是否移居香港而占算吉凶。

> 我不曉得別的張家媳婦會不會畫我母親的那種符，如果不會，那麼，我母親可要成為據稱能夠手繪張天師祖傳靈符的最後傳人了。自她以後，再沒有一位白髮斑駁的老婦人，坐在一個幽暗的角落裏，喃喃地對她的女兒説：張家的媳婦，和李家的媳婦，黃家的媳婦，不一樣……
>
> ——《花木欄·畫符》

對着曆本，媽媽要講的故事才多呢，圖書裏頭還有甚麼

春夏秋冬的皇帝，媽媽也會算，把生日呀，時辰呀合在一起，數數手指，又算出來了。生在皇帝頭，一世永無憂，媽媽說。生在皇帝肩，一世富萬千，媽媽又說。我要媽媽給我算，她算了一陣說：素素，你是生在皇帝足。我想糟了，這麼大的一個皇帝，從頭上數下來，一直數到腳，腳一定最差了。但是媽媽說：也還好，生在皇帝足，踏破荒山嶺，離祖方成福。將來如果能到別的地方去，就也有福氣了。離祖方成福？那麼，我就像煙囪上的那些鳥，飛到別的地方去吧。

——《候鳥》

二〇〇〇年，母親在香港過世。

在中正西路居住時，西西就讀新閘路小學三年級（當年正名為「上海市立第十區第一中心國民學校」），不過當時人簡稱新閘路小學。這小學今稱上海市靜安區第一中心小學，已成靜安區的名校，校舍經過許多次重修，頗具規模。西西初期坐父親的腳踏車上學；年紀稍大，母親和哥哥也來了，就跟隨哥哥一起上學，一起放學。放學回家，需走三十分鐘的路，起先她還緊跟着哥哥，走着走着，哥哥回頭，往往不見了妹妹，只得自己一個回到家。原來西西一路逐戶店舖觀看，仔細地看，看做燒餅、麵條，賣冰水，每天看，仍然看出新鮮、看出趣味。途中經過著名的哈同花園，又稱愛儷園，這是當年上海最大的私人花園，築起圍牆，為猶太富商哈同所建。太平洋戰爭爆發後，花園廢弛，淪為日軍兵營。現今改建為展覽中心。走過熱鬧的店舖，就進入花園的前街，路的兩旁都是法國梧桐。

我最近探訪西西的小學，午間見老師陪同小學生在課室裏吃飯，安靜、親切；而虹口靜安全區遍植法國梧桐，實是法國梧桐樹城。這給幼時的西西很深刻的記憶。秋天時，長街上飄滿焦黃的落葉，落在每個人的髮上，拍打在每個人的臉上。小朋友拾來，用葉梗耍鬥。法國梧桐，生長在中國的土地上；許多年後西西到巴黎旅行，惦記的不是羅浮宮，不是聖母院，而是法國梧桐，不，是因為異鄉的法國梧桐而想起稱得上故鄉的法國梧桐。離開故鄉的法國梧桐，何嘗不是候鳥？

> 法國梧桐也像羅蓋，兒童都在這晴天遮陽、陰天蔽雨的大傘下長大長高，但法國梧桐自己彷彿經久不變，除了每年更換一次綠衣黃裳。三、兩歲時必須仰頭看它，十幾歲時仍然要仰頭看它。許多年來，它既不離鄉別井，也不到處流浪，沉默地站在固定的位置，反而是當年樹下嬉耍的小孩子，長大了，離開了。
>
> ——《交河·法國梧桐》

以前的以前，她的故鄉，本來在廣東中山，那是孫中山的故鄉，但她並不是在中山出生，中山也並沒有親戚，成年後回去旅行，沒有特別感覺。她童年的記憶在上海，在浙江，但這兩個地方，真稱得上故鄉麼？問題在說的可不是她自己家裏的言語：廣州話。廣州話一說漏了嘴，同學就取笑她「餛飩麵」。客舍似家家似寄，她們這一輩人，因為抗日，因為內戰，因為這樣那樣的原因，久不久就不得不遷徙，說得不好聽，是「流離」；較好的比喻，則是「候鳥」。

第一次逃難到鄉下，母親給她做了個小布袋，放了些衣服和乾糧，布袋上面縫了一塊白布，上面寫了西西的名字、父母的名字，還有姑姑的地址。這其實是所有逃難小孩的寫照。人同此心，吾母當年在香港淪陷逃難上大陸，同樣在我姐姐哥哥身上縫上父母的名字地址。她自己呢，在身上的衣服裏縫了好幾個內袋，把金錢和乾糧收藏起來。走難的記憶太深刻了，母親晚年腦退化，我翻開給她買的衣服，偶爾也發現她加縫了兩三個內袋，還寫下我久已移居外國的姐姐哥哥的名字，她其實是怕自己把他們的名字渾忘了。這些，有幫助麼？有的，但許多許多人失散了就永遠失散了。母親的兩個哥哥，一個出家到了意大利深造神學，一個成為飛虎隊，同樣到了天國。

　　西西第二次遷徙，從南方的上海到更南方的香港，母親再沒有替她填寫這樣的白布，因為她都懂得、記得，她長大了。《候鳥》是一個成長的故事，那些年代，成長無疑是漫長而艱苦的歷程。一九八九年西西患癌病，接受連串治療，病癒。在治病期間斷續寫成《哀悼乳房》（一九九二），揭示治病經過，以及對疾病、對生命的種種思考。她可從沒有告訴母親自己患病，母親偶爾還會埋怨她出外玩久了，回來倒頭就睡。大病初癒，西西和哥哥兩個人重返上海，那是哥哥第一次返大陸，哭成淚人。

　　假期時，一家人喜歡去廣東茶樓杏花樓喝茶，她可以吃到廣東人的點心，她還可以聽到其他人說她的母語廣州話。人，歸根究柢，活在自己的語言裏，語言才是一個人的故鄉。

在杏花樓就好了，無論哪一個人都講廣州話，老闆講、
拿蒸籠來的那些人講，連桌子旁邊，或者隔鄰板壁那一
邊的人也講。從來沒有人會喊：餛飩麵，餛飩麵。媽媽
說，上了杏花樓，就好像回到了故鄉。咦，我的故鄉就
是杏花樓嗎？媽媽說：我們上杏花樓吃的是「點心」，
它們的名字叫「燒賣」，叫「蝦餃」，叫「豬腸粉」……
真是奇怪的名字。豬腸粉是這樣子白白的，裏面有許多
蝦米。媽媽說：我們中秋節吃的月餅，也是杏花樓的，
杏花樓的月餅就是我們家鄉的月餅。如果老師出一個題
目要我作「我的故鄉」，我可不可以寫：我的家鄉是蝦
餃、燒賣，我的家鄉是蓮蓉月餅，我的家鄉是杏花樓？

——《候鳥》

　　西西小時看倫文敍故事、童話《白雪公主》、《木偶奇遇記》
等等，有的在圖書館借，有的在書店打書釘，有的向小店舖
租，就坐在店門口的小凳上閱讀。都是小人書，繪畫為主，後
來連環圖變成了電影，只不過沒有配音。小時沒有甚麼玩具，
在內地還可以跟母親姨姨去聽戲看戲，都是紹興戲，生活算
是不錯的，到港後讀書卻往往要為學費書簿費發愁，已沒有餘
錢玩樂，只有埋頭讀書。中年後，她忽爾對各種玩具產生濃厚
的興趣，包括布偶、微型屋、毛熊等等，心理學家可能解釋，
這是童年的一種補償。但她同時會把玩物轉化成為藝術，她自
己動手做，包括文字的寫作，用她的話說，這是一種「積極的
遊戲」。

　　重返上海時，父親轉到太古船務工作，負責登記船隻來

往、工人的帳務。內戰結束後，洋船不再來，公司倒閉，拖欠工人薪酬，釀成工潮。老闆溜走了，父親成為工人求索的對象，身陷夾縫而自身不保，一次還被工人追打。失業後一直找不到工作。由於食指浩繁，一九五〇年，父親隻身到香港尋找機會，香港另有兩位姑姑，還有朋友，也許可以介紹工作。他成為九巴僱員後，一家九口移居香港。候鳥是因應時間而不得不選擇空間，但其實也無所謂自由的選擇，但憑本能的敏覺導航，尋找安順的生活。

> 媽媽說，我們要到南方去，我又覺得有些難過。如果要到南方去，屋子可以帶去嗎，煙囪可以帶去嗎，竹籬笆可以帶去嗎？還有，木板房子裏的一棵樹，像人骨頭的浴室，百葉窗，石卵鋪砌的牆都可以帶去嗎？我是這麼喜歡這個地方。
>
> ——《候鳥》

小時候的西西，經歷過兩次戰火，一次是抗日，另一次是國共內戰；她目睹時代遷變，政權轉移。一九四九年，她通過百葉木窗的隙縫看見解放軍入城，兩排軍人，沿着馬路兩旁，一個跟着一個，蕭穆、沉默地向市中心走去。走了三、四個鐘頭，然後走盡。之前軍人還在屋宅牆腳外休息、守待，一牆之隔，大家都不敢作聲。後來知道，軍隊從兩翼進城，家在城西，相對平靜，城東就戰鬥了好一陣，還發生巷戰。在《候鳥》裏的描寫，即使在兩岸作家筆下，也很罕見。那時她還小，十一歲，在上海。然後，她用了較多的篇幅寫晚上回到停課已

久的學校參加慶祝會，當時父親在港，母親則接到姑姑的電報
已赴港看望父親的病，她自己隨着大隊在街上遊行，整夜走走
停停，小孩都莫名其妙，她全身雨濕，疲累不堪，天亮後再獨
自走路回家，終於病倒了，病了很久。

> 我想
> 我又掉到河裏去了
> 河很深
> 河很冷
> 我一直沉下去
> 沉下去
>
> ——《候鳥》

　　到了一九九七年，她再次看見解放軍入城，在熒屏之前，
她在香港，那時已是六十歲，她曾思前想後，用不同的形式，
寫過許多反省這些轉變的作品。留在內地的二姑母呢，二姑丈
在抗日後不久早逝，沒兒沒女，把地產、財富一概獻給政府。
母親有兩個妹妹，一個遇人不淑，丈夫好賭，把家業散盡；另
一個，比母親年輕得多，正當戀愛蜜運，後來嫁到鄭州去了。
兩個都留在內地。西西一家，和內地的親戚從此分隔。內地政
治運動風起雲湧，繼而文革，也失去聯絡。再通消息，已是
二三十年後的事，那時候，上一輩都老了，有的過世了，而候
鳥，也有的變成了留鳥。〈春望〉（一九八〇）在收結裏，西西
寫一位老太太聽到內地一位妹妹可以來港探訪，心情忐忑，好
像和兒女對話，其實是自己的沉吟：

「如果阿明他們來，可要煮一大鍋飯了。」

「能來嗎？」

「要是我的身體不是這樣衰弱就好了。」

「可以來的話，要不要辦入境證？」

「叫家寶去問一問。」

「真的能來嗎？」

「容易嗎？」

「會批准嗎？」

「青年會有地方住？」

「酒店一定很貴。」

「他們會來住多久？」

「一個禮拜？半個月？」

「阿明的眼睛，可以去看看林醫生。」

「也許要看眼科。」

「該帶他們到哪裏去逛？」

「山頂？」

「海洋公園？」

「乘渡海輪，地下鐵，隧道巴士。」

「要不要去看電影？」

「都是武打，大概不大好。」

「還有甚麼裸體的，也不要去看。」

「還是不要看電影。」

「可以吃蛋糕。」

「婷婷最好吃蛋糕，還有雪糕。」

「各式各樣的雪糕，隨她選，胡桃呀，杏仁呀。」

「我還沒有見過婷婷。」

「比美華長得還要高呀。」

「梳小辮子。」

「買個洋娃娃給婷婷。」

「婷婷不知道喜不喜歡運動鞋。」

「還有，請他們吃餛飩麵。」

「鄭州沒有餛飩麵。」

……

二

　　一場落水似的大病，母親從香港回來才痊癒，再經過繁瑣的申請、批核，母親一個人帶着孩子、孩子的外祖父母輾轉赴港，與父親團聚。小小的西西第一次坐上火車，自北南下，輕快、愉悅，對將來充滿新奇、希望。她通過素素的心眼，寫了這麼一首童詩：

我睡覺的時候

火車在跑

我醒來的時候

火車在跑

我吃飯的時候

火車也在跑

火車真耐跑呀

如果是我

早跑不動了

火車帶我跑到郊外

帶我看見許多田

許多樹

許多山

許多河

很闊很闊的天空

我對媽媽說

我真喜歡火車

　　　　　　　　　　　　　　　──《候鳥》

　　離開生長的地方，小小的背包裏沒有帶走甚麼，只有越劇名伶徐玉蘭演出的各種曲本和「戲橋」：以往介紹劇情的小單張，隨戲入場時附送。徐玉蘭的越曲，她一直會唱，徐反串賈寶玉，在上海曾風靡一時，就像粵劇裏的任劍輝。如果她懷念上海的甚麼，除了大西路的舊居，就是再不能看徐的戲。於是到港不久，這小小的粉絲寫了一封信到上海玉蘭劇團，要求徐送她一幀照片。果然，沒多久，她收到徐玉蘭和王文娟兩幀簽名的合照，身穿解放軍裝，信裏有信，還附了字條，是劇團裏一位先生請求她把信轉寄到台灣的親友去。她照做了。如是轉遞了好幾次，因內地三反五反而終止。一九八七年，三十七年後，她把當時中國內地重新開放後最好的小說家如莫言、李銳、韓少功、王安憶、張承志等人的作品寄到台灣去，先後出了四本選集。事後還親自送書、送稿費到北京、上海、廣州和深圳。當然可以郵匯上去，但當時大家希望面敘；也怕郵寄未必收得到。結果她自己收到的版稅都花在旅費上了，但她很愉

快。她還趁北上之便，約見了好幾位從西班牙文翻譯拉丁美洲小說的翻譯家。

> 有人說選擇就是批評，我自薦選編這兩本八十年代中國大陸小說選，不敢說是批評，只不過是因為近年看了中國大陸的小說創作，跟以前的比較，完全是另一個樣子，非常驚喜，總想告訴朋友，也同時想聽聽朋友的意見，然而傳聞費事，而且想想，別的人，喜歡文學的人或者也有興趣看看，那就編選兩冊書吧。
>
> ——《紅高粱：八十年代中國大陸小說選1.序言》

初來香港，她十二歲，一切新奇，第二天就嚷着要自己上街，母親給她一塊港元。她走了一回，看見一所電影院，正在上演石燕子的《方世玉打擂台》，她自小喜歡看電影，買了張前座票，但看這電影時很震驚，因為她第一次在熒幕上聽到演員說廣州話。在上海的時候，她在家裏說廣州話，出外和大小朋友說上海話，上學則說國語。在香港，最初上學，廣州話會聽會說，開初卻不會讀書。讀書，老師特別准許她用國語，老師說大家聽聽國語也好。當年大家還不作興稱國語做普通話。

她初來香港，一家人借住親戚的地方，稍後租住九龍紅磡寶其利街，才算有了自己的家。填海之前，紅磡樓宇的對面是船廠，後面是海。船廠的汽笛聲成為他們的報時鐘。我自己和母親在寶其利街也住了十數年，樓下原本是街市，後來移去了，環境一直在變，如今寶其利街只餘街尾的觀音廟，仍然香火不絕。西西一直對空間很敏感，《候鳥》一書同時細描了初

期的居住環境。父親逝世後，她們一度搬到親友在北角棄置的照相店，店裏留下許多攝影器材。他們乘便學習了沖曬。哥哥長大後因此成為攝影師，曾任職麗的呼聲新聞部，棄用的新聞片，經主管的許可，給了妹妹。妹妹從蕪雜的新聞片中拼貼出有趣的《銀河系》（一九六八）。這種串連既有材料，翻出新意涵，成為她慣用的技巧。幾年後從北角重返土瓜灣，居住美利大廈；台灣詩人瘂弦寫信給她，寫成土瓜灣「美麗大廈」，她居然一直收到。許多雜誌書籍，放不進郵箱，郵差也親自遞送。多麼濃厚的人情味。

> 這大廈住了各種各樣的平民，說着各種不盡相同的語言：主要是廣州話、上海話、國語。大家可都平和、踏實地活下來了，雖然老學不好對方的話語，卻無礙溝通。過去的香港人總把「外省人」一概看成是上海人，近年跟台灣、大陸來往多了，才弄清楚他們的分別。認識別人同時也就更清楚了自己。我在上海出生，幼年在上海的時候，很渴望聽到廣州話；離開了上海，聽到上海話反而另有一種親切的異鄉情韻。
>
> ——《美麗大廈·後記》

記得許多年前，一位編輯朋友想到舍下來做訪問，我直言相告，家母年老體弱，需要休息，不甚方便。她說，那不要緊，到你的小房間去談談好了。我只好笑，因為舍下總共三個隔間，一是浴室，一是廚房，此外則是個約二百呎的正方形空間。在我家，客廳、飯廳、臥室、

茶座、花園、運動場，的確一切齊備，端看你怎麼看，
而且，它還是不錯的書房。

——〈在書房裏玩隔間遊戲〉

再然後，一九九七年，搬近土瓜灣九龍城碼頭。讀書時在
協恩中學，教書時就在母校對面的農圃道官立小學，超過半
個世紀都在土瓜灣度過。她不單在土瓜灣寫作，還寫過許多
與土瓜灣有關的作品。在美利大廈，她在廚房張開一張小摺
枱，坐在另一張小凳上，寫出了《我城》、《哨鹿》、《哀悼乳
房》，等等。土瓜灣是舊區，連同九龍城一帶，卻是個人文薈
萃的地方，啟德的飛機全部飛走後，目前也經歷翻修、拆卸與
重建。一個宋朝的末代皇帝曾流落於此；這裏也曾有過一個三
不管的神秘地區：九龍城寨。一個政府屠宰中心改造成本地藝
術創作家的工作室，再演變成牛棚藝術村。當年，錢穆、唐君
毅等人在桂林街創辦新亞書院以及新亞研究所，新亞研究所則
於一九五六年遷入九龍土瓜灣農圃道。這些史學、哲學名家在
這裏傳道授業，余英時是新亞第一屆畢業生。其中牟宗三曾長
期在土瓜灣居住，他的一家之言，大部分就是在這地方完成。
他離港赴台前，經陸離介紹，西西和我曾在新亞旁聽他講《易
經》，我沒有恆心，工作也忙，經常缺課，西西可一直用心聽
講，並且寫成長文〈上課記〉（一九九五）。

下課時恰巧碰上一位乘搭飛機專程來港
到書院來聽牟宗三先生講課的作家
一同步出校園後在土瓜灣天光道上

替他截取的士趕時間赴機場回台北
他匆匆對土瓜灣橫掃一眼說道：
你怎麼能夠住在這樣的地方
而且住了這麼久？我的確
在土瓜灣一住住了將近四十年
書院對面的中學是我的母校
書院旁邊的小學是我教書的地方
以前這裏是種瓜種菜的農田
這些是港灣；同樣的問題
大概不會問這裏的印裔，以及越來越多的
新移民，我也曾是新移民
我們恰恰經過一條橫街叫靠背壟道
抬起頭來我可以看見附近一幢沒有電梯的舊樓
四樓上有一個窗口打開了一條縫隙
那是牟老師狹窄幽暗的小書房
他老人家長年伏案瞇起眼睛書寫
長年思索安頓生命的問題
無論住在哪裏總是漂泊
但牟老師畢竟在土瓜灣住了許多許多年
土瓜灣就有了值得居住的理由

————《西西詩集·土瓜灣》

在馬頭圍道和土瓜灣道，幾群樓房已經在維修了，房子
的喉管都生了鏽，該換銅管，窗門要換掉鬆脫的扣鎖，
梯間的通道和天花像住滿了睡懶覺的白蝙蝠，外牆的石
磚，紙皮石——需要填補、髹漆，工程繼續了半年也只

完成了一半。最先是搭竹棚，那是了不起的技藝，陳二文簡直看呆了。搭竹棚是七八個人一起合作的，橫木和直木構成井字形，斜木支撐轉角，師傅當然是主持大局者，眾人都聽他的號令。他大聲說話，地面上的徒弟輩大聲回應，竹子一根一根向上傳遞，才一會兒工夫，七八個人一齊站在同一水平的竹幹上，用膠帶把竹幹紮緊，用利刀把膠帶割斷。看得最興奮的原來是小花，如今牠站在窗台前，雙腿站直，雙手向上攀住紗網，從背後看，牠的形體像字母H，牠一直站在窗台上模仿，彷彿牠也是搭棚的一份子。

……花阿眉從土瓜灣道回來，如果抬起頭，如果她的眼睛夠好，她過馬路後或者可以看見對面樓宇九樓上面有一隻小貓，兩手攀着紗窗，坦露花白的肚子，恰巧在看着她。

——〈土瓜灣敘事〉

來港以後，環境不同了，當年的小康之家變得相當清苦，在《候鳥》裏，素素只有一個妹妹妍妍，現實生活裏西西可有哥哥和兩個妹妹，幼弟不久在港出生。加上外公外婆（公公婆婆在內地過世），同住的還有一位遠房親戚，老的太老，少的太少，全家九口就只靠父親一個人的收入，在內地的積蓄、母親從內地帶來的一些金鐲鑽戒，很快就變賣殆盡。

西西來港時是秋末，學校已開學，並不招收新生，她只能等待到翌年暑假。第二年，她自覺長大了，知道表弟就讀小學

的中學部招生，決定自己去找，在離家不遠的地方，走上一條斜坡，找到那所學校，報了名，再經過考試，因為遲學英文，英文不好，只考了備取，但終於取錄了。這是香港名校：協恩中學。香港中學當年採六年制，初中三年，高中三年，然後會考。西西初中時在中文部，高中時學校增設英文部，照父親的囑咐，轉到英文部去，理由是前途比較好；儘管她自己老大不願意。由於生活艱苦，常為學費、堂費、各種雜費苦惱。原來學費十八元，另有堂費十八元，幸好堂費上下學期只各收一次（香港的義務教育，要等到一九七一年，開初只是六年小學免費）。每月一號，班主任按例逐一點名學生收取。而父親的公司每月二號發薪，所以要到三號才能繳交，每次走到老師面前，紅着臉說三號才能繳交，當然尷尬難堪。曾有一位老師替她墊支，這位老師的課，她特別用功。也曾有富裕的同學借錢給她。好幾個冬天，她都只能穿着薄薄的布衫和毛線衣上學，一直鬧傷風，母親問她夠暖嗎，她總說夠暖。厚厚的英文歷史書，她買不起，要看旁邊同學的書。她鄰座的同學剛好是班裏成績最好，可也最驕傲，典型的 snobbish，對所有同學都不理睬。第一年，她當然並不受老師、同學歡迎。

但她漸漸適應了香港的生活，第二年，經過不斷的努力，她的功課趕上了，開始贏得老師和同學的認同，尤其是中文科，作文她經常取得最高分，比鄰座還要好。老師在課堂上讀出她的文章，還有文章刊登在校刊上。學校有一鼓勵學生的做法，學期成績滿八十分的學生，可以在禮堂上台由校長親自頒發成績表。

……忽然校長叫到了我的名字，我真是不相信呢。

身旁的同學把我一推，我就走上台去了，也不知道是不是鞠了三個躬，匆匆忙忙就走了下來，在操場裏，同學都圍着我，看我的成績表，忽然，所有同學都來和我說話了，那個全班最驕傲的同學還把手搭在我的肩上，但她對其他同學，仍是不瞅不睬。

——《候鳥》

　　大家都認識她，包括高中班的尖子。老師讓她打理班上的壁報。忽然，有一天，她收到一個陌生人的信，那是高中班的小薇。那年代，沒有手機，甚至電話也不是普通人家所能有，當然沒有伊妹兒。就唯有寫信，信來信往，往往成為筆友。如今這世代，書信恐怕已成失傳的藝術。她們後來認識了，可一直通過書信交談，說話不多，尤其是小薇，總是把信放在她的座位上就走。小薇借書給她看，都是文學書：屠格涅夫、紀德、契訶夫……在信裏又問她讀後的感受、意見。又在信裏討論其他的問題。

我已經不再看白雪公主的童話了，我的書架上也沒有圖畫書了，所有的書，都是密麻麻的字，厚厚的一本本。我有空的時候，就把鼻子埋在書本裏，書本裏有那麼多奇異的故事，青年人有那麼多的愛情；似乎，每一本書裏總有那麼一個轟轟烈烈地去愛另一個，而結果，誕生了可歌可泣的故事。那麼多的書本，彷彿只有一本，寫一個人，來到這世界上，並不是只愛一個人，而是愛所

有人，那本書，就是我每天帶着上學的聖經。小薇也和
我討論聖經裏的故事，於是，我有時低頭看的不是甚麼
小說和詩集，卻是一本聖經。

——《候鳥》

　　《候鳥》的敘述是這樣慢慢轉變過來，再不是童稚的語調
了。這位同學打開了西西的文學世界。但有一天，小薇忽然失
了蹤，同學告訴她，小薇去了做修女。西西的母校是一所基督
教學校，有聖經科，早會時唱聖詩，校內有基督徒團契。香港
除官校外，當年的津貼名校，大多由教會辦理，宗教氣氛則有
的多有的少。西西還記得小學在上海時，每早集會也會唱歌，
唱的是《三民主義》，唱完了校長就講一陣時局，日軍打到甚
麼地方來了。全校愁雲一片。香港的教會學校，尤其是女校，
總有些女孩在唸書時想到投身宗教。我的母親即是例子，她在
一九三〇年代在瑪利諾修院學校讀書，班裏就有好幾個乖女孩
立志做修女，包括我的母親；有的成功了，吾母沒有，感謝上
帝。年輕時，西西也思考宗教的問題。

於是在這個世界上，我突然失去了一個朋友，但她給我
開拓了一個廣闊的書本的天地，使我從此不再寂寞。但
我不禁要想：她會快樂嗎，她還會看那些書本嗎？是哪
一些書本，使她走上修女的道路呢？是紀德的《窄門》
嗎？對於小薇來說，她走的路，可能是通過一道窄門之
後，一個寬廣的天地。但我常常要想，寬廣的天地不就
在人世間麼？

——《候鳥》

中三時西西已開始在報刊、雜誌上投稿，寫作，可以賺一點稿費作零用。她第一篇作品，是《人人文學》的一首詩〈湖上〉，當時只有十五歲。她自嘲當年見過江，見過海，可還沒有見過湖。那些年，她寫過許多短詩，還附上自己的繪畫或者木刻，名字小紅花，又或者皇冠，附上校名協恩中學；作品散見各報的學生園地，例如《星島日報》、《中國學生周報》、《青年樂園》，並且拿過徵文比賽的冠軍，但說起來，她已無印象；一位年青學者傳來她當年的小說〈和孩子們一起歌唱〉（一九五八），寫天台教書的體驗，反映當年低下層人的生活，並沒有「存在主義色彩」，反而令我想到稍早之前木下惠介的電影《二十四隻眼睛》。其實即使是《東城故事》，以為是存在主義小說，也是誤解。後來，也寫散文、小說、藝談。那時候她用過許多不同的筆名，較多用的是藍子，不過二十歲生日之後，她基本上就再不用藍子等名字了，彷彿是要告別那些生澀的年代。許多年後，她在報上連載《我城》（一九七五）、《飛氈》（一九九五），等等，每天附上自己的繪畫。她沒有受過正規的美術訓練，那是多看多畫的結果，老師，她說是著名插畫、設計家蔡浩泉。上世紀六十年代，遇上意大利電影的新寫實主義和法國的新浪潮，開始她的電影時期，寫作了大量影話、影論；用清新的筆調訪問影星，以至受宋淇所邀，為電影公司編劇。香港長輩裏，她最敬重宋淇，但她為電影公司編劇的經驗，不完全是愉快的，主要是不能發揮自己的創作。

西：那時的明星也很多，例如蘇菲亞羅蘭、阿倫狄龍、尚保羅貝蒙多、三船敏郎等等。那時朱旭華主編《香港影畫》，陸離在那裏做編輯，亦舒也在，我偶然上去玩，他們說你不如替我們寫些明星稿吧，可以到邵氏片場訪問他們，要寫誰都行，而且可以看他們拍戲。可以看到拍戲的過程，很吸引我，就這樣開始了。

·

我並不是專業的娛樂記者，也沒有人要我怎樣寫、寫甚麼。當時報上有不少採訪明星的稿，一般都比較沉悶，我於是想寫得活潑些。九十年代後邁克等朋友像考古那樣把《香港影畫》上的東西影印給我，我看了大吃一驚，哪敢拿出來見人。鄭樹森、初安民把稿重發，我只覺得面紅，我以為沒有人要看的。

我到邵氏片場看影星拍戲，也到她們在邵氏的宿舍探訪，當時跟許多人都很熟。她們居住的地方其實很小，有的甚至沒有客廳。我現在所能記得的已經零零碎碎，有些，卻歷歷在目。那時蔣芸也在邵氏做編劇，記得她的家入門就是一列書架，作為屏障，因為只有一個大空間，我後來居住的美利大廈，也只有一個大房，我也用這個方法分隔出客廳、睡房。邱剛健也在那裏做編劇，他見我就說：你給疊字疊句壓死了啦。我一直引以為戒。那時的明星都是「標準靚人」，胡燕妮、何莉莉等等，都十分漂亮，方盈最前衛，也很爽直。我想，那時的明星都不快樂，這是文章的另一面。其中一位明星，我沒有寫，那是姜大衛，年青的姜大衛很俊朗，一雙眉

可以用尺量，人品也好。那時亦舒最喜歡他。一次他載我和亦舒出九龍，駕一輛跑車，從邵氏片場出來，一路飛馳，我連驚也來不及，就飛到了，他還問我怕不怕。那時跟張徹，以及張徹的太太也很熟。宋淇當時在邵氏當編審主任，他找我編劇，編出一個《黛綠年華》，改編自《小婦人》Little Women。一邊寫一邊改，又急又趕，稿酬有港幣三千元，很高的了，我用那些稿費把家中的木窗通通換上鐵窗，（那時還沒有鋁窗？）還沒有。戲中的四位女主角是胡燕妮等人，男主角是陳厚，導演是秦劍。劇中有一段寫父親生病，因為背景在澳門，女對男說：我要到移民局辦手續探父親。真是閉門造車，香港澳門之間其實並沒有移民局，連其他人也不甚了了。記得秦劍曾對我說：西西，你千萬不要進入電影圈。戲中有些歌曲，曲詞都是我寫的，但我從沒有收過稿費，有人收了。現在想來，長輩裏還是宋淇最正直、誠實，也最有學養，他當編劇主任，一定有許多人想巴結他。當年自己年少無知，不懂人情世故，他發稿費給我是直接讓我自己到出納處支取的。

我也曾替龍剛編劇，那是改編自夏萍的《盲女驚魂》，名字我忘記了，由蕭芳芳演，戲中謝賢告訴蕭芳芳：天是藍色，水是綠色，觀眾就笑。

何：那時並不作興創作劇本？

西：主要是商業的考慮。我曾向龍剛建議改編卡繆的《瘟

疫》，但我提出版權的問題，沒有編成。龍剛後來拍出
甚麼已跟我無關。那時並無版權觀念。後來也寫了一個
《小孩與狗》，好像也沒有拍出來。真正自己寫的，是
《瑪利亞》，小說曾得獎，我把它改編成劇本，按自己的
想法分鏡頭，陸離看到後把它寄給鄒文懷，哈哈，石沉
大海了。……好像也寫過一個短劇，叫《寂寞之男》。
當然，我也想到自己動手拍，像朋友石琪他們，搞超八
米厘，但電影拍攝機太重，我背不動，也太貴了。我哥
哥曾在麗的呼聲新聞部工作，新聞片通常用過就棄。我
覺得可惜，要他拿些廢片給我，我把它們重新剪接，拼
拼貼貼，很好玩，結果美其名為《銀河系》，約五分鐘，
用超八米厘放映機，因為我只是自己糊貼，所以經常
斷片。後來輾轉去了陸離處，有人替我接好了，還配了
樂，曾經作為香港早期的實驗電影，公開播映，我自己
反而沒有再看過。這就是我的所謂電影時期。

——《印刻文學生活誌‧時間、空間和房間：與西西對談》（何福仁）

大概中四時，父親在巴士上遇到一位老太太，他認得這是
西西的中學校長陳儀貞女士。兩個人聊起來，陳女士告訴父親
可按程序申請減免學費（新學年學費加了一倍），申請獲准學
費減半，不無少補。二〇一二年七月，西西第一次重返母校，
當然人面全非，學校經過翻修、改建，可她仍然認得家政的課
室。選修家政的課，她印象很深刻，因為只有她一個學生，老
師是洋人，那是一對一。不過，當年的生活仍然清苦。一次颶
風襲港，把屋子一個窗玻璃打破，暴風雨從西西小房間的騎樓

進來，父親用木板才把窗擋住。她和父親徹夜防守，覺得父親忽然老了。

　　我父親揹着一個背囊
　　在崎嶇的山上走路
　　飢餓的時候
　　我父親從背囊裏取出
　　紙包的餅乾
　　小撮的鹽
　　給我騎木馬的弟弟吃
　　下雨的日子
　　我父親從背囊裏取出
　　雨帽和風衣
　　給我打陀螺的弟弟穿

　　在山脊的草坡上
　　我父親從背囊裏取出
　　一把梯子
　　四道磚牆
　　我父親把所有的窗子打開
　　好讓我放風箏的弟弟看見星
　　在背囊裏
　　我騎腳踏車的弟弟說
　　給我一百隻田鼠
　　給我二十頭刺蝟
　　給我三匹犀牛

我父親說
那次他埋怨他的背囊太重
只不過因為他有點兒疲乏

我父親把白日掛在天花板上
在陽光底下
他從背囊裏取出我戴手錶的弟弟
教他畫地圖

我父親說
那次他埋怨山路太長太曲折
只不過因為他的雙足都受了傷

經過海的時候
我燙過了頭髮的弟弟
在背囊裏喊
放我出來
放我出來
我父親抖開他的背囊
讓我赤足的弟弟跳出來
在沙灘上奔跑

我父親緩緩坐在一塊岩石上
從背囊裏取出
一群白髮的朋友
聽他們講完一則關乎潮汛的故事

然後我父親揹起背囊繼續上路

臉上展開一個微笑

揮手和我划獨木舟的弟弟道別

——〈父親的背囊〉

　　更老的是外公外婆，兩老先後過世。一九五六年聖誕，西西在學校演過威尼斯那位商人，翌年參加中學會考。當年會考放榜，同學可以回校取成績表，但一天前教育署已把成績分發傳媒，所以當天同時刊登在好幾份大報上。後來學制改成中學五年，大學預科兩年，預科高考放榜，仍然照刊，讓姨媽姑爹，以至所有人都可以看到。據我所知，上世紀七十年代初，照刊如儀。這也是我的體驗。放榜早一天，同學可以打電話到報社查問。西西查得的是：中國語文科，優；公民科，良；其他都合格了。彷彿考中了狀元。

　　西西沒有升讀大學，因為學費昂貴，馬上出社會做事，又不知做甚麼好，最後選擇進入教育學院，一年學習，兩年實習，實習時已經有薪水，可以幫補家計。放榜前她已申請教育學院了。學院面試，有一段插曲，面試的老師問她喜歡甚麼科目，演過戲否，接着要她讀一首詩，要邊走邊看，然後囑她解釋詩的意思。那是王維的五言雜詩：「君自故鄉來，應知故鄉事。來日綺窗前，寒梅着花未。」詩她讀過，不難解，解了兩句，到了「綺窗」，呆了一呆。綺窗不是倚窗，那是甚麼呢？沒有時間考慮，她說：你來的那天，在美麗的窗前，看見梅花開了嗎？綺窗，是美麗的窗子。

西西，她這樣的一位作家

她說對了。暑假後，她進入香港葛量洪教育學院。可她因此想到教師這工作，任重而道遠：

> 自己懂得多少學問，書本上的、生活上的，配做老師嗎？當老師可是一件責任重大的事，如果書本裏有一首詩是〈君自故鄉來〉，我會把「綺窗」好好地告訴學生嗎？讓他們明白那是怎樣的一種窗子？在我的面前，還有千千萬萬的「綺窗」，等我去追索。還有還有，我可以把我所知的「故鄉事」，好好地告訴我們的下一代麼？讓他們知道那是怎麼的一個地方？有過怎麼的一段記憶？他們大多在這裏生長，他們不是候鳥，而是留鳥，沒有經過曲折而疲累的飛翔。他們，像妍妍，會成為候鳥嗎？我要努力的路還長呢。
>
> ——《候鳥》

　　《候鳥》就是那麼一個好好地告訴我們以及我們下一代的「故鄉事」，收結是這樣的：「我翻開了我的書。」但《候鳥》其實未完。《候鳥》在一九八一年五月二十九日開始在香港《快報》連載，至翌年五月二十三日止，整近一年，全文約三十萬字。當年洪範出版的是第一卷。卷二的十萬字，則通過妍妍、素素、母親不同的角度敘述。

　　而這些，是另一個故事。

二〇一六年十一月
（二〇一五年六月；二〇一六年十一月改訂）

《浮城 1.2.3》前言

　　一九九一年我替三聯編過一本《西西卷》，卷分內外兩部分，內篇選收西西的創作，包括小說（短篇）、詩、散文，以至閱讀、藝評等等，外篇選收西西的資料，另外收輯若干學者、作家對西西的評述、討論。那是當時同類書中尚算完備的一本。這之後西西創作不輟，又寫出好幾本書。今年我替三聯再編西西的小說，對象指定為年輕讀者，規模較小，且需按照要求，寫一些賞析，我於是想與其漫無題旨，不如限定一個範圍，試試勾勒西西創作其中一個特色。

　　甚麼範圍呢？今年是香港回歸十周年，一年來回顧這十年變化的文字，多不勝數；我試把時間再推前，推到回歸之前，從西西回歸前的短篇創作，看她如何抒寫中港兩地的種種變化，如何思考中港兩地互動的關係。回歸前的二三十年，對中國和香港，都是很重要的歷史時期，文學應該有所表現。

　　西西寫作逾四十年，作品各類型都有，單就短篇小說而

言，至今至少發表了八十四個。我把西西這類相關背景、取材的短篇挑出來，重新順序地編排（因為小說發表先後未必和結集出版的次序相同），庶幾可以看到她的作品其實一直緊貼中港時局的轉變、中英談判的九七問題、港人的身份討論，等等：

篇目	寫作日期	出處	背景、取材
〈奧林匹斯〉	一九七九年八月	《像我這樣的一個女子》	文革結束，中國重新開放
〈北水〉	一九七九年十二月	《像我這樣的一個女子》	中國重新開放
〈龍骨〉	一九八〇年三月	《像我這樣的一個女子》	中國重新開放
〈春望〉	一九八〇年九月	《春望》/《白髮阿娥及其他》	內地與香港重新溝通
〈玻璃鞋〉	一九八〇年十月	《像我這樣的一個女子》	九七年限
〈四十八隻腳〉	一九八一年二月	《家族日誌》	中國開放、通婚問題
〈魚之雕塑〉	一九八一年六月	《像我這樣的一個女子》	文革武鬥浮屍
〈十字勳章〉	一九八一年十一月	《像我這樣的一個女子》	偷渡、駐港僱傭兵
〈鎮咒〉	一九八四年十月	《鬍子有臉》	九七問題（中英聯合聲明）
〈浮城誌異〉	一九八六年四月	《手卷》	九七問題（基本法結構草案）
〈瑪麗個案〉	一九八六年十月	《手卷》	中英談判、身份問題（基本法結構草案）
〈肥土鎮灰闌記〉	一九八六年十二月	《手卷》	中英談判、身份問題（基本法結構草案）
〈虎地〉	一九八七年二月	《手卷》	船民問題
〈陳大文的秋天〉	一九八七年十二月	《母魚》	身份轉換
〈白髮阿娥與皇帝〉	一九九七年	《白髮阿娥及其他》	主權轉移

《浮城 1.2.3》前言

這些短篇，是當下的抒寫，因應時勢，針對不同的個案，隨時隨事而作，細緻、具體，富於臨即感，每一篇都有獨立的內容意蘊，獨立完成、自足。就回應時勢來說，這是短篇的優勢；這和長篇的寫法不同，那是通盤的考量和構建，另有長處，論緊貼與臨即，終究不及短篇。

而且，尤為難能可貴的是，每篇的寫法都不同，因應內容，運用各種不同的技巧，或擬人，或借古，或出諸寓言象徵，或輾轉拼貼，時而互換角度，從對面設想；選擇表述的方法，跟表述的內容，互相生發，彼此應答，創造力之高，令人歎為觀止。合起來看，則歷史時空之下的心路歷程，大抵呈現出來了。要注意的是，對現實的關注，小說家的態度並不是居高臨下，而是本乎小百姓的一種民胞物與之心，那是小百姓的離合悲歡，這裏那裏體現了人文的關懷，這方面，跟其他長篇《我城》、《飛氈》等，其實是貫徹互通的。這些短篇，未嘗不可以讀成一個長篇。

當然，她寫的不是歷史，而是通過小說的形式，把特殊的社會問題，轉化成藝術。所以，即使對歷史並無特別興趣的讀者，並不妨礙閱讀；而小說虛擬的世界，要比真實的歷史記述動人得多。環視香港的文學創作，能當下呈現回歸前這許多年的變化，計質和量，當無出其右。如果年輕人要學寫小說，最好先從閱讀小說去學習，西西的作品，啟示我們，處理現實的題材，可以充滿新奇、充滿想像。

這樣說，也許有人會想到所謂現實主義（realism）的路數。我不想學究那樣糾纏在現實主義的分辨裏。現實主義最初

的提出，是針對當年的浪漫主義，從別林斯基、盧卡契，以至恩格斯等人的典型論，逐漸發展了一套完整的理論，也能夠舉出許多偉大的作品，出自俄國十九世紀的小說家、法國的巴爾扎克等人。但進入二十世紀以後，它逐漸失去生命力，尤其是當它跟黨性結合，往往淪為政治的硬銷。事實上，我們不能想像現在的人，會像巴爾扎克那樣寫社會現實，因為那種寫法已變得不現實。現在的小說家要面對攝影、電影、各種媒體的挑戰。

其次，二十世紀以後，現代主義興起，之後又有所謂後現代主義，形形式式，不一而足，加上歐洲的新小說、拉丁美洲作家魔幻現實主義、結構寫實等等，產生了另外許多傑出的作品。這許多成功的作品，我們都可以借鑒，不可能視而不見。換言之，範式轉移了，要抒寫現實，絕對不是只有一種手法。

在閱讀西西這些作品之前，對於年輕讀者，似有必要簡略地回顧一下香港在回歸之前中港兩地的歷史。一九四九年新中國成立，由於意識形態有別，兩地可以說各自發展，尤其當內地發生文革（一九六六——一九七六），那十年基本上更是音訊阻斷。中港兩地關係開始轉變，始自一九七六年文革結束，七〇年代後期內地開放。中港重新溝通，香港人開始大量北訪，或探親，或旅遊，內地生活受開放衝擊，發生變化，門戶逐一打開，北水開始解凍。兩地的變化，是互動的，彼此作用。然後一九八二年，戴卓爾夫人訪華，中英展開九七問題的談判，香港人面對身份認同、兩地關係的重新釐定。一九八四年，中英發表聯合聲明；八六年，通過基本法結構草案。這是

讀西西回歸前短篇的大概背景。

限於篇幅，本書只選了其中十篇，每篇小說之後做一些分析，寫一點個人的讀法，就當是編者個人的閱讀報告；有的很短，有的，也以三千字為限。然後再附列若干延伸閱讀，希望對讀者有所助益。

九七之後，有一段時期西西轉向古典的重新解讀，寫出《故事裏的故事》一書，一個作家當然可以有也應該有各種不同的面貌，她對現實的關懷，仍然可見於《白髮阿娥及其他》的其他部分。

二〇〇七年十二月

　　　　　　　　　　　　　　西西，她這樣的一位作家

散文裏一種朋友的語調
——《羊吃草》序

一

　　我想先從寫壞了的散文開始，不是漢語的，而是英語。亞瑟‧克拉頓—布洛克（Arthur Clutton-Brock, 1868-1924）晚年談英國的散文（'The Defects of English Prose'），指出英國人對散文有一種偏見，以為接近詩的最好；這是把散文當成詩的窮親戚。然後他指出英國散文兩大毛病，其一是卡萊爾式的文風，作者用一種高昂、聲嘶力竭的聲音說話，把寫作當成演說，一味炫耀口才。其二，則是作者好為人師，任何時候總有一些道理要講，總要教人一點甚麼。前者可怕，試想想，走下舞台，仍然用高八度音階的嗓門說話，不是很可怕麼？後者則屬可厭，他有教無類，硬把所有人都塞進他的門下。

　　何以這是寫壞了的文章呢？毛病在兩者都出諸一種俯視眾生的姿態。那個說話的我，是大我，是超乎眾人的我。他們不

説話則已，一開口，就高高在上。他們無視任何場合、對象，永遠用那麼一種自我中心的腔調說話。他們並不會和朋友閒話家常；他們自然也不會有甚麼朋友，不見得需要朋友，朋友都變成聽眾變成學生了。可是這種說話的態度，久而久之，結果是平白、切實的話再不會說，話裏總要加添許多裝飾、戲劇式的東西。

這位學者的見解，我並不完全同意，但令我回過頭來思考。因為與上述二者不同的，合該另有一種常人的態度，那個說話的我，既不自以為高於其他人，也絕不低於其他人。這個說話的「我」，是「眾我」之一，說者聽者平起平坐；而說話的語調自然而親切，一如朋友。當然，對某些扭曲的現象、事態，談起來，言辭也會變得嚴厲，彼此彼此。其實朋友交往就是這樣，有時可以發發脾氣，只要不是亂發就行。誰會喜歡和一支永遠攝氏二十四度的寒暑表做朋友？於是，這就有了對話的可能。

平素我們會聽聽講演，時而希望獲得高人指點，但作為文明的成年人，我們更多的時候倒情願和朋友閒聊，那是我們更珍貴的、常態的情感生活。朋友之間聊甚麼，可以有特定的話題，那是討論，一旦煞有介事，嘴巴和耳朵都會認真起來；但更可以沒有，那就果然是閒聊了。總之朋友不是工具，不是可以利用的資產。如果談的是趣聞，樂得彼此分享；苦事麼，何妨互相分擔（苦事、慘事，奇怪我們喜歡演說、喜歡講道理的偉人仍然會用「分享」一詞）？在談話的過程裏，有交流，眼神的，心靈的，真好，因為說者不是緊握拳頭，站在講台上，說而且演，而聽者毋須仰起頭來，乖乖把手放在膝上，裝出聆

　　　　　　　　　　　西西，她這樣的一位作家

教的可憐樣。

　　朋友有時會自嘲，偶然又會調皮地自誇，有時會流露自己的缺點，會把偏見告訴我們。但無論他說甚麼、怎麼說，我們都很清楚，他不是完人，我們也不強求他是完人。完人是沒有也無需朋友的。只要他的精神健全，沒有罔顧一般的道德準則，那就行了。對導師，對精神領袖，我們才有更高的道德要求。他並沒有假扮神童，長大了竟然也事事精通的意思。散文家而沒有兩三種一偏之見，還是散文家嗎？「我」而沒有若干特殊的好惡，那還是「真我」嗎？有時，他的確有所觀察，有所心會，有些妙趣的想法，這就更好了。好的朋友，像一面鏡，不是變形的哈哈鏡，令我們看見自己，令自己反省、進步，令我們成為真正的自己。

二

　　散文裏最重要的人物，——如果有人物，就是那個表述的「我」。這個「我」，也許根本不出場，但一椅一桌，莫不通過我的觀察、我的選材，用我的聲音表述。當然，在小說裏，敘事的「我」，不一定是作者本人，那可以是角色扮演，即使那個「我」用上作者的名字，也不一定就是作者自己，真真假假，那是有意的顛覆。照熱奈特（G. Genette）的說法，小說敘事的 mood 和 voice 是有分別的，試以西西的小說〈肥土鎮灰闌記〉為例，mood 是元朝的五歲小孩，voice 卻是出入古今六百歲，有現代意識的成年。散文裏的「我」則甚少這種變異，如

果有，那就靠近小説了。

　　朋友要我編選西西的散文，並且談談讀這些散文的感想，我想這個「我」是關鍵詞。我同時想到，我應該嘗試用一種比較放鬆的腔調。克拉頓—布洛克抱怨英國散文的瘋牛之疾，漢語的散文豈能免疫呢，那種裝腔作勢的架式，加上一味美化自己，往臉上貼金的散文其實到處為祟。但香港散文的特色，而且是好處之一，也可能是過去跟其他地方的漢語寫作不同之處，即是敘述時一個平視的「我」。追溯起來，這大抵和現實環境有關。我們都是移民，分別只在新舊，有些初來，有些父親的父親就來了。在英國人治下，早期這個「我」，既內望，又外看，也許並未成形，還不完整，但不得不承認，這地方相對地比較自由、開放，沒有一個我們必須膜拜的偶像。許多在其他地方受禁制的訊息、書籍，這裏都可以看到，這也塑造了「我」的視野、品性。然後，大概上世紀六七十年代吧，日漸長成，既不得不受外來大氣候的影響，——這令我們謙虛，又不得不依靠自己，摸索，琢磨，然後找到自己的聲音，一種不亢不卑的聲音。

　　説話的環境也產生作用。香港散文有一個特殊的場域：從上世紀六七十年代興盛起來的報章專欄。早期的報章副刊稱為「諧部」，以別於正論的「莊部」，目的是表現日常生活的情趣，調劑現實的種種壓力，當然，也顯示它並不是主角，像粵劇的丑生那樣，可以插科打諢（我少年時看過梁醒波的表演，連生旦都跟不上）。可這麼一來，副刊專欄一直成為自由抒寫的空間。部分專欄作者不忘對現實政治的抒發，儘管如此，或諷

刺，或寓言，往往也不乏文學的筆法；更多的，則是對自身生活感受的刻劃。從上世紀七十年代開始，整整數十年，香港報章的副刊，百花齊放，各式紛陳，曾是我每天的精神食糧。我一位朋友多年前移居外國，他最懷念香港的，是早餐時一杯鴛鴦，攤開幾份副刊，叩訪上面熟悉的作者一個個劃定的房子。黃昏時，還有一兩份晚報。每天看，長期看，他覺得這些作者像朋友，他都熟悉。

三

西西大部分的寫作，都先在報章、雜誌上發表。散文往往以專欄形式，刊登在不同的時間不同的空間，有的寫生活，有的談閱讀、談畫、談音樂，或者一段文字，拼貼一幅畫，以至應邀專談足球等等。無論是甚麼特定的欄目，那始終是我們熟悉的，一種平實、朋友家常的語調，這語調親切，富於情趣，時見獨特的角度、奇妙的想像。這種筆調，和她的小說、詩，無疑是一脈相通。她絕少激昂慷慨，侈談甚麼救國救民，她甚至不用感歎號（台灣的楊牧也不多用），偶然出現一兩個，原來是報刊的誤植。這種語調的作者，有他自己的看法，興趣極廣泛，並且轉益外國最前衛的養素，卻不會以為長於執筆寫字，就同時精通政治經濟，以及一切令人肅然起敬的東西。記得五十多年前，家父在新界鄉下教書，晚上經常有村民來訪，神情覷覷，原來是請求家父讀信寫信，同時就詢問他一些其他的意見。一次兩夫婦到來，談不兩句，女的號啕大哭，原來他

們的牛病了，請教療法，結果大失所望。父親說：我怎麼會懂？你們養牛，不是應該比我懂？這給我很深刻的印象。到大家都會讀書了，到訪的就不是學生，而是朋友。

運用朋友的語調寫作，絕不等於可以胡言亂語，想到就說。我手不等同我口，出口成文的說法，是簡化了汰選、轉化、整理的過程。這過程，容或熟而生巧，但熟得過了頭，反而變得油滑、陳套。然則平實的語調，尤其需要別出心裁的角度，言人之所未言或者少言。我們很難說西西某些句子寫得特別好，某些段落是金句，不是這回事，她並不煉字，要煉的是意，是整體。那是另一套美學。試看這兩段：

> 更多的時候，我們互相靜坐不語，當我從書本上抬頭，總看見你或近或遠，對我凝神看望，而且目不轉睛。多麼明亮美麗的一雙眸子，充滿感情、善意。你在想些甚麼？我無法知悉。我在想些甚麼，你也不會知道。我在想，是甚麼機緣，讓我們可以在當下這寧謐的環境裏相遇，彼此認識，成為異類的朋友？世界多麼遼闊，世事多麼紛亂，我們卻在地球的一隅，面對面，彼此無話，其實也毋須說話，讓時光漸漸流逝。但這樣和諧的日子能夠延續多久呢？大花呵，人生苦短，貓生也不長。你忽然已經十五歲，相當於我們人類的七十五歲，你竟然已比我還年長了。我們早晚都會歸於塵土，不是消失，而是變換形態，變成別的東西，成為雨滴、沙粒、微風，活在其他人的記憶，然後，連記憶也變得不可靠，沒有了。

我喜歡貓科動物，喜歡獵豹、花豹、金錢豹、雪豹，我
喜歡你的近親：老虎。你們都有明亮美麗的眼睛，像碧
玉、翡翠，像琥珀、藍寶石，甚至像鑽石。而你，你的
眼睛就是貓眼石。我常常想，宇宙間的寶石就是你們的
眼睛化成的，其中蘊藏着你們不朽的靈魂。大多數的動
物都有奇異的眼睛，例如狐狸、青蛙、狼、鷹、企鵝、
海象，甚至八爪魚。但你們的眼睛特別動人，因為會閃
爍變幻。如果所有的貓科動物都閉上眼睛，世界會變得
多麼荒涼。

──〈那一雙明亮的眼睛〉

我本來想截取其中的一兩句，看來看去，還是放棄了。這
本書，上編從西西已出版的散文集選出，下編雖先後在各地報
章、雜誌上發表，但從未結集。換言之，我其實只編了半本。
我的解釋是，上編可以結交新朋友，下編則是給舊朋友的驚
喜。如果新舊朋友都不滿足，那只能怪編者自己；補救之法是
請去尋找原裝的版本。這其中我特別選了些篇幅較長的文章，
像〈上課記〉、〈卡納克之聲〉、〈清暉園〉、〈以色列一周記〉
等等，讓熟悉她的朋友，看看她如何細緻地處理不同的題材，
那是她精神飽滿時的面貌。

二〇一二年四月一日

散文裏一種朋友的語調 ──《羊吃草》序　　　　　　　　83

重讀西西的詩
——《左手之思》前言

一

　　西西的寫作，始於詩也終於詩。她最早發表的作品，是十四行詩的〈湖上〉（《人人文學》），一九五二年，年方十五，六十八年後她最後的作品，也是詩：〈疲乏〉，二〇二〇年，八十三歲了；二〇二二年底離世。她第一份編輯的工作，則是主理《中國學生周報》的詩頁。這許多年來，她當然寫出了更多不同類型的作品，小説、散文、藝談，等等，尤其是小説，一篇一貌，不斷創新，公認是華文世界十分重要的小説家。可從不見有人説她是華文世界重要的詩家。她也從不以詩人自居，她甚至從不自稱小説家，充其量只會説自己寫小説。至於是否成家、成詩人，她有自己的準則，並不以量計算。

　　我這樣説，是認為多年來她的詩相對地被忽略了。我多次聽到人説：她的小説比詩好。這種比較是口味問題，一如説喜

歡咖啡多於茶，算不得真正的文學批評。評她的小說，真是連篇累牘；評她的詩，甚少。當然，詩寫得比較少，或者換一個角度，是小說寫得太好，也是原因。這本遺作之前，她先後出過三本詩集：

一、《石磬》，素葉，一九八二年；

二、《西西詩集》，洪範，二〇〇〇年；廣西師範大學簡體字版，二〇一九年。分三卷，卷一收錄《石磬》大部分的詩。簡體字版略有刪減。

三、《動物嘉年華》，香港中文大學出版社，二〇二二年。

加上這本遺作《左手之思》，合共四本；不計重複的，也不包括已發表惟不收入詩集的少作，大約有二百多首，説多不多，説少，其實也不少。僅就較早那麼兩本詩集，加上費正華（Jennifer Feeley）的選譯本 *Not Written Words*（二〇一六），得何麗明之薦，她在二〇一九年獲美國俄大頒發紐曼華語文學獎（二〇一八年公佈消息），繼而獲瑞典蟬文學獎。是否可説禮失而求諸野？而歷來討論西西詩作最周全的，正是費正華在選譯本的英文前言。

一位詩評人吳念茲寫云：

日前有消息傳來，香港作家西西獲頒美國紐曼華語文學獎，引得本地文學作者、讀者一片叫好，不單因為她是人人稱讚的文壇前輩，還意味着香港文學進入了其他地區讀者的視野、獲得國際上的承認和好評。值得一提的是，此獎雖以文學冠名，其宗旨實專為華語詩人而

設……。過去很長一段時間，我們會發現，西西受矚目、進入學術研究的通常是她的小說作品，其詩作則備受冷落。

——《大公報》，二〇一八年十月二十二日。

紐曼華語文學獎不一定只頒詩作，不過這一次聲明是詩獎。是的，她的詩「備受冷落」，我們要評價她的詩，卻必須重新閱讀，重新認識像她這麼一個詩作者。因為她對詩，有自己一貫的看法，這看法，早在上世紀五六十年代形成，並且付諸實踐。

二

她談小說，談電影、科幻、繪畫，甚至談玩具，幾乎無所不談，她的社會議題，也都寫進小說裏。但她好像很少談詩，偶爾只見她對個別詩作的評介、譯述。其實不是的。這要從上世紀五六十年代說起。我們知道，她曾任《中國學生周報‧詩之頁》編輯，根據她替詩頁寫的文字，大約從一九六三年九月到一九六五年五月，本書一併收錄了，對香港詩史別具意義，讀者幸勿錯過。其中為《周報》十二年報慶而寫的〈談周報過去、現在、未來的詩〉（一九六四年七月二十四日）表現一種成熟而周延的詩觀，六十年後看，仍然難能可貴。她舉了自己的作品時，謙厚地說「詩質稀薄，詩柱脆弱」。

一九六五年五月七日之後已不見，另外有人接編，編者喜

歡在詩作之後加上評論賽馬的用語，馬照跑是一回事，人而當馬，在年青學生閱讀的報刊上發表，實為胡作非為，例如評也斯為「唯一冷馬」。另一次，同年十月一日，在也斯的詩〈雨中書〉後提示他「再擺脫不了瘂弦的影響就有危險」云云。且不管是否確論，仍令人老大不高興。至今仍有人誤以為這是西西的評語，西西從未予以澄清。涉事者都已不在，這裏倒不妨一正後輩的視聽。

其實早在主編《周報》詩頁之前，一九五九至一九六〇年她至少已寫過五篇篇幅相當的詩論，分十一次刊於《星島日報》，頗全面地討論新詩的分節、分行、音拍等等，引證古今中外的詩作。其時她仍在葛師實習，對新詩已有一完整的看法。這在當時，並不多見。可惜報刊不存，而掃描的文字模糊，難以卒讀。

她為《周報》詩頁寫的詩話，其中第三篇（沒有題目，文末在括號內有西西之名），時當一九六四年六月二十六日，文章雖短，香港詩史應有一筆。為甚麼呢？因為她提出 W. C. 威廉斯在英美詩壇的出現：

> 威廉斯說，詩是一架機器，一架機器是不 sentimental 的。所以，一首詩也是不 sentimental 的。他又說，散文也是機器，不過，散文是大貨船，可以載很多貨品。詩不是大貨船，只能載最純的東西。

> 〈紅木車〉不是大貨船。第一兩行叫人想爛了腦袋，

depend 甚麼呢，威廉斯不肯說，只說一輛紅木車，在雨中，在白小雞旁邊。這是他早期的詩，那時人家稱他「意象派」詩人，而這詩裏面甚麼也沒有，只有三個意象。威廉斯的詩都是這樣的，沒甚麼可說，實在他也只有很少的東西可說。他寫詩注重自己的形式，〈紅木車〉看起來就像碎了個瓶在地上，卻又怪整齊地排成三截一截三截。這類詩，是自由詩（free verse），是依照作者自己的高興而排列的，比無韻律詩（blank verse）更叫許多人看不順眼。

一九二二年，艾略特出版了《荒原》使所有的詩失了色。威廉斯說，在艾略特的光芒下，詩人全站不起來啦，非脫出艾略特的影響不可，於是他便努力尋求自己的路，而且，他認為美國人寫詩是學英國人的，一點也沒有自己的風采語言，便要提倡「美國風」，要寫有地方聲音形貌的詩，並且要人人看得懂（像白居易）。因為艾略特是學院派的（就是讀過很多書，很有學問，大學畢業之類），他便反對學院派的詩，說，寫詩用不着學問。

此文今天已很少人讀到，讀到也未必明白它的意義。眾所周知，自從 T. S. 艾略特發表《荒原》之後，加上他很厲害的詩評詩論，新批評又為之推波助瀾，數十年的英美詩壇可說由他引領風騷。《荒原》呈現的文明社會，其精神面貌是空虛、萎靡，一片破敗，一切崩潰，拯救之道唯有乞求宗教的信仰。艾略特的成就，對詩的貢獻，自難以磨滅，其影響也至鉅。

不過，到了一九六〇年中後期，已經出現不少反對的聲音，對他偏重歐洲和英國的傳統，兼且在政治、宗教上的保守，反猶太主義，等等，都頗受爭議。他反對浪漫派那種一瀉無餘的濫情，反對華茲華斯以為詩是強烈感情的流露；認為詩人的自我（self）並不重要，而要融入歷史傳統去，那傳統，是歐洲的文化傳統。他的名言：詩不是放縱情感，而是逃避情感；不是表現個性，而是逃避個性。（Poetry is not a turning loose of emotion, but an escape from emotion; it is not the expression of personality, but an escape from personality.）（*Tradition and the Individual Talent*, 1919）他說主觀的情感，要找到適切的客觀對應物（objective correlation），不要像哈姆雷特，鎮日「To be, or not to be」，口說無憑。這些，不免令人想到王國維「無我之境」：意境、物我交融的說法。

但「無我之境」的另一面，還有「有我之境」。有我與無我，也無非是咖啡或茶。對英美另外的一些詩人來說，那種運用神話、典故，曲折、晦澀的意象，複雜以至繁瑣的結構，兼且鼓吹羅馬天主教，太保守，太學院，太不近人情了。（《荒原》四百多行，用上七種文字，大掉書袋。）較早表示反對的，即是美國的威廉‧卡洛斯‧威廉斯（William Carlos Williams）。西西提到他的詩作〈紅木車〉（"The Red Wheelbarrow"），只有八句，很難說是了不起的詩，重要的是威廉斯的主張：意象明晰，口語、散文化，拒神話，棄用典，生活而已。他的長詩《柏德遜》（*Paterson*），寫的是美國本土。這之後，美國產生各種各樣的詩派，黑山派、Beat

Generation、紐約派、自白派，不一而足，出了無數後現代的詩人，入籍英國的艾略特，已失去至尊的地位。

西西這文寫於一九六四年，請注意，那麼早的日子！她已看到詩潮的變化，而當年的港台，還是艾略特當道，至今還有不少人自覺或不自知，奉行那種現代／古典主義。我說過這是咖啡或茶的問題，但只喝咖啡，對茶不認識也沒興趣認識，對不起，那是無知的偏好。

三

西西不見得完全認同威廉斯的主張，不，從詩話裏也可見，畢竟生活不同，語境有別。艾略特談詩的社會功能時也指出「詩比散文更具有地區性」。不過讀她的詩，顯而易見，她不同意現代主義那種否定生活、消極的思維。她也不接受那種晦澀的現代詩，她離任詩頁編輯，自言是因為對來稿太多「看不懂」。但她可沒有加以針砭，她只是堅持自己對寫詩的看法寫法，這看法寫法，可以遠溯到上世紀六十年代。從這個角度重讀〈我高興〉、〈快餐店〉、〈熱水爐〉、〈土瓜灣〉等等，翻開《西西詩集》，還有許許多多，就可以有不同的理解。就是她寫旅行，用語清晰，也不用奇怪的意象。詩中當然也有哀愁，可不是那種「社會糟透了」的哀愁。對現實生活，未嘗沒有批判，例如〈停雲〉、〈可不可以說〉、〈某名校小一收生面試現場〉，可不是歸之於虛無。她也寫現代科技，學用電腦的時候（右手尚未失靈），李白的〈床前明月光〉，化成倉頡輸入：

日是 A，月是 B，明是 AB，床是 ID，前是 TBLN……收結是
「李白酒醒，驚見蠻書」，說來尷尬，卻言近而旨遠，我們的文
化，怎麼變成了 ABC。據傳李白生於碎葉城（今吉爾吉斯斯坦
的托克馬克市），是漢和匈奴的混血兒，年輕時做過傳譯。至
於〈電話〉，寫於一九八九年，卻至今是我們有事想按電話找
相關部門求救的經驗：

希臘語請按 1 字，法語請按 2 字
德語請按 3 字，意大利語請按 4 字
英語按 5 字，俄語按 6 字
西班牙語按 7 字，阿拉伯語按 8 字
漢語按 9 字，拉丁文請傳真

大天使加百列按 A 字，大天使
邁可按 B 字，六翼天使按 C 字
撒旦按 D 字，教徒熱線按 E 字
上帝請按 G 字，線路繁忙
請稍待，線路繼續繁忙
請等候，上帝不在家，請留言

這是幽默的諷喻，令人啼笑皆非。寫一首幽默，卻反映現
實的詩，豈是容易的事。又如〈詠歎調——仿十七世紀英國
玄學派愛情詩〉，艾略特推崇玄學派，這是西西戲仿的情詩，
不過愛情的對象是一座電腦。例子甚多，恕不再舉了。然則要
是仍用現代主義那種調調去評價她的詩，並不對應，只能是咖

啡與茶，從彼要求此。我們知道，某些文評家，不啻是希臘神話裏的達羅斯特斯（Damastes），他開黑店，在店裏放了一張鐵床，迫令旅客躺下，身長者斬短，身短者扯長。這鐵床，無異就是《我城》中緊按自己的標準，這裏量量那裏量量的一把尺。身材恰好的，當然提供免費食宿。

時間推前一點，當西西寫〈我高興〉（一九七五），除了 E. E. Cummings 那位好玩的頑童，「高興」云云，當年要不是禁忌，那也不是普遍的態度，豈知這是突破。又例如〈快餐店〉，早在一九七六年，那是現代人的生活，卻不是現代主義的詩，沒有現代主義那種負面的情緒，而是肯定、貼地：

　　既然我不會劏魚
　　既然我一見到毛蟲就會把整顆椰菜花扔出窗外
　　既然我炒的牛肉像柴皮
　　既然我燒的飯焦
　　既然我煎蛋時老是忘記下鹽
　　既然我無論炸甚麼都會被油燙傷手指
　　既然我看見了石油氣爐的煙就皺眉又負擔不起煤氣和電費
　　既然我認為一天花起碼三個小時來烹飪是一種時間上的浪費

　　既然我高興在街上走來走去
　　既然我肚子餓了就希望快點有東西可以果腹
　　既然我習慣了掏幾個大硬幣出來自己請自己吃飯

　　　　　　　　　　　　　　　　西西，她這樣的一位作家

既然這裏面顯然十分熱鬧四周的色彩像一幅梵高

既然我可以自由選擇青豆蝦仁飯或公司三文治

既然我還可以隨時來一杯阿華田或西班牙咖啡

既然我認為可以簡單解決的事情實在沒有加以複雜
的必要

既然我的工作已經那麼令我疲乏

既然我一直討厭洗碗洗碟子

既然我放下杯碟就可以朝戶外跑

既然我反對貼士制度

我喜歡快餐店

　　這是一系列庶民的日常生活，用「我」寫來，散文化之
用，無疑是切當的。西西告訴我，她寫過一首〈抽水馬桶頌〉，
表揚抽水馬桶是二十世紀偉大的英雄，可惜不知放到哪裏，也
許沖去了，一直沒有找到。

　　以《嚎叫》（*Howl*）著名的金斯伯格（Allen Ginsberg），
這樣評介威廉斯：

　　如此直白和平實有甚麼用呢？或者說，把反映在平常人
　　頭腦中的事物寫成詩歌有何目的？通常我們根本就不會
　　注意平常的事物，我們頭腦中充滿了白日夢和幻想，因
　　此根本看不到眼前的東西，甚至沒有察覺自己的呼吸，
　　儘管每天都有餐桌供我們擺放食物，有椅子供我們就
　　座，我們卻把這些事物提供的種種好處視為理所當然，
　　絲毫沒有想到經過多少世紀的發展和完善，我們才得以

享受如此舒適的就餐條件。而威廉斯則用平常人的頭腦
去關注現實生活中的場景，他告別了關於天堂和頓悟的
種種念頭，也放棄了想要搞點手腳來粉飾這個宇宙的種
種嘗試。他回到了現實中去津津樂道也描述實際存在的
種種事物，並沒試圖或多或少地改變一下這個宇宙，這
個我們用自己的視覺、味覺、嗅覺、聽覺、觸覺和平凡
的思慮就能體察到的宇宙。

—— 比爾·摩根編、文楚安等譯：《金斯伯格文選 —— 深思熟慮
的散文》〔*Deliberate Prose: Selected Essays（1952-1995）*〕

　　寫的是威廉斯，可奇妙地可以移來評介西西。一九七○
年代中我參加過一份認定詩人孤高，尊崇艾略特、新批評的
詩刊，做過一期的編輯，特意另外找來西西、也斯、馬若的
詩，詩刊出來，即晚舉行會議，原來是對我的批判，一位創
辦人對我說，西西等人的詩 trivial, insignificant。我只好聲明
離開組織。金斯伯格當年就說過「No ideas but in things」。事
物本身絕非微不足道，事物之必要，更不是凡詩都得搞一個
significance 才行。金斯伯格同樣寫過超市，卻不是西西那種坦
率的「高興」，他是「又餓又累」地想念自己詩的教父惠特曼，
想起西班牙的加西亞·洛迦，寫惠特曼戳着冰箱裏的肉，卻瞟
着櫃旁的小伙子。詩有同性戀的投影（〈加里福尼亞超級市場〉
〔"A Supermarket in California"〕，一九五六年）。西西的〈超
級市場〉（一九九八）則是對這詩的回應：

　　雖然距離收款處頗遠

但我看不見你們，即使是幻想

老惠特曼喜歡嚐一點洋薊？

這裏沒有洋薊；沒有西瓜

所以也不可能有加西亞‧洛迦

愛嚎叫的金斯堡，找冰凍的東西

鎮鎮喉嚨？誰是誰的天使呢？

四

本書共七十二首，分兩卷，按西西的詩作順序編排，都未曾出書，部分且從未發表。上卷二十三首，選自西西在學曾公開發表的作品。西西一九五七年中學畢業，進入葛量洪教育學院，一年在校學習，兩年出外實習，一九六一年四月實習完成，成為正式教師。這是分界線。西西讀書時的詩作，並不止此，她自己也有少量剪存，再經過各方搜集，我大抵都讀到，再編選。她第一首詩〈湖上〉，自言受力匡的影響。這詩反映當年的詩風：押韻，十四行詩體，懷鄉。小小年紀，對詩的形式已很自覺，「划過了水草邊划過了小橋，／可會划到我懷念的故鄉？」；「三年來在島上寂寞流浪」，文字不差，表現對音節非常敏感，並不失禮。老實說，以十五之齡，並不比前輩作家力匡、徐速遜色。她原籍廣東中山，但祖父母三代已移居上海，是以他鄉當故鄉，離開她喜歡的上海故居（看過半屬自傳的《候鳥》可知），對它的懷念，也就可以理解。錢塘江，她倒是幼時坐烏篷船到過的。接着的發表，已告別力匡和鄉愁了。

整個上卷，可說是她對詩的學習時期。她用了各種不同的筆名：藍子、皇冠、小紅花、莎揚娜拉、藍馬店、藍色尼羅河、小米素、麥快樂、張愛倫（愛倫、小倫、倫）。附上協恩中學，或者葛師的校名。這要感謝當年的報刊，不少設有學生園地，容納詩作，造就無數寫作人才。用許多不同的筆名，應是其中一位編者的提示，原因是她大量投稿，免予人她佔太多篇幅的印象。她寫詩像推着木頭車，趕詩的市集（〈趕詩歌的集〉），她往往還附上自己的繪畫、木刻（有的就有 CY 的署名），編者照用，可知她也頗受編者的歡迎。

一九六〇年後開始用西西，西西也會在詩裏登場。到了七十年代，則主要用西西一名。其他寫作，例如小說，或閱讀專欄，偶然也用阿果；編劇則用母親的名字：陸華珍。

這時期已可見她對詩的各種試驗。例如聲音上的：

這裏是靜的，很靜，
除了海水的喧嘩。
這裏的水花是細碎的，很碎，
除了更細碎的，更細碎的泥沙。

　　　　　　──〈清晨的海灘〉，一九五七年四月。

有的，用了小說的寫法，例如〈紅磚砌成的小屋〉（一九五八年六月），詩較長，差不多一百行，敘事變化拿捏準確，顯然已相當成熟。這裏不引了。

有的，居然運用了意識流，例如〈主觀之唱〉（一九六〇年七月）：

幻及那個凌波
E 是白
風琴是黑的，他說
又說及剎那存在
攜一個酒瓶之類
高更諾亞諾亞地
黑妻進帆布去了

剖下
　　瑪蒂斯的
　　艾略特的句
七十年代
再沒有甚麼可唱

　　這詩收結對照她稍後的〈詩話三〉，艾略特，「七十年代／
再沒有甚麼可唱」。至於「他說／又說及剎那存在」，意識流
到當年流行的存在主義。西西的小說《東城故事》多年來被誤
讀為存在主義小說，認為西西這時期信奉存在主義云云。我在
〈西西的創新〉一文，已加以澄清。她與存在主義的關係，其
實沒有關係，相反，她在小說裏已有微言，表示保持距離。

　　〈給無邪〉（一九五四年八月）是記中學時的筆友王無邪，
他們通信一年多，王教授年輕時寫詩，提倡「蜻蜓體」，西西
曾有詩仿效。

　　〈我是個野孩子〉（一九五八年三月）寫於葛師師訓時候，
出諸孩子的角度一時期，她寫過一個小說〈和孩子們一起歌

唱〉，刊於《青年樂園》（一九五八年四月），獲徵文的第一名。寫她在唐樓的天台教學生讀書，都是貧窮的孩子，許多被認定是「野孩子」。這是香港的艱苦時期，新舊移民卻能守望相助。香港一九七一年始推行免費教育。

其中〈一個庸俗的字〉（一九五七年八月）很奇妙，當年她喜歡用「藍子」的筆名，這詩卻認為這個字用濫了，她要棄而不用，或有她不喜歡的人／物事也未可知。

總說少年為賦新詞強說愁，在學時的西西不免如此，但也不盡是無根的牽強。她中學時沒有甚麼同窗好友，在英文書院，喜歡中國文學的甚少，更因為不知好歹，在文章裏描述了學校的師生，被告誡，且受同學「另眼相看」。當年的校長免去她一半的學費（當年分學費和堂費），她是感激的；也不是完全獨學而無友。她在《候鳥》中記載有一位較她高班的師姐，這位師姐看來內斂、羞怯，難得同樣愛好文學，借書給她看，卻一句話也不跟她說，兩人只書信相通——這真是今已失去的溫柔的藝術。她說書本給她開拓了一個廣闊的天地，從此不再感覺寂寞。可不多久再見不到師姐，原來退了學，做修女去了。這所以，上卷的關鍵詞，是離別，是寂寞，成為她淺少的人生經驗裏深刻的體會。例如〈真實的故事〉（一九五七年四月），寫的正是離別，她把經驗轉化、衍演，這詩是她在協恩的校刊一首組詩的重寫。又例如〈辭一九五六年〉，她自己成為了要離別的人。

下卷四十九首，近半未發表過，詩末沒注明發表園地的即是。西西在寫作《欽天監》後期退出專欄，詩寫得最多，包括

《動物嘉年華》一書在內。晚年又回到詩那裏去。她寫在紙上，任何紙上、簿上，有時在舊稿的背面，有些夾在書本裏，真當弊帚不珍。我編《動物嘉年華》時，她無可無不可，總怕別人費神。只是提出以動物為主題，為生活日益艱難的動物說話，而且找不同的年輕畫家配畫，是一本繪本，她才說好啊。

她晚年的詩，我曾借用齊白石題畫的話，說她「工夫深處漸天然」，「天然」之來，固然出於多年的工夫，更是她樸素清純的人格的表現。我說她的詩別樹一幟，像楊牧在《西西詩集》的扉頁所言：「自成一家」，別以為這是客套宣傳，詩集之前，我已聽他這樣說過。西西既久已告別五四的新詩，又不能以當下一般玄奧晦澀的現代詩觀之；不難，可又不淺，往往是從具體微細處切入，從實入虛，再化實為虛，言近而旨遠。她寫自己日常的生活，用第一人稱，寫年老，寫疾病，可不是美國羅伯特·羅威爾（Robert Lowell）、安妮·塞克斯頓（Anne Sexton）、西維亞·普拉斯（Sylvia Plath）等人的自白詩（confessional poetry），她沒有精神病，沒有深挖自我的傷痛，消沉而至於要自殺。以〈左手之思〉為例，傷殘多年，不僅不抱怨，還從另一面積極地、正面地看生活，看世情。本書卷二大部分作品，都出自她的左手，可說是左手之詩。她在離世前兩年，開始有認知障礙，但仍然認識詩、記得詩，一直寫到〈疲乏〉，她說：

> 我會懷念我的朋友
> 我們一起生活過的地方
> 我們年輕健康的日子

是的，她的朋友，她生活過的以及她的作品到過的地方，
會永遠永遠懷念她。

二〇二三年四月

按：查西西讀書時的少作，頗得香港中文大學圖書館特
藏的香港文學資料庫（hklit.lib.cuhk.edu.hk）之助，其中
尤其感謝陳寶玲、陳澤霖、周怡玲的幫忙，謹此致謝。

又，剛讀到由葉輝、鄭政恆編的《香港文學大系
一九五〇‐一九六九‧新詩卷二》，選了西西的詩五首：
〈異症〉、〈琴和思想〉、〈C小調〉、〈夏天又來了〉、〈在
馬倫堡〉，顯然是信手拈來，比其他入選者相對地少。
少不是問題，讀者明鑒，這是經過搜查，負責任的編
選嗎？

西西，她這樣的一位作家

西西得紐曼華語文學獎的意義

　　西西獲得二〇一九年紐曼華語文學獎,這是決審結果出來之後,何麗明馬上來電告訴我的。何麗明是《西西詩集》的提名人,她和其他提名的評審通過視像,反覆討論(應該是力爭)了個多小時,最後達成意見。她要我告訴西西,當時是深夜十一時多,西西早已就寢,我硬着頭皮照做。西西在電話的另一頭:紐曼,哦?然後,三分鐘之後,她也許清醒過來,給我來電,說:感謝,我高興。何麗明,我們在一天之前才見面認識,《西西詩集》的英譯者費正華(Jennifer Feeley)來港,要介紹西西認識。何麗明是浸會大學的副教授,西西和她站在一起時,說:我們一樣身高。

　　紐曼華語文學獎由美國俄克拉荷馬大學美中關係研究院舉辦,設立於二〇〇八年,每兩年頒發一次。首屆得主是莫言(二〇〇九),然後依次是韓少功(二〇一一)、楊牧(二〇一三)、朱天文(二〇一五)、王安憶(二〇一七)。

獎項名稱來自贊助者哈羅德・紐曼夫婦（Harold and Ruth Newman）的姓氏。據說評審以作品的文學價值為唯一的準則。這個獎和某些提名與決選名單都秘而不宣的獎項（例如諾貝爾文學獎）不同，事先公佈提名人以及入圍決審的名單，評審的是作者的一本書。楊牧得獎時的詩集是《介殼蟲》，儘管我個人更喜歡他以往的《海岸七疊》、《有人》等，有朋友甚至對我說，他最好的其實是散文。但這是遊戲的規矩，說這是一種嚴肅認真的遊戲，西西應該不會反對。而不同的遊戲，會有不同的規矩。這一次，紐曼文學獎的主辦指定要頒獎給詩集。其他獲提名的作者包括余秀華、王小妮、西川、蕭開愚、鄭小瓊和北島。西西得獎，是內地和台灣之外，首位香港人。

一般人視西西為小說家，詩是她的另一面，是較受忽略的一面（參拙文〈重讀西西的詩──《左手之思》前言〉）。她的《西西詩集》收一百零八首，包括早期大半本的《石磬》，以量計，是兩本了。何麗明說西西的詩，即使轉換成另一種語言，仍然充滿趣味，亦莊亦諧。我想指出的是，過去的譯家都選譯西西的小說，費正華譯詩，很有眼光，並因此獲得美國二〇一七年 Lucien Stryk Asian Translation Prize。又因為這個獎，二〇一九年美國國家藝術基金會（The National Endowment for the Arts）頒發文學翻譯獎學金給她，她於是可以翻譯西西的《哀悼乳房》。

西西曾跟我談費正華的翻譯，認為很精彩，本身就是很好的創作，是受到原著限制的創作。她舉〈蝴蝶輕〉最後一段為例：

　　　　　　　　　　　　　　西西，她這樣的一位作家

漸漸地明白
蝴蝶為甚麼能夠飛了
因為因為
蝴蝶輕
因為因為
蝴蝶沒有心

費正華的英譯題目是 "Butterflies Are Lightsome Things"，
英譯是這樣的：

so gradually I've come to see
why butterflies can flutter by
cuz why cuz why
cuz butterflies are lightsome things
because because
butterflies lack heartstrings

原詩「蝴蝶輕」、「蝴蝶沒有心」，「輕」和「心」，用國語
（普通話）唸，雖不相押，但主元音一樣，可視為合韻，無論
如何，比粵語靠近，輕盈、微細，難得她想到 lightsome things
和 heartstrings，再加上 cuz why cuz why，音義恰切，其實就
是創作，因為有所限制，就看到工夫。而書前的長篇序文寫得
全面、準確，朋友看了，無不大加讚嘆，驚異她對西西認識
之深。

文學創作是語言的藝術。西西說起自己的語言背景，她
八十一年前在上海出生，小學在上海度過，在學校讀書用國語

（現在叫普通話），家中說粵語，那是母語，和小朋友玩時說上
海話。上海話不用七十年，仍然能聽會說，始終不忘。她的寫
作，基本上是運用國語的書面語，那是自覺的選擇，但時而不
免混雜少量的粵語。〈蝴蝶輕〉要用國語唸才好。但有時，用
粵語就產生另一種趣味，例如〈熱水爐〉其中一段：

> 我並且要和別的
> 大大小小的熱水爐
> 做朋友
> 一起做一點事情
> 譬如
> 讓所有的小孩子
> 都有熱水
> 洗澡
> 所有的媽媽
> 有熱水洗衣服
> 我們還要
> 煮許多雞蛋
> 玉蜀黍
> 冰花白糖糕
> 每個人都有得吃
> 如果冬天到了
> ……

以「爐」為腳韻，用粵語唸：「澡」、「糕」、「到」（虛詞「了」
只有半拍），是協韻的；用國語，則「如」、「服」、「黍」協韻，

可不易唸出。

　　西西早些時眼疾，只能翻翻大字本唐詩宋詞，用粵語唸，甚麼「明月幾時有」、「問君能有幾多愁」，「幾時」、「幾多」是粵語，這是人所共知的例子。不過她誦讀李白的「床前明月光，疑是地上霜。舉頭望明月，低頭思故鄉」，發覺粵語「光」、「霜」、「鄉」，動聽極了。李白時代應該也是押韻的，如今用國語唸，就不如粵語那麼上口。王之渙的「白日依山盡，黃河入海流。欲窮千里目，更上一層樓」，粵語唸「流」、「樓」押韻；國語同樣押韻，可不易聽得出來。又如杜甫的名詩〈江南逢李龜年〉：「岐王宅裏尋常見，崔九堂前幾度聞。正是江南好風景，落花時節又逢君。」「聞」、「君」，粵語押韻；國語 wén、jūn，就並非那麼一回事。同樣有名的〈贈花卿〉：「錦城絲管日紛紛，半入江風半入雲。此曲只應天上有，人間能得幾回聞。」粵語誦「紛」、「雲」、「聞」，充滿音樂性，就比國語悅耳，其中「雲」國語更不協韻。再如〈天末懷李白〉：「涼風起天末，君子意如何？鴻雁幾時到？江湖秋水多。」「何」、「多」，粵語是押韻的，國語就唸不出來。不過這樣說，並不等於用粵語讀古詩古文，即無往而不利，不是的，語音丕變，相信有人同樣可以從《唐詩三百首》找出許多用國語唸押韻，粵語則不押的例子。三百首中第二首，李白的〈下終南山過斛斯山人宿置酒〉：「暮從碧山下，山月隨人歸。卻顧所來徑，蒼蒼橫翠微。」「歸」、「微」粵語不押，國語倒是押的。

　　但這有甚麼意義呢？因為這無關哪一種語言更接近中古語，更無論誰優於誰。而是想到，創作的人，運用的是他最本

西西得紐曼華語文學獎的意義

真最親切的語言，這不止是工具，因為工具可以改換；不是詞彙，因為地方詞彙可以挪用、歸化。而是語音、聲調、語感，那是他的血肉。香港是一個國際化的混血城市，香港人的寫作，尤其是在香港成長的作家、詩人，大部分就是運用這樣的語言寫作，它以書面語為主，夾雜粵語，粵語的比重多少，因人而異，而並沒有妨礙跟其他地方交流。我們讀魯迅，讀張愛玲、沈從文、王安憶，都帶有他們的地方色彩、他們的母語。而言語，其實豐富了共同的語言。

何麗明說香港文學長期被視為次要，甚至有人認為這城市不能產生重要的文學作品。西西得獎，其意義表明：香港這地方跟內地、台灣一樣，同樣可以產生出色的作品，加上環境特殊，作品另具特色。紐曼之外，西西還得過港外華語的花蹤、星雲等獎。

西西的創新

一

　　西西離世，我以為悼念她最好的方法，就是讀或者重讀她的書。她的寫作，從第一本書《東城故事》開始（其後一九九一年跟〈象是笨蛋〉及〈草圖〉收於《象是笨蛋》一書），即一直充滿創意，尤其是小説，可説每篇不同，每篇創新。這次講座，我嘗試逐一解説她的各種創新。我説的不是山寨文學的創新，而是從世界文學的視野去講。我也嘗試澄清一些對其作品的誤解、誤判。有些，此前我説過，也有些是其他人的看法，我點明出處，這顯示並非我一己之見，我試舉了十數例子，做一番整合工夫。這種裁剪整合，其實也是西西熟用的技巧，不同的是，西西變出新意，我引用其他人的文字，可沒有改變原來的意旨，希望有興趣的讀者，回到更詳細的原文去。

所謂創新，簡單地說，形式上是突破舊元素，或拆解，或重組，以至轉化，呈現新的面貌；內容上則是突破慣性思維，或斟酌，或延伸，重新理解物事，以及物事之間的關係。西西曾自言：

寫小說，一是新內容，一是新手法，兩樣都沒有，我就不要寫了。

一次受訪，又說：

我開始寫小說時就覺得：第一，我一定要和別人不一樣，我要用自己的聲音說話，不要別人的聲音；第二，我看別人的書，不是看故事，我要看他怎麼寫。……我希望我每一個小說都不同。
——《南方都市報》「南方閱讀周刊」，二〇一二年四月。

就是到了晚年，離世前九個月，她獲藝術發展局的終身成就獎，接受我的訪問（二〇二二年三月），仍認為文學藝術「貴在創新」。

我們知道，文學藝術的創新，難乎其難。另一方面，對讀者而言，其實也是挑戰。西西最難能可貴的是，她的創新，不是偶一為之，而是一直源源不絕，不單表現在文學的寫作，在小說之外，在其他方面也大不乏創新的表現。

她希望每一個小說都不同，問題是會否為新而新，為變而變？舉個大家熟知的例子，西西的〈可不可以說〉：

可不可以說

一枚白菜

一塊雞蛋

一隻蔥

一個胡椒粉？

可不可以說

一架飛鷹

一管椰子樹

一頂太陽

一巴斗驟雨？

可不可以說

一株檸檬茶

一雙大力水手

一頓雪糕蘇打

一畝阿華田？

可不可以說

一朵雨傘

一束雪花

一瓶銀河

一葫蘆宇宙？

可不可以說

一位螞蟻

一名甲由

一家豬玀

一窩英雄？

可不可以說

西西的創新

一頭訓導主任

一隻七省巡按

一匹將軍

一尾皇帝？

可不可以說

龍眼吉祥

龍鬚糖萬歲萬歲萬萬歲？

　　變換慣用的量詞，立即產生諧趣的效果，從日常生活白菜、雞蛋、蔥切入，讓我們重新發現生活裏的趣妙，量詞的誤置，同時是名詞的錯配，再問下去，就不僅是玩笑，而是諷喻：英雄是「一窩」、巡按是「一隻」，將軍是「一匹」，皇帝是「一尾」，不僅打破了我們的慣用語，還顛覆了我們對威權的慣性思維。中國古人對皇帝敬若神靈，稱之為龍，這裏成為龍眼、龍鬚糖，最後還是民間喜歡的小食，才值得喝彩。這是美國詩人佛洛斯德（Robert Frost）所云「悅樂開始，智慧收結」（begins in delight and ends in wisdom）的典型。

　　「可不可以說」是反覆變奏的母題（motif），是有意味的形式。她看重「怎麼寫」的形式問題，但不是為新而新。王國維〈古雅之在美學上之位置〉說過：「一切之美，皆形式之美也。」西方文論家早就指出：

只講內容，不過是在談論經驗，只有分析實現了的內容（achieved content），也就是美學形式，才是文學批評。
　　　　　　　　—— 馬克・蕭勒（Mark Schorer），*Technique as Discovery*。

詩中作者只是問：可不可以説。答案顯然是：可以，又不可以；要看你怎麼説，説的又是甚麼。

我想不妨借用日內瓦學派的比利時名家喬治·布萊（Georges Poulet）提出的「批評意識」，他認為文學批評的目的，不在個別作品的闡釋，而是要揭開作者整體的「我思」（cogito）：小説家各個時期的作品無論以何種方式展現，總會有一個整體的意識，這意識會貫串其所有創作。（*La Conscience critique*, 1971; *The Critical Conscience*，中譯《批評意識》，譯者孫宏安。）然則西西寫作的核心意識是甚麼呢？創新。

二

先按時間順序舉些西西與文本創作似沒直接關係的創新，其實是一以貫之，密切呼應的。

例一、採訪電影明星

一九六六年《香港影畫》創刊，西西應邀採訪電影明星。就是寫電影明星，俗稱「鱔稿」（為商品而邀人寫的宣傳稿，因此法始自一家賣鱔的酒家），也可以別出心裁。邁克的〈開麥拉眼〉一文眼光精準，這裏只選其中三段，已很足夠了：

〔一〕

我本來不知道有春天，草怎麼也會綠，風怎麼也會柔，
我不知道那是因為春天的緣故。但你來了，是你給我們

帶來了春天。當你微笑，春天就活在你的微笑裏，當你
當風披灑着頭髮，春天就活在你的頭髮裏。因為有了
你，就有了春天。

〔二〕

一件那麼淡雅的線衣，一頭那麼屬於大自然的頭髮，然
後是那很清涼的微笑使你要去記着伊的名字，名字胡燕
妮。伊有臉藏在花蔭裏，伊有眼亮在枝葉下，伊有髮浸
在草叢中，伊不是從海上升起來的，伊不是從雲上降下
來的，伊是從伊甸走出來的，伊屬於芬芳的泥土。

〔三〕

她的聲音很好聽，像輕音樂一樣，她說起來不是很快很
快的，你可以聽清楚她所說的每一個字，而且，她每一
句話的句子都是短短的，因為短短的，耳朵一拖就可以
一把全捉住了。她說九點鐘就來了。由市區到清水灣，
路才遠哪。她這麼早已經躺在沙粒地上了，許多人還在
家裏睡得很甜。九點鐘當然不能算是頂早，但是九點鐘
已經到了清水灣，那麼，八點鐘就該吃早餐了，那麼，
七點鐘就該起床了。如果七點鐘就該起床了，那麼，晚
上十點鐘就該睡了。而昨天晚上：我在大會堂，她說。
有一場舞蹈，她說。嘿，多辛苦的佩佩，她怎麼夠睡
呢，如果不夠的話，牙齒就會痛起來，眼睛也會腫的，
那怎麼辦。

邁克說：「如此介紹明星，不僅於當時是創舉，今日也不

　　　　　　　　　　　西西，她這樣的一位作家

會見到。」又説：讀者不必知道是哪一位明星，一樣讀得心曠神怡。文字本身有魅力，題材成為次要，風格才是吸引人的因素。是的，西西的寫法無疑與娛樂記者的訪稿完全不同，其實像詩，像童謠。不是反客為主，實情是：她當是創作。明星終究過去了，好的文字卻足以留下來。我曾引用過馬丁‧路德寫天使的《聖誕書》，以為他用了詩一樣的修辭，重沓延伸，讀者可以拿來比較一下，西西可沒有讀過《聖誕書》：

> 天使加百列來到的時候，瑪利亞很可能正在料理家務。
> 天使寧願在人們盡忠職守的時候來臨。比方說，牧羊人
> 在看守羊群時，天使來了；基甸在打麥子時，天使來了；
> 參孫的母親坐在田裏時，天使來了。然而童女瑪利亞，
> 她極虔誠，她可能正為以色列的救贖，在角落裏禱告。
> 天使也喜歡在人們禱告的時候顯現。

邁克文前還説：「西諺有一句『別咬餵你的手』」，不知英文是否『don't bite the hand that feeds you』？舊俗也有一句『吃井不忘挖井人』。」

例二、紀錄片《銀河系》，一九六八年

她將廢棄的新聞片膠卷，剪接成蒙太奇組合的《銀河系》，呈現的是一九六〇年代矚目的「明星」，包括影壇、藝壇、政壇，還有上太空探月。

西西自言一九六〇年代是她的電影時期，那其實也是電影的黃金時期。當年台灣的《劇場》第九期（最後一期），她名

列編委。半世紀之後，二〇一八年台灣國際紀錄片影展選出
《銀河系》和羅卡的《全線》，作為香港代表，蔡世宗和趙曉彤
訪問她，她的回答提到當年剪接的種種，做法今已不傳，值得
記存：

> 我那時教書領到薪水，每個月就到英文書店買一本厚厚
> 的畫冊，我不買幾本畫冊，省下來改買了一台十六米厘
> 放映機，形狀像一台手提縫紉機，或者像如今的旅行
> 篋，很重，得搬上桌子上，我如今是無論如何也搬動不
> 了，然後提起外殼，露出兩個一高一低的圓形轉軸，影
> 片由高向低穿過發光的小燈格，連接另一個圓軸，光影
> 就投射到白牆上。

> 那麼《銀河系》是怎樣來的？原來我的兄長在麗的呼聲
> 新聞部任職，算是小小的部門主管，每天和新聞片打交
> 道。新聞片一旦過時就報廢，丟棄一地。我看了覺得可
> 惜，想到廢物可以利用。我向他討些回家，學習剪接。
> 他當然也取得高層的同意。他教我去買一個叫 slicer 的
> 剪接器，形狀如同望遠鏡，不過不是橫放，而像一副眼
> 鏡平放在底座上。機器向上有兩個空框，一左一右，
> 框邊上有一組凸齒，彷彿照相機內部裝膠卷的空箱。
> 用時，掀開罩着框格的蓋子，把 AB 兩段的膠卷分置兩
> 端，B 段的開頭放在左邊框內，A 段的尾巴置於右邊的
> 框內。用刀片把兩段要接上的膠卷刮去片上的一些膠
> 質，塗上膠水，然後重疊邊緣，右片壓在左片上，關上
> 框蓋就成。這其實就是我後來另一形式的《剪貼冊》。

不過小機器，壓力不足，而放映機旋轉的拉力很強，所以放映時經常斷畫。多次接駁，大概比我原先的短了些。如今電腦化的做法，我就不懂了。

我的剪接機是十六米厘，一般家庭式用八米厘，如今都是三十五米厘。

我的工作不過是挑選材料，剪貼貫串起來。當年的「新聞」，如今成為一九六〇年代的「紀錄」。

《銀河系》與其他實驗電影不同，它無需情節、故事，由片名點睛，頗有後現代技法之妙，到頭來成為了那個時代的反映。由於在朋友間放映時經常斷畫，最初的是五分鐘，之後是四分鐘，現存已不足三分鐘。

值得注意的是，把既有材料貫串、拼貼，賦予新意，成為西西後來的一種獨特的技巧，而且越用越成熟。她舉了一個例：《剪貼冊》。《剪貼冊》是圖文配合的，《銀河系》則只有影像。

此外，她的個子一般，力氣不大，背着拍攝器材行走不便，更不便的是找人演出，但她另有辦法轉化弱勢。這可說是她一生克服困難的寫照。

例三、球評，一九九〇年

一九九〇年舉行世界盃足球比賽，石琪邀她在《明報》寫當時的比賽。這方面，她是家學淵源，父親在上海曾為裁判

員、教練，認識曾在上海出賽，有「中國球王」之稱的李惠堂，後來移居香港後獲李的轉介進入九龍巴士公司工作，當查票員，一度兼任九巴足球隊教練，並當小球裁判。一九五〇年初南（華）巴大戰，是香港體壇盛事。西西第一次去看足球，在上海，是在母親的肚子裏。後來在香港，父親清晨到花墟球場帶領球員練習，往往就帶了西西同去，她自己也在場邊練跑，然後一起上茶樓。她認識南巴的足球名將，如鮑景賢、何應芬、李大輝。然後才坐巴士上學去。

世界盃期間她每晚看比賽，看後馬上寫，每天見報。當年她的評述，非常內行，不輸男性專業評述。首屆女子足球世界盃在一九九一年舉行，女子足球仍屬萌芽。她把世界盃比做嘉年華狂歡節，那是巴赫金所謂的複調小說，她運用文化、文學的角度看足球，既有內行知識，又賦予文化內涵，這是一種跨越，至今仍罕見他例。這裏只選兩段，載《耳目書》：

〔一〕

香港南巴大戰的年代，球隊沒有甚麼隊型可說，當然也沒有電視可看。那時報上刊登球隊的排陣，只是一二三五。一是龍門，五是前鋒，一字排開，彷彿他們在球場上應該是這個樣子。那時傳媒上的球評，都屬於「新批評」學派，就球員論球員，用不着通盤的分析，也沒有戰術美學的反省。甚麼雙翼齊飛、三角短傳，已經包括所有的足球肌理了。

後來，我們打開了視野。拉丁美洲的巴西出現，他們因

為有很傑出的中場球員，於是踢出了四二四陣式，中場
兩位負責瞻前顧後，而英國也創出了 WM 式，然後，又
有所謂四三三。……一時間大家都有一套這樣那樣的戰
術了。球評家忽然發現了球場的深度和廣度。而比利的
十號球衣，以至巴西，成為藝術的「意符」，這時候，
足球是否可以說進入了「結構主義」的時代呢？

七〇年代以後，荷蘭告魯夫他們推出「全能足球」，新
的意識、新的詮釋，把足球看成開放的「文本」，流動，
沒有固定的位置，足球於是進入「解構」年代，還記得
荷蘭球員擺的越位陷阱麼？球員必須互相配合才行。我
們對球賽的閱讀能力無疑提高了。

可是，要完全「離心」（decentring），在體育界似乎仍
不可能，我還是喜歡看個別的天才，這所以比利等人令
人懷念。

〔二〕

世界盃是一部長篇小說，是巴赫金所說的「複調小說」：
呈現許許多多紛雜而又各自獨立的聲音，不同的意識，
彼此爭持、交流，而且，按照遊戲規則，它們是平等
的。有的情節，還沒有發展，就中斷了，叫人歎惜；有
的，觀眾都不看好，卻峰迴路轉，幾乎成為了主線。彷
彿它們都是有生命似的，也同時在觀看着觀眾。至於角
色，有的分配了一大堆台詞，因為這個那個理由，結果
沒有演戲；也有的，因為努力，很快就從配角變成要角。

誰是這部大小說的作者？把書翻開，一如所有的民間慶典，是集體的創作，是你和我。第十四回儘管不是精彩的篇章，但一直吸引我，讓我融入這種慶節的世界感受裏。巴西將會怎樣呢？「夢幻進攻」會在四年後實現嗎？非洲會出現更多令我們驚訝和燦爛的球星嗎？中國呢，能夠進軍世界盃麼？且看下回分解。

例四、生活剪貼

日常生活也可以有創意，她把一張普通的照片，剪剪貼貼，變出趣味。照片是我拍的，攝於上世紀八〇／九〇之間。她要我把照片放大。原來她把自己喜歡、關心的人物、動物剪貼、拼入，後來變成為一個很特別、漂亮的書封面（一九九五）。這其實就是「剪貼冊」的變奏。

例五、中國古代服飾熊，二〇〇九年

西西一九八九年患乳癌，經手術後，右邊淋巴腺受損，右手逐漸失靈，大約二〇〇〇年，右手終於完全失去功能。其間為了物理治療，她開始學做布偶，繼而學縫毛熊，成果是《縫熊志》一本奇書，不僅對西西而言，也對毛熊作者、毛熊書而言。因為她不單做熊，還為毛熊書寫，其中一系列中國古典服飾熊，既為各朝選擇毛熊代表縫做切合時代歷史的衣飾，又通過文學的修辭，以優美的散文細緻地闡述衣飾的變化。既做物，也言志。

毛熊的製作，本來自歐美，上世紀七〇年代出現不少以個

一幀普通照片（何福仁攝）

放大後，剪貼上她喜歡的人、物。

| 成為一個有趣的封面

西西，她這樣的一位作家

人風格見稱的熊藝家。近年在台灣、香港、中國大陸偶爾也見熊藝家做出穿着中國服裝的毛熊，但以系列形式作為主題出現，之前沒見；更遑論配以精彩的散文闡述。西西的水滸英雄，曾獲毛熊創意獎，提升了毛熊的文化內涵，嘗試落籍中國社會。

西西縫製：水滸英雄

（左起）九紋龍　史進
　　　　浪子　　燕青
　　　　鼓上蚤　時遷
　　　　沒羽箭　張清
　　　　青面獸　楊志

▍「水滸英雄」系列毛熊

例六、繪畫的創新

即使到了晚年，二〇二一年，她已不良於行，除了風和日麗的早上，坐輪椅到街上曬太陽，已不出外。這一年六月，她想到端午節，想到龍舟競渡，但其實，因疫症關係已經暫停舉行了。她要來一張小小的白紙，在上面繪了一個窗子（圖一）；我還不知道她要做甚麼。然後她把白紙翻過來，在上面繪了一隻龍船（圖二）。她說這是她在窗外看見賽龍船。但妙在主客互換，龍船在前，——這是主角，窗子，那個觀看的人，隱隱退居船後。

此前，我沒有看過這樣的繪畫，而且畫裏有人，呈現繪者不好出風頭，謙讓，不奪人之美的風格。

不多久，她寫了一首詩，題目是〈窗外〉：

圖一：西西先在白紙上繪一窗框

圖二：把窗框翻轉，繪一龍船。

　　　　　　　　　　　西西，她這樣的一位作家

我看到龍舟競渡

在窗外

我聽到擂鼓咚咚

穿過窗框傳來

我嗅到海水

的鹹味

窗，不要關上

我就坐在窗前想像

——《左手之思‧窗外》

三

再說西西寫作上的創新，仍依發表先後逐一闡述。

首先是《東城故事》（一九六六）；其後〈東城故事〉、〈象是笨蛋〉、〈草圖〉三個中篇俱收於洪範版《象是笨蛋》（一九九一）。談這小說，也嘗試解答西西與「存在主義」的問題。

這是西西第一本出版的小說。不是「三角子小說」，已升格為四角子。這系列稿約必須是愛情小說。《東城故事》好像也是愛情小說，其實不是，不過最大的不同是手法。小說的靈感來自一九五○年代改編自莎劇《羅密歐與茱麗葉》的舞台劇 *West Side Story*，六十年代拍成電影，港譯《夢斷城西》，譯得好，戲中情侶有夢，合唱 ”Somewhere, there's a place for us”。最近史匹堡再翻拍。從西城轉化到東城，主人翁名字馬利亞沿

用原劇，不過她在西西筆下，明顯是知識青年，不是移民，有半間別墅，有跑車，討厭一加一等於二的樣板生活，會講希臘神話，喜歡卡繆、高達，而且抽煙。東西兩地內容實無相同之處，西西可另有創意，用電影劇本的寫法，有轉場、淡出淡入等分鏡頭的說明，「中景：安東尼奧尼式」、「中景：維斯康提式」云云。對照她當年在報刊上寫的電影，這不啻是跟西方電影大師、西方文化思潮的對話。從一九六三年到一九六九年，她在《新生晚報》、《真報》、《星島晚報》、《中國學生周報》，以至《亞洲娛樂》、《香港影畫》等大量寫作電影專欄，評述、解說（見趙曉彤編《西西看電影》上中下三冊），在上世紀六十年代，在香港寫作推介電影文化，她應該最多。

小說分八節，分由不同的人物第一身敘述，七個觀點，環繞馬利亞這人物，逐一轉接推動故事，其中一節敘事者是小狗貝貝（有一段全用句號），而最後則是西西。鄭樹森的〈讀西西中篇小說隨想〉指出，這種以觀點轉變來發展情節，和黑澤明的《羅生門》不盡同，那是同一事件不同的角度。鄭教授的文章是最早論述《東城故事》與電影的關係的，並且分析作者的現身，「用蘇聯形式主義學派的說法，就是『前景化』，用『後設小說』研究者的講法，則是自我意識或自我省思較強的創作」。在這小說之前，後設小說（metafiction）還沒有進入漢語文學界的視域。

其次，嘗試澄清西西與「存在主義」的問題。

馬利亞的閱讀、沙灘、太陽，那種《異鄉人》的氛圍，令人想到當年流行的存在主義思潮。長期以來，不少人認定西西

在《我城》之前信奉存在主義，寫的是存在主義小說，這論調大可斟酌，且不論存在主義小說是否必然不是好東西。

西西在《時間的話題》（一九九五）中談《我城》的時候提及《東城故事》，她說這故事講一位女孩子放棄一切：好職業、富裕的家庭，看存在主義小說，那種「似懂非懂的存在主義時代」，「她總覺一切都是虛妄，做人沒有意義。她後來自殺，沒有死，發瘋了，終日坐在鞦韆上。故事很糟，那種『存在』，並沒有根源」。要搞清楚，說的是「她」，那是小說中的人物。她自言《我城》是一個分水嶺，以往寫的是「存在主義式小說，……這是當時普遍的想法」，別讀漏了「式」字，是指存在主義那種式樣，那種處境。評論不是說要反映社會現實麼？問題在作者對這種社會流行的想法，態度為何？此外，我們聽小說家談自己，可不能聽得太死。譬如說，他認為自己是創作的表表者，全世界都在聽他的。又譬如，西西在六十年代應宋淇之邀當編劇，謙稱自己不會寫對白，所以不適合電影這一行，一位導演就自作聰明，斷言她因此找到自己的定位：從此改寫小說。不知西西小說的對白甚多，也最有創意。

西西在《象是笨蛋》一書的後記說：

> 三個中篇都寫於台港的「存在主義時期」。那時候，不少大好青年，面色蒼白、雙目迷惘、沉默寡言，穿些素黑的衣衫，不是倚牆靠壁站立，就是孤獨蜷縮隅角，一派對生命沒有遠景的樣子。有些朋友聚在一起，談及人生並無意義；有些朋友真的自殺了。存在主義是甚麼，

我其實半知半解，有一陣竟也隨着別人頹喪起來，不過
粗讀些沙特、卡繆的小說，並不了解其積極的另一面，
不懂得推大石上山的道理。

西西總是自謙而溫婉，把那些大好青年，說成是「我」，
這個「我」，卻也知道問題所在：「不過粗讀些沙特、卡繆的小
說，並不了解其積極的另一面」。要是人生真的沒有意義，也
就不必像是笨蛋那樣寫東西了。別忘了《我城》後記批評：「那
種『存在』，並沒有根源。」

作品本身才是真正、最好的辨正。小說裏西西認同、肯定
馬利亞這人物？小說最後一節（「其八」）西西出場，可見她
的觀察，而與其他人不同。這個「西西」可以是小說家登場的
假面（persona），不一定等同作者，但又未必全假，重要的是
她的態度。這個「西西」的出現，尤可注意的是，她後來的小
說，不少用「我」第一身敘述，並且引用了自己的生活經驗，
例如《我城》、《我的喬治亞》，當然還有《候鳥》（一九八一），
或化身其他人物，或不提作者名字，西西之名，早在一九六〇
年代已出現在詩作裏，在〈土瓜灣敘事〉中亮相，卻是他人眼
中的西西，那是幽默的自嘲。

《東城故事》中西西一節的語調，跟其他各節完全不同。
她沒有嚴詞批判其他人的看法，卻強調自己和馬利亞以至小說
中人完全無關，劃出界線，一再聲稱自己的到來，只是為了小
狗貝貝，說來「荒誕」，卻是聲東擊西。小狗可是老實地「生
活」，喜好分明，不會以為一切虛妄。西西說：

裏面不是這樣的〔指別墅的房子〕，外面至少仍有一點兒不可愛的太陽。書房裏面沒有亮燈，拉開了窗幃仍容納不了許多光，東尼坐在一列沒椅沙發的末端，他和阿倫排排坐地成了兩具雕像，幾乎靜止得和桌上的花瓶沒有甚麼分別。我不知道他們正在思想甚麼，至於我，我是完全無關的，我並不熟悉他們所說的馬利亞，我甚至從不怎麼認識她，她的生和死與我毫不相干，只是為了那條狗，而那條狗，現在也已經跑得沒影沒蹤了。如果有人問我為甚麼來，我說是為了一條狗，想想，這究竟是何等荒誕的一件事。

　　她對他們「從不怎麼認識」，一如他們對存在主義從不怎麼認識，這是弔詭的互為「不存在」。勞思光〈生命之悲情與存在主義之正面意義〉一文，提出對存在主義迎與拒的問題，上述一段，要不是「拒」，也絕不能說是「迎」，對小說家來說，迎拒之間，還有第三種：通過具體的描述呈現態度，並不赤裸裸地對塑造的人物下結論、批判。小說家要是干預人物，那是單聲道的獨白小說。西西自言馬利亞的生和死跟她毫不相干，然則對馬利亞這些人物既談不上同情，而是要保持距離。她們無非是當年某些文青的寫照，是流行思潮的反映。

　　一九六九年的〈象是笨蛋〉，主人翁阿象在「防止虐畜會」工作，同樣有一個富裕的女子，看來比馬利亞更富裕，卻同樣覺得人生沒有意義，同樣不想活下去。最後阿象笨得不經意地把她「人道毀滅」。這小說也表現存在主義小說式的色彩。問題在好心的阿象，並不愛她，但好心，有時因為心軟不忍心把沒

人領養的貓狗帶回家。對她的追纏（纏人的思潮），他同樣的不忍心，嘗試讓她覺得生活還有「明天」。他另有一位學琴、愛畫的女友，他一再說在莫迪格里安尼與癲皮狗之間，他選擇癲皮狗，因為癲皮狗是「生靈」。這狗比《東城故事》的一隻「癲皮」。許多年後，一九八一年在〈魚之雕塑〉，有同樣的變奏：真令作者感動的，還是生靈。

一九六五年，西西在《小說文藝》第一期寫了一首詩，題目是〈存在的那條狗和西西〉，詩比小說還要早些，參諸《候鳥》，西西的確有過一頭走失了的狗：

> 那條狗
> 我曾經那麼喜歡的
> 不存在了
>
> 我說的不存在
> 和祁克伽說的不存在
> 不相干
>
> 相干不相干
> 喜歡不喜歡
> 那條狗
> 曾搖着尾巴
> 對我低鳴
> 存在過的
> 不存在了

這詩最初發表時原題〈狗與西西〉，大概二〇〇〇年後找回，詩末節在「那條狗」之後加上「曾搖着尾巴／對我低鳴／存在過的」三行，是想把狗的「存在」，寫得具體些。祁克伽，即祁克果；不單存在主義哲學大師「不相干」，連西西喜歡的狗也「不存在了」。

　　一九七三年的〈草圖〉，存在主義小說的場面淡薄得多了。鄭樹森指出〈草圖〉不重情節，突出的是局部肌理，諸如意象、用典和各種修辭手段，其間又有聯想，以至奇異的幻想：薄暮時分就出現一個收舊貨的黑衣人，搖着響鈴，逐戶把世上各種物事收納入袋子裏，收了，袋子仍然空空如也。能容乃大，不妨想像，他也收納各種文學、電影，各樣的主義、哲學。或者補充，「我」的聯想、幻想，還有回想：自己在校裏檢查砂眼，小息時絆倒，頭碰到熱水爐上，縫了七針。這一段見於《候鳥》，《候鳥》泰半是自傳。鄭樹森在結論裏引〈草圖〉所言：「我也不該太醉心於安東尼奧尼，他的疏離感幾乎把我溺斃。你是知道的，我並不善泳。」然後點出安東尼奧尼在六十年代初極富創意的三部曲，其重大的貢獻：

> 其實不是一個時代精神面貌的捕捉，而是傳統主流電影敘述模式的瓦解、電影媒體可塑性的探索、電影藝術領域的開拓。西西這三部「電影時期」的中篇小說，在敘述上的實驗與創新，亦可作如是觀。

　　〈東城故事〉以及〈象是笨蛋〉、〈草圖〉之前，一九五八年，她還在教學實習期間，發表小說〈和孩子們一起歌唱〉，

寫自己在舊式大廈的天台教窮孩子讀書，手法寫實，充滿人道主義精神，絕不虛無，這小說得《青年樂園》周刊徵文的首獎，後來併入《候鳥》的續卷《織巢》裏。

其後一九六五年的〈瑪利亞〉，得《中國學生周報》徵文首獎，寫一位修女本乎博愛之情，到戰亂的剛果傳道，不管同意與否，修女對「存在」有終極的關懷。這小說視野恢宏，駕馭材料的能力非常出色。出書時更加插了剛果原住民的聲音，成為複調。

四

《我城》一九七五年連載；一九七九年出版單行本。

西西的書出版的年份，與寫作發表往往有落差，這是要注意的。

當年我不自量力答應為《我城》寫導讀，猶豫良久，到書付印在即只好硬着頭皮交卷，如今看，最好的還是題目:《我城》的一種讀法。困難何在？那是因為我以為要做文學評論，「說甚麼」固然重要，還得從美學着眼，也就是西西所說的:這小說「怎麼說」。我斟酌再三，嘗試用長卷移動視點的結構去分析。

《我城》之作，明顯是要告別過去那種比較灰色的存在主義的題材、那種氛圍，轉而抒寫年輕人正面、積極的生活；呈現另一種行為模式，另一種生活的可能。這小說運用創新的轉喻，一種詩化的語言，加上獨特的結構，當年無疑一新耳目。

但創新畢竟是艱難的，新之為新，不易為守舊所理解，更

往往受誤解，甚至會遇到粗暴的批評。小說在報上連載時，即有「文警」看不懂，當面指斥作者「不知所云」。四十多年後還有學者在報上表示讀了書的第一句「我對她們點我的頭」，即拒絕再看下去，認為應寫成「我對她們點頭」。讀下去與否，絕對是個人的權利。但發表出來，就是評論，顯得多麼傲慢、粗暴。台灣年輕的馬世芳讀到第一句，可是説「先得我心」。

要是自信不足，還在寫作中的小説，肯定會受影響。不過一個人沒受過惡評，受不了惡評，就不大可能成就創新的作品。西西獲得的好評甚多，謗亦隨之，惡意的批評，其實也不少。

「我對她們點頭」無疑簡潔了，卻只是説明（telling），是實用文；「我對她們點我的頭」則是展示（display）、是演出（showing），這才是文學、是審美，內含意蘊、觀點。再看下去，就會知道這是突出「我」跟「她們」不同，是我向她們告別，禮貌地。接着的一句，有些微耐性的話，會讀到：「是了，除了對她們點我的頭之外，我還有甚麼話好説。」對這種一句不合意即妄下結論的批評家，除了搖我的頭，還真的無話可説。魯迅的「一株是棗樹，還有一株也是棗樹」，恐怕要改成「兩株棗樹」。

西西何嘗不會寫成「我對她們點頭」，—— 那真平平無奇，試看西西《我城》之後，接着連載的《美麗大廈》（一九七七），完全是不同的行文風格。再比較她其他的作品，例如《哨鹿》、〈圖特碑記〉、〈鎮咒〉、〈奧林匹斯〉、〈解體〉……「我對她們點我的頭」，並非不合語法。那麼我們就要

問：為甚麼這樣寫；為甚麼要突出「我的」？

其次，又先後有人說《我城》陌生化的語言，妨礙了對社會深入批評。這批評完全失焦。《我城》是語言的實驗，運用年輕人的語言（不是童言）。倘社會批判是本書的第一位，那麼，這跟小說裏的年輕人阿果、麥快樂等人不協調；他們尋找身份認同，深愛這土地：「我喜歡這城市的天空／我喜歡這城市的海／我喜歡這城市的路」，歸結為「天佑我城」。此外，與一九七〇年代樂觀、踏實的時代氛圍也不協調。小說呈現的是年輕人誠懇地生活，努力地工作，並不教人怎樣生活；生活，沒有既定的答案。法蘭克福學派的思想家阿多諾（Theodor W. Adorno）曾移居美國，着力批判資本主義社會。他認為社會批判，語言形式是最好的工具。何況，《我城》是有批判的，主要來自長輩一再提示：「你還看見甚麼呢」；不過社會問題的現象描述，點到即止，不宜高喊口號，採取社會運動的方式，尤其不好扮演導師。小說家提出問題，並不一定要提供答案。《我城》批判陳套、油滑的語言形式，正是批判陳套、油滑，那種自以為是的思維。西西另有處理社會問題的作品。

「我城」一詞已成流行語，只有妄人才會以為那只是西西一己的城。

· 五

再說〈春望〉，一九八〇年在《八方叢刊》刊載，收入素葉版《春望》（一九八二）、洪範版《白髮阿娥及其他》

（二〇〇六）。

西西的〈春望〉是傑作，有新內容，更有新形式。全篇通過對話表現，對話，正是西西小說中一大創新。對話一般的寫法，不外乎是你一言，我一語；其後發展，可以不需要開引號、收引號，而融入整體敘事裏，例如葡萄牙的薩拉爾戈（José Saramago）就是。

西西寫過篇分析巴加斯・略薩小說《潘達雷昂上尉與勞軍女郎》第一章的長文（一九八五），採用孫家孟的譯文，並參照英譯，仔細地分析巴加斯・略薩濃縮空間和時間的手法，借鑒了電影的溶接、平行蒙太奇、交替剪接等等，突破傳統小說的敘事。例如開頭主人翁被妻子叫醒，還打着呵欠，接着對話已表現他起了床梳洗，再對話，他的動作已是對鏡打領帶。對話，是吃早餐。最後對話，他已經抵達軍部。五次對話，卻完成了所有該做而不同的工作。此文收於《傳聲筒》，文末附《潘達雷昂上尉與勞軍女郎》第一章，特別的是，內地廣西師範大學出版社的版本，中譯經孫家孟修訂過。

〈春望〉寫於內地重新開放，香港和內地的親友可以重聚、互訪。彼此相隔二十四年。〈春望〉有三種對話：

一、以對話轉接不同的時空；這方面無疑借鑒了巴加斯・略薩，可稍有不同。

二、一人連說好幾句；

三、一人好像跟人對話，實為自言自語。這兩種，是西西的新創。

以下逐一分析：

一、以對話轉接不同的時空

主人翁美華向母親講述到內地探訪姑媽明姨的經過，地點是母女在香港住家。當美華講明姨如何如何，場景馬上變換，接到她和明姨在內地現場的對話，這是電影 Transition 的技巧。美華告訴母親在賓館看到明姨時，喊：「是明姨嗎？」下面對話銜接這一句：

　「是明姨嗎？」
　「是不是美華？」
　「我是美華，我是美華。」
　「果然是美華哪。」

二、有時你一言我數語

〈春望〉的對話有時打破一人一句的慣性序列，可以連說幾句。美華告訴母親：「她說，看見我好像看見你一般。她說：你是越長越像你媽媽了。」然後扣着明姨這句話：

　「你是越長越像你媽媽了。」〔明姨〕
　「她每天做些甚麼？」〔明姨〕
　「常常頭痛、眼花、四肢酸軟。」〔美華〕
　「人還是瘦，只有八十多磅。」〔美華〕
　「已經胖一點了。」〔美華〕
　「看看電視，長篇劇。」〔美華〕

括號的人物，是我加上的。頭痛、瘦、已經胖了、看電

視，明顯是美華回答明姨媽媽每天做甚麼的詢問。

三、似對話，實為自我沉吟

〈春望〉收結一大段，看似是對話，實則融入了陳老太的主觀意識去，那是老人家心情忐忑，久別多年，反覆自我沉吟如何接待親人，真是近親情怯。這可不是為新而新，須得符合人物的年紀、心理狀態。最後幾句是這樣的：

「讓我明天就寫封信去。」
「要不要今晚上寫？」
「吃完飯寫。」
「還是明天寫。」
「是的，明天寫，就說：歡迎你們到香港來。」

當然，有人會問，一人一句不就清楚明瞭，犯不着那麼費神？

這就是嚴肅小說與流行小說的分別，讀者不能被動地消費，而要留心，用腦，參與這創作。（詳細分析請參〈家書抵萬金——讀《春望》〉一文）

六

〈春望〉之後是〈像我這樣的一個女子〉（一九八二年一月）、〈感冒〉（一九八二年二月），先後發表在《素葉文學》第六及第七期，其後俱收於素葉版《春望》（一九八二）、洪範

版《像我這樣的一個女子》（一九八四）、廣西師範大學簡體字版（二〇一〇）。

〈像我這樣的一個女子〉（下稱〈女子〉）和〈感冒〉的主人翁是兩個女子，同樣以第一身「我」自述，是兩生花，傳統小說所謂「花開兩朵，各表一枝」，獨立具足，卻又彼此應答，同一母題，兩個面向，延伸，發展。多年來，討論〈女子〉的文章甚多，當年一位年輕的作者敏銳地把兩個小說連繫起來，讀到兩個女子共通的「哀傷」。不過「哀傷」是起點，不是終點。她的文章收結云：「由於她／她們底基調都是宿命的、無可挽回的，因此並沒有出現類似西方古典作品中人向命運反擊的激昂情意，代之是股極深切悠長的慨歎。……與中國舊小說中女性感懷身世有很神似的地方。」（〈春望〉）。此文刊於《素葉文學》二十四、二十五期，一九八四年八月，我是該期合刊的主編，儘管不同意，還是照刊了。

希臘神話的神祇，反抗的是另一更有權力的神祇，注定失敗，這是真正的宿命。兩個女子，反抗的是她們舊有的自我。「我」，是流動變化的，並非一成不變。許多年過去，這位作者也許會有不同的看法吧。不過這代表了多年來不少評論，以至電視，對這小說的誤解。對這小說另一誤解，是以為這純粹是愛情小說，把這女子解讀為由始至終一成不變，把好一個圓型人物（round character），讀成扁型（flat）。也斯在《小說家族》一書談到電視的改編，說：「原作中的女角是貫徹一個性格，從頭到尾沒變，……原著本來較強調命運的無奈，較多內心的思想，改編把一個比較靜態的角色加入情感的變化，以豐

富的影像寫變化的幅度，另有可取之處。」這說法要不是有意貶抑，就是讀書不精。

我曾做過一篇〈像她們這樣的兩個女子〉，詳細地分析兩篇小說，同中有異，異中有同，收在《像她們這樣的兩個女子》文集中（中華書局，二〇一七）。此文或對作曲家盧定彰和小說家黃怡有點啟發吧，他們合作做出了歌劇《兩個女子》。

先說〈女子〉一篇。

首先，題材已很罕見。此前，以我所知，還沒有文學作品以遺體化妝師為主人翁。日本電影《禮儀師之奏鳴曲》成於二〇〇八年；後於〈女子〉二十六年。電影的殯禮化妝師是男子，而〈女子〉的題旨無疑深刻得多。

女性，加上那種職業，長期受誤解，甚至受歧視。這些，可能因為起首的句子太動人：

像我這樣的一個女子，其實是不適宜和任何人戀愛的。

西西模擬了主人翁感性的語調，哀傷，自憐。西西曾自述這小說的寫作：

我清早五時忽然想通了那種敘述的語調，而且腦中唸出了整整的第一段，因為怕會忘記，連忙起床寫。兩口氣把小說寫完，第一口氣是早上七時寫到中午一時，肚子餓了，不得不吃點東西；第二口氣是二時寫到三時，重讀一遍，就去發稿。
——〈認知的過程〉，《聯合報・副刊》，一九九四年一月八日。

西西的創新

從「腹稿」到發去打字公司，再不改一字。最重要的是，「想通了那種敘述的語調」。

這小說先在《素葉文學》刊登，再在台灣《聯合報》副刊轉刊，有台灣讀者以為這個「我」真是西西自己，來信說願意照顧她。她的小說總是相體裁衣，扮演角色，語調長短慢急，看角色而定。這其實就是俄國戲劇大師史坦尼斯拉夫斯基（K. S. Stanislavski）提倡的方法演技。西西在上世紀六十年代深研電影，一如演員，她揣摩角色在現實生活中的行為、心理、語調，以祈演活角色。

〈女子〉的主人翁知識水平不高，對自己，對工作，對愛情，猶豫，自責，卻是逐漸轉變，其心路歷程其實很清楚，由起初屈服於命運：「對於命運，我是沒辦法反擊了。」然後，深入自剖，大概到了小說的五分之三，心態開始變化，她開始絕地反攻：先肯定自己的工作，認識到自己不過走了一條少人走卻必須有人走的路：

> 我說：為甚麼你們要害怕呢，在這世界上，總得有人做這樣的工作，難道我的工作做得不夠好，不稱職？（洪範新版頁一一四）

她繼承姑母的工作，是她自己並不害怕，害怕的是「你們」。此前她曾指責自殺的年輕人，不敢向命運反擊。這個「命運」，就不是不能改變的宿命。她自言：

> 但我昨天遇見的〔自殺的〕男孩……我覺得他的行為是

西西，她這樣的一位作家

一種極端懦弱的行為，一個沒有勇氣向命運反擊的人，
從我自己出發，應該是我不屑一顧的……〔我〕同時拒
絕為他化妝……（洪範新版頁一一〇）

說得斬釘截鐵。最後，她拒絕改變，要改的是社會的偏
見。她重新認識真正的愛：令人勇敢，坦誠，不怕考驗。

這小說為弱勢發聲，──女性，加上近乎厭惡性的職業，
同時為愛情解魅，顛覆了流行愛情小說的類型，用一種近乎感
傷（sentimental）的語調，卻達致了理性的思考。這毋寧是愛
情小說的戲仿（parody），先進入這個類型，再出來，加以瓦
解。情人好說至死不渝，很好，就「死界你睇」（死給你看）：
讓你看我為死者化妝的工作，你敢看、敢愛麼？「我」成為了
別人對愛的挑戰，成為社會看待邊緣社群的考驗。她知道：

許多人的所謂愛，表面上是非常剛強、堅韌，事實上卻
是異常地懦弱、萎縮；充了氣的勇氣，不過是一層糖
衣。（洪範新版頁一一六）

男主人翁知道女主人翁的身份後，會怎樣反應呢？也許置
諸死地然後生，怡芬姑母說過：「也許夏不是一個膽怯的人。」
「因為愛，所以並不害怕。」世間合該有那麼一個男子，因為
愛，並不要這個「我」改變。也許。鮮花是一種告別的象徵。
誰知道呢？對她是這樣，對他卻並非如此。收結時她再說一次
「像我這樣的一個女子，其實是不適宜和任何人戀愛的」，前後
意涵已大不相同。小說的結局是開放式的。姑母怡芬，諧音是

宜分，可也是宜婚。

再說另一女子（〈感冒〉）。

寫完〈女子〉（一月），西西馬上寫〈感冒〉（二月），明顯是有意為之。而〈女子〉中已有〈感冒〉的伏筆。〈女子〉中有一位年輕兄弟，和另一女子相愛，那女子卻不明不白地和一個自己並不傾心的人結了婚。然則這兩個女子，原來有某種「親緣」（洪範新版頁一〇七——一〇八）。她們遭遇的問題，不過是一個的兩面：〈女子〉是別人怎樣看我？〈感冒〉的則是我又怎樣看我自己？前者的答案：那是別人的問題；後者的答案：那是自己的問題。

〈感冒〉寫一個沒有獨立人格的「我」，弔詭的是，作者安排她知書識禮，受過良好的教育，正是那種教育、文化氛圍，令她在意別人的眼光，一直扮演別人給定的角色。加上個性不強烈，壓力主要還是來自她自己。

她重遇舊同學，受到觸動，有點甦醒，身體出現狀況：感冒。

小說難在寫人的醒覺、轉變，尤其短篇小說。〈女子〉不過一萬字，〈感冒〉稍長，也不過一萬八千字。這考驗作者的功力。有些作家挪用「頓悟」的方法，變得輕而易舉。〈感冒〉則是硬接，並不欺場，具體而細緻地表現轉變的過程，做法是把內心的轉變「外化」：感冒是變化的開始，再通過身心，聽覺的、觸覺的，各方面的通感，交替描摹，層遞地增援。而最大的創意則是自省式的自我對話（self-conscious inner dialogue）：在獨白的過程裏加入另外一種後設的詩句：

西西，她這樣的一位作家

一、這產生疏離的效果。跟〈女子〉一篇迥然不同，不要感動，而要思考；兼有自療之效。

二、其次，所引詩句，從古典（詩經、楚辭，等等），走向現代（選用瘂弦），詩的新舊無關高低水平，而是不同的審美、價值取向。

具體的細節，這裏不再轉述了；好書只能自己品味，不能簡化。順便一提，網上頗有些西西的作品，但要小心，像〈感冒〉被轉錄者任意增刪。

宋淇的評語云：

〔〈感冒〉〕這種表達方式是嶄新的，也是西西所獨創的，文學、音樂、電影等形式都沒有用過，因為只能表達其意義，而不能同時表達其在謹嚴形式中內涵豐富的象徵。京戲或舞台劇中的旁白或者可以傳達心中相反的想法，而詩歌形式背後卻不可能同時表達出來，這是西西對小說技巧的特殊貢獻。

——〈像西西這樣一位小說家〉

她找到她自己，感冒好了。結局同樣是開放式的，很精彩，且出人意表，表現小說家的睿智、幽默，並非流行小說的「大團圓」。她離開家庭，並非娜拉式的出走，她有學識，足可獨立生活，她可以去追求愛情，也可以不去，先去看一場球賽再算。這個「我」的存在倘只為了愛情，那仍是愛情的因奴。作者更關心她的意志自由，做甚麼都由我主宰。

這是自我發現、自我重建的故事（一如後來的《哀悼乳

房》），兩個女子，一個最終重新認識，堅持自我；另一個改變舊我，擺脫異化，找回自主的我。

怡芬姑母的故事，兩年後再出現在短篇〈鎮咒〉（一九八四年，收於《鬍子有臉》），這次怡芬成為主人翁。這是個素材與寫法都很特別的小說，一貫的細緻、出色，值得反覆細味。西西曾抱着極大的熱情去研讀埃及的古代史，兼及《亡靈書》、各種對杜唐卡門的記載、咒語守護陵墓的傳聞等等。並且到埃及旅行，然後轉化她的認識，寫出二萬多字氣魄宏大的長文〈卡納克之聲〉（收於散文集《旋轉木馬》，二〇〇一年），又用淺易的文言，仿歷史編年，佟譯古埃及眾神書記圖特刻石的小說〈圖特碑記〉（一九八四）。古埃及法老的陵墓，大多刻有守墓的咒語，降禍給挖墓的人。〈鎮咒〉到了文末，我們看到小說的深意：她的小說總是從近而遠，這個則是從遠處寫回來。怡芬帶回一幅葦葉紙，不知收進哪一本書去，讓它守護書本也好，叫盜印、漠視版權之人受到咒語的懲罰。葦葉紙找出來，原來夾在肥土鎮的地圖裏，不過是薄薄一頁，由於顏色不牢，日久褪色，最後，姑母和姪女這樣對話：

都溶入肥土鎮地圖裏面的山脈、河流、鐵路、車站各處去了。我看見飛鳥在山巔，蓮花在水道，羽毛沿着鐵路飄灑，月亮自海面升起。

它們會守護肥土鎮的安定繁榮嗎？

七

　　長篇《哨鹿》（一九八二）先在報上連載，每天一千字，從一九八〇年九月至八一年一月），比〈女子〉和〈感冒〉要早。這小說先後有過四個版本：

　　一、素葉版，一九八二年；

　　二、皇冠版，林以亮（宋淇）主編，一九八六年；

　　三、洪範版，一九九九年；

　　四、譯林簡體字版，二〇二〇年。

　　當年在報上連載的小說，大多是隨寫隨發，絕少全篇寫好再交報刊，成書時，有幸成書的話，往往修改一下。西西就是這樣，但這書居然是沒刪沒節，可說不改一字，而結構嚴整合度，恢宏壯麗。這也可見西西深通載體形式，若合符節，像武術家李小龍所云：要像水，置之於杯子，成為杯子；置之於茶壺，成為茶壺。（Put water into a cup. Becomes the cup. Put water into a teapot. Becomes the teapot.）我們看她每天限定字數的連載，例如《我城》、《美麗大廈》、《飛氈》等，形式是杯子，是茶壺。

　　綜觀整個八十年代，西西同時寫了許多篇重要的作品，單是小說，就有〈北水〉、〈龍骨〉、〈碗〉、〈海棠〉、〈春望〉、〈離島〉、〈玻璃鞋〉，分別編收於《鬍子有臉》、《手卷》，可見才思噴薄，逸興遄飛，而筆力可剛可柔。《哨鹿》在長篇連載之前，她當然先有一個通盤的構思，她在洪範版的序自言：

《哨鹿》雖是長篇小說，其實是看圖說故事，是看了郎世寧等人的木蘭圖而想像的故事。所謂木蘭，是滿語，意即「哨鹿」；是獵人以長哨模仿鹿聲，引誘其他鹿隻，然後射獵。郎世寧的手卷頗長，分四段，我也學它。寫長篇，分四章，對照圖卷。可以找到小說場景的許多淵源。

這四章即秋獮、行營、塞宴、木蘭。這其實只點出故事的一半。畫家呈現的是帝皇顯赫的排場，小說家則在四個分場之後，另外接續小民生活的抒寫，這是宮廷畫家忽略的一面，這一面，是小說家的虛構，卻是社會的真實。小說寫乾隆，拼貼了若干清人的筆記，筆調較文；寫小民阿木泰，才是小說家要說的話，筆調較白。這種對位雙線發展，不是二元對立，而是互相作用，彼此指涉。這不啻也是小說家的理想，官民扞格不通，就是悲劇；天賦權勢的人，尤其應該顧念卑微的草民。有論者以為小說裏逐一羅列了奉給皇帝的貢品，很枯燥煩悶，豈知這正是小說家的意旨，宮廷裏總是一大堆了無人氣的數字。而野外草民王阿貴鎮日期盼的，不過是可以助他下田的一頭牛而已。

乾隆每天讀的奏摺，大多是嚕嚕囌囌的奴才話，甚麼「竊臣犬馬微賤，感激聖恩，日深依戀，但報效未能，惶悚彌切……」。在圓明園裏有一條「買賣街」，平時沉寂無人，只要乾隆一聲下令，街上就會立刻變得熙熙攘攘，人們摩肩接踵起來，作者寫了好一段，說這地方的特色是假，一切都

是假的，市場、街道、店舖，兵士、商人、盜賊，各種各樣的人，賣技的人、說書的人，……全由宮內太監扮演，滿街市聲喧騰，熱鬧極了，於是，皇帝這才御駕親臨，隨行還有貝子貝勒、文武官員，這何異於當今的環球影城，「在這個假城中，彷彿連皇帝和群臣也是假的了」。（洪範《哨鹿》新版頁一○一——一一一）做皇帝好玩嗎？千篇一律的戲，也是夠乏味的。

在皇冠版裏，林以亮的分析專精、獨到，他認為《哨鹿》猶如一首交響曲，有兩個主要旋律：

> 一是乾隆的，明朗而響亮，所有樂器齊聲奏出，聽起來莊嚴華麗、氣象萬千，雖然偶有變調，其發展程序頗合正統古典音樂；另一是阿木泰的，柔和而單純，由音質較輕的樂器奏出，可是變調太多，不協和音屢次出現，兼且次序顛倒，聽上去較像現代音樂。聽眾耐心細聽，會發現兩個旋律此起彼落，此應彼和，隱約中相反相成，到了最後，互相交纏，融為一體，回到主題（獵鹿）上去，形成有力的結尾。

林以亮精通樂理，也是文學、電影的專家，他每個樂章逐一闡析，並且指出其成就超越了赫克斯雷（Aldous Huxley）在上世紀三十年代苦心經營的音樂式小說《對位法》（*Point Counter Point*）。

西西的創新

八

　　一九八六年也是西西創作豐收的一年，這一年她寫了〈永不終止的大故事〉（一九八六年一月）、〈這是畢羅索〉（六月）、〈名字南非〉（十月，出書時改名〈阿扎利亞〉），其中最廣為人知的是〈浮城誌異〉（四月）、〈瑪麗個案〉（十二月）、〈肥土鎮灰闌記〉（十二月），分別收於《鬍子有臉》（一九八六）及《手卷》（一九八八）。

　　〈這是畢羅索〉曾英譯刊於 *Renditions*，編者加上按語云，小說中一位西班牙球員西西稱為「岡薩雷斯」（González），錯了，應為甚麼甚麼。錯的其實是編者。因為岡薩雷斯正是該球員的另一名字。當年恰好一位西班牙研習漢語的研究生來港，譯了西西兩個短篇，要求見面。我想正好可以向她請教。我們會面時，她告訴西西：岡薩雷斯，對了，是這屆世盃我們的偶像，我們喜歡這樣叫他。老實說，*Renditions* 的編者不可能比西西更認識足球。*Renditions* 另一次編者提及《飛氈》的插圖，指出乃蔡浩泉繪畫，並非西西。這又是知其一不知其二，版本不同，兩位都分別畫過。這是編者不加核實，而自以為是之病。西西過去有時會遇到些莫名其妙的編者。有的一而再不問自取，又有的，一如上述，妄加己見。如今的編者，倘有問題即跟作者聯絡，兩者合作，做法無疑妥當得多。

　　〈這是畢羅索〉較少入評論家的法眼，卻是個很特別的小說。背景是一九八六年舉行的世界盃足球賽，寫作者和離世的父親一起觀賽：父親生前曾任足球裁判員，綽號「十二碼王」，

他的遺照對正電視屏幕，因球賽父女得以重聚。小說共十節，單數一、三、五，起句都是「這是⋯⋯」，寫的是球賽當下的種種；雙數二、四、六則寫作者回憶和父親生前死後的種種。這裏有兩個第一身「我」的敘事，以「這是」起句的，是巴西球星薛高（內地譯濟科），另一個則是作者，兩個「我」虛實交替。〈這是畢羅索〉先在台灣聯副發表，其後《大拇指半月刊》轉刊。當年球賽還沒有 VAR 之助，頗有些關鍵的入球誤判了。這何止球賽，人生無時無刻都要做大大小小的判斷、都有是非的問題。我曾在《星島日報》的專欄做過短文介紹：

〔一〕

西西的近作〈這是畢羅索〉，寫的不是世界盃足球賽（一九八六年），而是通過足球賽，與乎父親與足球等等，思考是非與成敗的問題。⋯⋯足球是手段，但這手段卻不能不與「是非、成敗」的題旨有機地結合，我想，西西是從觀看世界盃足球賽的經驗裏衍生她的種種思考。

羅貫中云：「是非成敗轉頭空」，把是非和成敗等同起來，並不妥當，因為是非是恆常的（可能關乎角度，卻是價值的判斷），成敗才是短暫的（可以量化計算，無關乎道德）；前者是「應然」，卻不是「必然」。世事之可歎，是因為「應然」竟沒有發展而成「必然」，你做了應做的事，這是「是」，卻盡可能失敗；相反的，做了不該的事，那是「非」，卻大多數會成功。世事之可

感可貴，正因為有少數人明知注定失敗，而仍然勇往直前，知其不可而為之。……

以球賽為例，頑童馬拉杜納把球拍進英格蘭的龍門裏，球證不能明察秋毫，就當入球了。阿根廷雖勝，就這一球來說，卻是「非」。何況是非是自覺的抉擇，而成敗卻可能繫於機運，比如巴西的濟科射進了二百球十二碼，最重要的一球，偏就踢失了。但濟科始終是足球英雄。

當然，這小說並不止於是非與成敗的思考，其含義實則非常豐富。西西由兩個第一人稱交替敘述，一個是作者自己，另一個是薛高。她的父親過去的確是著名的足球裁判員。裁判員是球場上第二十三個球員，——別以為球在足下，才算賽球。不過他關心的可不是球賽的賽果，而是秩序。他在場中看球賽，我們做觀眾的在更大的場中也在觀看着他，批評人者人亦批評之，也許這就是羅蘭·巴特所謂:「視覺的兩性」。

〔二〕

〈這是畢羅索〉是從視覺出發的故事，從這雙眼睛到那雙眼睛，從一個視點到另外一個視點;是女兒與父親四目交投，一起看一場又一場的球賽，重新認識父親工作的意義，重新回溯、體認一個人。作者的視點，從特殊，通向普遍，因為這何止是小說中「我」的父親?我們都知道裁判員的重要和權威，但肉眼之軀，不論自覺與不

自覺，終難免會犯錯，何況球在足下滾動，轉瞬萬變，當下就要判決？這屆世界盃足球賽其中西班牙對巴西一場，西班牙球員有一球擊中巴西隊的門楣再反彈出外，我們通過熒幕的慢鏡、凝鏡，一再重播，然後看出皮球其實已過白線，應判入網。可是裁判和巡邊員都看漏了眼，不當入球。大多數的觀眾恐怕也看不出來，要不是有電視機的幫助。然則是人不如機械，應該讓賢了麼？小說中，「我」這樣想：「許多年後，人們會不會改用機械人來當裁判員呢，就像如今的十字路口，紅燈綠燈已經替代了交通警察？我只是想：機器是否就能比人更能明辨是非？難道因為自己缺失，我們就放棄價值判斷的責任？」

評判誠然不可或缺，卻是吃力不討好的工作。場上的英雄是足球員，判官，不過影子而已，名字響亮的，往往是由於出了問題。作者這樣說：「最好的球賽應該是人們不感覺裁判員存在的比賽吧，就像最好的電影技巧，是人們在看電影時不發覺技巧的電影，最好的化妝是不着痕跡的化妝，最好的政府，是不擾民，彷彿不存在的政府。」

許多的思考，從裁判員出發，這固然是因為作者的父親在生時曾任足球裁判員，一直堅持「是非」，當年國內足協就曾對他加以表揚，可是〈這是畢羅索〉畢竟是小說，是經驗和想像的再創造。比方作者夜深觀看巴西對法國的大賽，是獨自在家中和桌上父親的照片晤

對 —— 足球，成為父女的共同語言了，真實的生活，卻
是作者和二三朋友，在某某家中邊看邊聊，熱鬧愉快。

西西這小說已提出機械人的問題，「我只是想：機器是否
就能比人更能明辨是非？難道因為自己缺失，我們就放棄價值
判斷的責任？」這之後四十年，AI 人工智能的發展，一日千
里。近月號稱 AI 教父的辛頓（Geoffrey Hinton）辭去在 Google
的工作，警告說：人工智能的發展越來越危險；聊天機器人可
能很快就比人類更聰明。目前人類唯一可以依賴的是價值的判
斷，但人工智能遲早自備一套，且會解釋得更有邏輯性。已無
回頭路了，因為各國競相發展，恐落人後。那時候，人類不是
被 AI 搶走飯碗，而是它反過來成為主人，控制人類。別以為
這是杞人之憂。

西西在我們對談科幻時指出，科幻電影與小說表現的
不是將來，而是當下的現在。（《西方科幻小說與電影》，
二〇一八。）

九

《手卷》集中較矚目的自是〈浮城誌異〉、〈瑪麗個案〉、〈肥
土鎮灰闌記〉三篇。三篇獨立完成，寫法不同，卻互相指涉，
指向一個大家當時關心的議題：香港的前途。這些，我在《浮
城 1.2.3》一書中曾做過簡短的分析。〈浮城誌異〉活用了比利
時畫家馬格列特十三幅超現實的畫，畫本身各不相干，西西把

它們重新編排、串連，每一幅加以述說、發揮，而圖文互涉，這其實就是她當年剪接《銀河系》的做法，分別是，這一次用文字敘述，並且貼地。「浮城」的將來，當年懸浮未決，作者寄望「智慧的孩子，也許，一切將在他們的手中迎刃而解」。

〈瑪麗個案〉手法也相近，這一次用的是報章的外地新聞電訊，不過寥寥八句，是瑪麗爭取轉換監護人的故事。西西把句子分拆，加以闡述，彷彿 news commentary，延伸、放大，聲東擊西地扯到若干文學經典，再回到當前現實去。這小說的形式、手法，一如〈浮城誌異〉，前所未見，創新的意義即在，獨一無二，可一不可再。

〈瑪麗個案〉之後，緊接着是〈肥土鎮灰闌記〉，一短一長，前者儼如後者的序。不過肥土一篇，顯見西西除了熟悉布萊希特的作品，還曾細讀元劇。此見要創新，豈能不知舊。兩造爭子的故事，古今中外都有，封建時代的賢君或賢官以機智斷案，讓勝方歸之於生母，這是維繫舊社會秩序的通則。我曾表列相關的故事，請參本書〈肥土鎮如何重劃灰闌〉一文。

《古蘭經》中也有類似的故事，素萊曼即是所羅門的另一版本；稍早於布萊希特的還有法國盧布朗（Maurice Leblanc）筆下俠盜亞森·羅蘋的故事，也用過這橋段。

李行道的《包待制智賺灰闌記》，和布萊希特的《高加索灰闌記》都是名著。所謂「灰闌」，是判官在地上用石灰畫一個闌（闌通欄），把孩子放置闌中，讓爭奪的兩造用力拉扯，誰將孩子拉回己方，孩子就歸誰。爭的表面是孩子，其實是家產。

李行道的戲劇體現了血緣時代的信念，血濃於水，生母不會傷害親兒，這是人之常情。劇中生母果然放手不拉，包公的「灰闌計」成，知道誰是真正的生母，於是孩子判歸生母。五百年後，布萊希特的《高加索灰闌記》（一九四四）吸收元劇的意念，高明之處是一反過去血緣的定律，改為誰愛小孩誰就取得育兒權，結果養娘得勝，因為她比生娘更愛孩子。《高加索灰闌記》的爭子故事是一齣戲中戲，外在的框架（或當是楔子）是高加索農地歸屬權的爭議。

布萊希特告訴我們，對孩子最好的，未必是生母。對手從元配與侍妾，改為平民和貴族，這是意識形態的對立，跟故事的外殼，高加索「山谷歸灌溉人，好叫它開花結果」，互為呼應。判案的依據，再不依賴血緣親疏，無疑是一大進步，但想深一層，恐怕仍然是人治。誰比誰對孩子更好，仍然取決於法官的自由心證。前科不少，判官突襲之計已失效。現代的法官，既不能以孩子的性命作賭注，又不能憑藉人的愛憎斷案。

又四十二年後，西西重寫爭子的故事〈肥土鎮灰闌記〉，以李行道的元劇為「墩底戲」。把戲劇改作小説，最戲劇性的變化是：加添一個敘事者，這敘事者不是誰，是戲劇裏小小五歲的馬壽郎。布萊希特之作的戲中戲也有一個敘述者：説書人，扮演敘述、評點、歌唱的角色；體現了劇作家從中國戲劇體會得來的間離效果：要觀眾入而能出，別忘了這是演戲，目的在令人思考。但通過灰闌中的小孩去敘述，卻是完全不同的角度。

布氏的説書人，地位超然，那是全知的觀點，操作起來，

離即之間，不易取得平衡，往往是離多於即。馬壽郎的敘述，則亦離亦即，別具辯證的意趣，理論上身份最尊貴（擁有繼承權），實質上地位最卑微（沒有發言權），西西斟酌傳統戲曲的文學話語，頗有顛覆的意味，這是世界文學裏的特例。說書人寄身事外，馬壽郎呢，不單是積極的參與者，更是話題的核心；前者的戲是從外邊演進來，後者是從內裏演出去。演進來的，其實一直在戲外，可觀眾都聽他的。演出去的則內外游走，吃力地搶戲，既在戲外，又在戲內；他看戲、評戲，又演戲，但看來注定徒勞。而且，他從古代，一直演到現代。他看到歷史時空的變化，卻仍然荒謬地被放置在歷史時空的灰闌內，活在灰昧昧的年代，他足足活了六百歲。一個孩子，怎麼可以活了六百年呢？在元劇裏，包大人既然可以「白日斷陽間，夜晚理陰司，穿梭在人鬼之間」，大家都覺得沒有問題，那麼馬壽郎也可以這樣詰問大人的世界：

> 各位觀眾，請你們傾聽，我有話說。六百年了，難道你們還不讓我長大嗎？

　　西西在一九八九年患上癌症，治療稍安，她即寫作一系列治病的經過、對疾病的思考，分別發表在《素葉文學》、《八方》文藝叢刊、《星島日報‧文藝氣象》，結集為《哀悼乳房》（洪範版，一九九二年；廣西師範大學簡體字版，二〇一〇年）。

這是一部以文學手法抒寫疾病的奇書。西西剖析一己發現癌病的經過，描寫治療的過程，病後的反省，融合了感性的經驗與理性的知識，坦蕩勇敢，毫不自傷自憐，從切身的經歷出發，所「哀」的是科技進步，人類的生命力卻衰退、萎縮。「哀悼」實含往者不諫，來者可追，而期望重生之意。

這書打破禁忌：一方面破除中國傳統對疾病，尤其是對女子乳癌的禁忌，另一方面，也破除文類一向涇渭嚴分的禁忌，讀者可以從不同的角度閱讀。西西在序言裏說：「讀者喜歡怎樣分類就怎樣分類吧：這次，隨你的意。」事實上，莊裕安就當是文集，而鄭樹森則別緻地稱為「混合文類的小說」，或者「綜合文類的敘述體」，鄭教授舉了好幾個閱讀的角度：

一、當作認識和醫治惡性腫瘤的冊子；

二、當作某種「勵志」的讀物，讓患者及非患者砥礪奮鬥、肯定生命；

三、可以是作者西西的自傳式記錄。

四、還有第四種，這才是最重要的：小說的角度。他指出華裔小說家湯婷婷（Maxine Hong Kingston）的《女鬥士》（*The Woman Warrior*）第一版時以「回憶」（memoir）或傳記文學來行銷，但到了今天，早就被當作一部「小說」。鄭教授說：

> 到底任何自我經驗的文字重構，無論如何痛苦和可怕，
> 或是極為快樂和甜美，都已經是一種「述說」，一個過
> 濾的、有距離的、重行組織的過程和經歷。近十多年來
> 西方文論界不時將「自傳」當作某種「小說類型」來討

論，重點也正是兩者之間的一個共通點，就是經驗（真實的、想像的，兩者之間的），透過文字的敘述來組織成有機體。對小說家西西的讀者來說，《哀》書應是一部小說，而且在結構上還有很大的隨機性——讀者可以從頭看完、可以依照書中指示跳躍組合、可以自行選擇組合。換言之，這是一本結構上頗有創意的作品，因為容許和凸顯作品與讀者的互動。當小說來看，《哀》書是一個歷程、一段煉獄式的經歷。但如果小說的讀者曾經看過西西的其他小說，又或不難發現風格上的可能共通點，就是經驗呈現上異常冷靜的距離。也許不少小說讀者都知道作家西西與癌症搏鬥，閱讀時會有某種認同。但不知這個事實的讀者，或知道而又不很清楚的讀者，則可以通過敘述者的引領，進入一個病變的世界，游走在虛實之間。

——《從現代到當代・文類的綜合》

其中提到《哀》書在結構上的隨機性——讀者可以從頭看完、可以依照書中指示自行選擇組合。有人說這是「抄襲」自拉美小說家胡里奧・科塔薩爾（Julio Cortázar）名作《跳房子》（*Hopscotch*, 1963），當然是不盡不實的詆譭。科塔薩爾是我們非常喜歡的作家。《跳房子》創新，打破了傳統小說敘事的常規，把情節拆開，結構其實相當複雜，書分三部分，一題為「在那邊」，二題為「在這邊」，三題為「在其他地方」，一、二的對象是普通的讀者，第三部分也稱為「可以放棄閱讀的各章」，是一二部分情節的支線、補充，這才是作家對文學、人

生的種種意見。他並非真的要人棄之不讀，棄了，說明你只是泛泛的讀書。《哀》書不同，西西說讀者讀悶了，可以跳到其他篇章去，是真正的中斷閱讀（例如洪範版頁二七二）。這是破除「純文學」的迷思，以為文學不能有實用性。她一生寫作各種各樣的專欄，做毛熊、布偶，從來不以為文學藝術有甚麼清規不可逾越。文學可以純，可以不純。她有自己的選擇。西西年輕時的朋友，不乏寫作流行小說，拍攝商業電影的演員、導演，其中一位好友，四五十年來，始終高據暢銷榜上。

陳麗芳有一篇對《哀》書精審、周到的評論，揭出某些評論家面對女性作品時流露的男權心態。陳教授在臨近收結時說：

> 西西再一次展現她一貫地令人難以預測的創作想像。在《哀悼乳房》裏，她突破了新的領域，背離了「文學是非實用性的」規範，因而也挑戰了我們對文學的既定觀念及定義。我們高度制度化了的文學批評往往將「純文學」與消費者大眾讀物分隔開來。我們從來也不習慣閱讀一部是文學同時又是非文學的作品。「純文學」常常和大眾文化保持距離，不與任何意識形態有轇轕，並否認文學對真實世界會有任何影響力。我們的現代文學批評反對投入，尤其對感性論述抱着極為懷疑的態度。然而，西西於此不但質疑我們的美學規範，同時也提出了一個非常基本但長久被忽視的有關閱讀的問題：那便是與普通讀者溝通的問題。她展示了一個我們的現代文學批評拒絕接受的事實，讀者對文學的反應不全然是一種

美感經驗。在《哀悼乳房》裏，讀者享有很大的閱讀自由，某些篇章結尾附加了注腳，建議讀者跳到那些他們認為比較有用的章節去。當然，西西在這裏某一程度上是開玩笑的，但這裏也同時傳遞了一個訊息：她企圖令此書超越其文學的界限，好接觸那些需要幫助的人。她鼓勵她的讀者以實用的目的讀此書 —— 他們甚至不需要讀完整本書，因為沒有這個必要。

　　　　—〈天真本色 —— 從西西《哀悼乳房》看一種女性文體〉，
　　　　　　　　　　　　　　　收於《西西研究資料》。

　　《哀》書與記述病者治病過程另一不同的是，書中不乏遊戲（playfulness）的成分。那是非常認真的遊戲，也正是這些遊戲，這書既實用，又充滿文學的意趣。在〈黛莫式酚〉一章裏，病者的坦誠、開朗，看病儼如一種遊戲的活動（playact），對照見習醫生的莊重、靦覥，令人莞爾。那是非常西西的風格，即使是在非常時期。

十一

　　〈春望〉一九八〇年發表，二十六年後收於《白髮阿娥及其他》，洪範版二〇〇六年，譯林簡體字版二〇二二年。那位因多年隔別的妹妹要來探訪而叨嘮沉吟的長者，就是白髮阿娥。白髮阿娥的系列一共八篇，其原型是西西的母親，寫作的跨度頗長，最後一篇是〈照相館〉，寫於二〇〇〇年，其時西西已接近母親離世的年紀，兩人在小說裏終於融合為一。其中

〈玫瑰阿娥的白髮時代〉的形式，撇開那些往覆來回的抒寫，其實有點像欖球，兩頭收窄，中間寬闊。人生的歷程正是這樣。臨末，女兒慈惠白髮阿娥寫回憶錄，把一生經歷過的事，仔仔細細地寫下來，全篇結句融入了母親的敘述：在一個下午天陰無陽光兒女們都已上班去了我獨自一個在家中寂寞無聊回憶起以往的故事我是生於宣統二年農曆十一月初五日⋯⋯

這是拼貼，沒有標點，原來的確取自西西母親的自傳。

《白髮阿娥及其他》書中另有一篇〈解體〉，寫於二〇〇〇年，這是另一種方法演技的表現，這次扮演死者。題材或來自當年畫家蔡浩泉因肝癌病逝，西西認識阿蔡半世紀多。〈解體〉的「我」，不是血肉之軀，那已經死亡，而是另一個依附在肉身尤其是頭顱四周，薄薄的一層光，無色、無味，無形狀，不是固體、液體、氣體，這個我自稱為能體，是靈魂嗎？我可是說不相信宗教家所說的靈魂。整個敘述，即是逐漸解體的過程，到最後，氣若游絲：

> 只有牠們，我所喜愛的貓兒，憑藉，天賦的，敏銳的嗅覺，可以，從眾多，混雜的，氣味中，依然，辨識到，我的存在。小小的，腦子裏，也許，奇怪，這特殊而又熟悉的氣味，為何，沒有，相連的，形體，而且越來越淡，難以，追尋。幾個星期，之後，再也無法捕捉。那麼，我就，完完，全全地，形、神⋯⋯俱⋯⋯散⋯⋯了。

再然後是一個二百四十多字連綿不斷的句子。

十二

　　《我的喬治亞》二〇〇八年出版，其中約四分一先在《印刻文學生活誌》刊登，那是二〇〇四年五月號第九期。隔了好幾年才完成，約十三萬字。她在後記解釋，這書是從右手寫到左手，其間好些日子，右手因治病的後遺症，逐漸不靈，有一天忽然不再聽使喚，只好擱下來，儘管有一疊草稿。這時西西已年近古稀。大多數人，包括我自己，到了這個年紀，合該放棄算了。她沒有。為了右手的物理治療，她學做布偶、毛熊，因為《水滸傳》的毛熊參加比賽得獎，展覽時要做簡單的介紹，——原來已很少人尤其是青少年知道水滸人物，她開始用左手學寫。起初寫得歪歪斜斜，日漸順暢，於是把小説重新整理完成。

　　這是一本切合香港實況的寓言，只有香港人能寫，更只有西西能寫。我寫過篇長文〈解讀《我的喬治亞》〉，刊於《香港文學》三百六十二期，二〇一五年二月，其後收編於《西西研究資料》，這裏也不再詳細贅述。這小説開筆自述看到一座喬治亞的微型屋（當年香港的確有出售微型屋的店舖），很喜歡，下了定金，可出門就摔了一跤。這不免令人聯想到一九八二年九月戴卓爾夫人訪華，商談香港的問題，她離開人民大會堂時，摔了一跤。中英協議的結果，香港人獲得甚麼呢？一國兩制，「港人治港，高度自治」。同樣的一跤，身份不同，心態有別，並且，主客從此易位。

　　現實裏，西西得到的，是一個英國喬治亞房子的框架，框

架而已，她必須自己 DIY：裝嵌、上色、間隔、選配零件；再配置合適的人偶。框架的好處是，並非了無掛搭，一切需從零開始。當然，另一面，它也成為規限、制約。全書主要的情節，就是敘事者如何營建、構造這房子的細節，細節固然必要，其實也在挑戰我們對建構一個地方的耐心，這書要看到人偶出現，化實為虛，才有引人入勝的戲劇性。

重新營建一個新房子，對從沒經驗的人來說，辦法是邊學邊做，試錯、調整；並且參考其他，這包括閱讀、觀察、思考。這是一個認知、學習的過程。西西曾言：「一直把寫作當是一種認識的過程，認識自己、認識其他人、認識其他事物。我總是邊寫邊想，尤其是早年的長篇和中篇。」（《港島吾愛‧認知的過程》）這種寫作方式，正好結合整個香港回歸後的情況，這裏的確並沒有一個已然的結局；它是有生命的，一直在發展、流變，在試錯，也許一錯再錯，然後調整，再出發。西西這種寫法，既是美學的考量，也有現實的依據。

這是西西的一本傑作，簡括而言有三點特色：

一、內容的開拓

以微型屋為題材的長篇甚少。有的，誠如書中所說，大都是鬼怪靈異，只為消閒，不宜兒童。

以微型屋的構建為框架，追溯產生這屋子的時代場景，而這場景又跟後來作者生活的現實場景（產生香港，牽涉中國，也影響這世界）接連，這就是新內容，這種認識是逐步開展、深化的，既回顧，又呼應眼前的現實，形式與內容貼合。這是

奇妙而十分適切的意象（意蘊與象徵），還有更好的麼？

　　構建微型屋是一種遊戲，自己動手，追尋、探究，則這遊戲也是創造。這書也指出遊戲在文化的積極意義，人在遊戲裏認識自己。

　　此外，人總是努力營建自己牢靠的家，理想不盡同，且受歷史地理各種條件的制約，但不是說無需努力，也無能為力。小說收結時的描寫，一家人在眾聲複調裏，各自表述而彼此尊重。

二、形式的創新：

　　微型屋的構建是寫實，框架內的人偶則屬虛構，且各具代表，戲假而情真，他們彼此以至跟作者的對話，是中與外、人與物的交流，溝通，既有分場的功用，同時說明人偶原來都有思想感情，包括外來的、暫居的，都自有生命。創造物絕非完全被動，他們會和創造者協商、提出意見。另一面，也讓我們思考創造者與創造物的關係。作品一旦寫成，作者就不能主宰一切。各種人物都有發言權，且能平等對話，這毋寧是作者理想的體現。

　　至於書名《我的喬治亞》，一如《我城》，「我」涵括「我們」，無需費詞，這是對個體的肯定，對獨立人格的尊重；是在「我們」之前的謙遜。

三、香港獨有

　　這是只有香港人才能寫的小說，也只有西西最適切。

從九七的歷史大框架來看，所謂「一國兩制，高度自治」，中國政府為港人提供一個框架，框架裏的內容本來的設想是，還需港人DIY。然則把《我的喬治亞》解讀為一則寓言，有何不可？這寓言，則唯香港作家的體會最深切。而西西的確親力營建過那麼一座喬治亞微型屋（如今由中文大學圖書館收藏），絕非憑空想像。

建設是持續不斷的過程，永遠沒有完成。西西在港生活七十年，親歷各種變化，這小說她邊做邊寫，實情是一生在寫，不過豈獨她一個人而已，其他香港人全都參與了。

十三

西西年紀輕輕已經寫作專欄，最後一個是刊於《明報周刊》的「我的玩具」，以為她只會寫兩三個月，竟然寫了兩年多，由洪範出了本很漂亮的書（二〇一九）。她原本可以再寫下去，畢竟年事已高，其實寫作玩具之前，她已經開始寫作一個長篇小說：《欽天監》。於是接受朋友的建議，停了專欄，集中小說的寫作。這小說以康熙一朝為背景，之前的《哨鹿》則屬乾隆一朝，兩書的因緣，相距三十多年，難以確定。但西西對清初的歷史一直深感興趣，而《欽天監》的內容也豐富得多。

滿清皇帝中康熙最愛好科學，引入西方科技，任用傳教士做欽天監的監正，引起國粹學者的反彈，產生所謂「禮儀之爭」；而傳教士內部對傳教的策略也有爭議。這是一段不同文化撞擊，波瀾壯闊的歷史。

全書分一百三十節，每節文字有長有短，長的多不過三千字，西西想好了整個框架內容，準備好材料，大抵每次寫一節，這形式正好合乎她的精力所及。當然更多的時間是閱讀材料。小說斷斷續續寫了五年，其間她還寫了不少詩。二〇一七年，初稿完成，她並且重訪北京，到故宮，到古觀象台。她還想再到長城，我期期以為不可，不是她走不了，而是擔心同來而走不了的是我。回來之後，收到打字稿，她重又加以修改。Graham Wallas（格雷厄姆・華萊斯）在一九二六年研究創造思維（The Art of Thought），曾提出創造的四個階段：準備（preparation）、醞釀（incubation）、豁然（illumination）、驗證（verification），這是所謂「華萊斯模式」（Wallas Model）。四個階段不一定按順序出現，而是互相重疊、重複。之後這方面的研究甚多，變換以至增減了不少術語，但這模式基本不變，不妨借來理解《欽天監》的創作過程。其中小說家阿瑟・庫斯勒（Arthur Koestler）在一九六四年《創造行為》（*The Act of Creation*）一書中提出「雙重聯想」（bisociation），認為任何創新，都是把兩個甚至多個不相干、歧異的意念聯繫起來，以產生新物事、新意念。

　　《讀書雜誌》第三期有一個《欽天監》的專輯，作者包括謝曉虹、劉偉成、舒非、前天文台台長岑智明。還有莫言、李銳的短文。我也寫了篇〈對話：敘事者與受敘者 —— 讀《欽天監》〉。書的內容很豐富，拙文嘗試勾畫一個大概，這裏只指出這小說在敘事形式上創新之處。敘事者是周若閎，這個說話以及書寫的「我」，對象是他兒時青梅竹馬後來成為妻子的

容兒。通篇就是闊告訴容，他的學習、工作；他的所遇所思。他娓娓道來，說和寫都很仔細。說到紫禁城，更是巨細不遺。

但容兒並非被動地「接受」，她時而提問、補襯，甚至修訂他的說話。換言之，她一直參與整個敘述的構成。而敘事者阿闊呢，也同時身兼受敘者，既施又受。容闊心意共通，相輔相成，二而一，應有所指。《欽天監》一書形式美學上的特別之處，是無論敘事者與受敘者俱有雙重身份，容兒固然是內在的讀者，還指向外層更多的讀者。書中這裏那裏的引文，別以為出自作者西西，而實出自若闊，是整個敘事的有機體。若闊這樣自述：

> 這幾年我輾轉好幾個地方，總不忘讀書，從蒲松齡、劉獻廷，到黃宗羲、顧炎武，無所不讀，我要追回快將失去的記憶。（一百二十九節）

計劃離開京城時，他對她說：

> 書不用帶，我需要的都手抄起來了。（一百三十節）

引文，即是他的手抄。開始的正是蒲松齡和劉獻廷，後來還有黃宗羲、顧炎武等等，讀書、聞見越多，引文也越引越深（容闊的對話，也是由淺入深），原來都是他要逐一追回的記憶。——整個書寫，是他的反思，是他對時代的重新閱讀，也是他和歷史的對話。趙昌曾對他提示，毫不溫馨：「歷史不是普通人寫的，那要看誰當家做主。」（一百二十節）然則這也

是他對趙昌的反應，彷彿所敘所思，是要立此存照，歷史，普通人可以寫。

阿閏在欽天監工作，位近宮廷，又親炙監正南懷仁，結識養心殿造辦處總監造趙昌，得以見聞監內種種爭論，宮內種種爭鬥，對人事的糾葛、遷變，無疑多所理解，可也有所不理解，他必須走出宮監之外，庶幾可以全局地觀看、思索。這所以退休前參加長城的考察，退休後走入民間生活，也努力閱讀。實情是也不得不走出。臨近尾聲，有神秘人向他託孤（顯然是趙昌的孫兒），新君登位，趙大哥被抄家。他倆無兒無女，給小孩改名天佑；全書倒敘容閏倆的對話收結。之前一節，他們仁已流離旅途，去到了很遙遠的地方。

西西作品的創新，一篇一貌，只能概如上述。文中偶有西方理論的參照，是為了更好地理解西西之作，自以為適切，非為炫耀，更不是先有理論再找作品。至於方家貽笑，請他們指正好了。

二〇二三年五月

（文中西方理論，得鄭樹森教授提點、審訂，謹此致謝。）

西西筆下的香港
——回答《文匯報》記者的訪問

按：此文節選自二〇二三年九月間《文匯報》記者的
訪問。

（一）您早前在書展研討會中，剖析和分享西西的詩作，這
些詩作雖然受到早期詩人影響，也充分表現了西西的天賦，
但是其內容似乎與香港這個地理位置沒有太大的關聯，原因
為何？

　　西西的寫作，其實與香港這個地方大有關聯。可以説，香
港作家，在創作裏直接或間接抒寫香港這地方的，其實以西西
最多，最有代表性，也可能是最好的。這可以從微觀和宏觀兩
方面説。

　　先説微觀吧。她的長篇《候鳥》泰半是她的自傳，小説裏
她化身素素這角色，前幅敍述自己一九三七年在上海出生，後
幅寫一九五〇年隨父母來港生活，讀書、成長，娓娓道來：先

　　　　　　　　　　　　　　　西西，她這樣的一位作家

在協恩中學，然後到師範學院，最後自己成為老師。《候鳥》的後續《織巢》則轉而通過妹妹的角度，敘述在香港的種種經歷。除了有一陣搬到港島，她大半生就居住在土瓜灣。她另一長篇《美麗大廈》，一九七七年在《快報》連載，寫的是普通小民在土瓜灣一座大廈的日常生活。大廈在長寧街，本來叫「美利大廈」，只因為當年瘂弦跟她通信，把「美利」寫成同音的「美麗」。她有一首小詩〈美麗大廈〉就寫這個美麗的誤會。這小說，我之前做過小小的分析，這是一個多聲道的作品，大廈住了來自五湖四海的新舊移民，南腔北調，仍然能夠融洽相處，守望相助。多元、包容，這很重要，是這地方之所以成功之處。倘拿西西稍早之作《我城》比較，可見一個橫，另一個直，從一個延伸的城市，集中到一座賴電梯上落的大廈，她是運用不同的角度去寫這個地方。

去年中華書局出版西西的小說集《石頭與桃花》，其中一篇〈土瓜灣敘事〉，是一個中篇，先後分別寫土瓜灣的店舖、街市、公園、人和動物，也是普通庶民生活的組合。她也有些寫香港獨有、特殊境遇的小說，較少人注意，例如一九八一年的〈十字勳章〉，寫偷渡、香港當年僱傭的啹喀兵；一九八七年的〈虎地〉，寫香港遇上困擾的越南船民問題，從一九七〇至一九八〇年代，香港接收達二十萬名船民。

她的作品，沒有需要的話，實不需點明場景，以〈快餐店〉這首詩為例，寫於一九七六年，分明是一種港式現代人的生活，不同於內地或者台灣，可又不是現代主義那種負面的調調，正不必，更不好寫明這是「土瓜灣快餐店」，例子舉不勝

舉，詩作例如〈花墟〉、〈熱水爐〉、〈複道〉、〈這個星期日的下午〉、〈無人洗衣店〉、〈郵政局〉，等等，都是這個地方的抒寫。還有一首，題目就是〈土瓜灣〉，寫一位哲學家長年在這裏生活、寫作，思考安頓生命的問題，因為有這麼一位大家，她說土瓜灣就有了值得居住的理由。

至於宏觀方面，不得不提《我城》，一九七五年在報上連載；一九七九年出單行本。最近德國著名出版社蘇爾坎普出版社（Suhrkamp）出了德文版，英國的企鵝經典、越南等等也會出全譯本。這小說用青少年的語調，寫他們積極地工作，不浮誇，樂觀，這是一九七〇年代樂觀、踏實的時代精神。小說裏的年輕人尋找身份認同，深愛這土地。這，其實也是西西的心聲。

最近中華書局出版她的遺作散文集《港島吾愛》，命意已很清楚，原文寫於一九六八年，紀念父親逝世，把香港和父親結合起來。文章有一種反差的張力，「我愛港島，讓我好在明天把你一點一點地忘記」。越是不能忘，越是說忘，因為親朋戚友致祭父親一輪，好快就把他忘記了。當年，城市這裏那裏也在消失中。

她對這地方，在小說裏，在詩裏，不是沒有批評，不是沒有反省，也不用再舉例了。所謂微觀宏觀，不過是為了說話方便，兩者是互通的，也相輔相成。一個城市，一座大廈，面向不同，卻是小中見大，大中見小，西西沒有劃地自限，而是從此出發。許多評論也說，西西，豈止是一個地區的作家。

　　　　　　　　　　西西，她這樣的一位作家

（二）另外，她常年生活在土瓜灣，您認為除了這個地點之外，她對香港的哪些地點還有特別的感情？

　　年輕時她每逢假期喜歡到處蹓躂，到中環，到尖沙咀，去書店，去有好電影可看的地方，偶然也會到離島，並沒有特別固定的地方。而地方也一直在轉變。我想，不如轉換一個更大的地點，那是中國內地。說香港，豈能錯過與內地的聯繫呢。

　　上世紀七十年代內地開放之初，西西經常到內地遊歷，寫了不少即時反映內地和香港的變化，從親人互通到重聚的作品，而且表現的形式多變，多所創新，我編的《浮城1.2.3》，三聯出版，表列了十五篇她這方面的抒寫，並稍作分析，包括〈春望〉、〈奧林匹斯〉、〈浮城誌異〉等篇。

　　到了八十年代，內地出現大批突破傷痕文學之作，出現不少傑出的小說家，那時西西差不多每星期都到廣州逛書店，找書，找雜誌，興致好極，然後向台灣的洪範自薦，編出四本「八十年代中國大陸小說選」：《紅高粱》、《閣樓》、《爆炸》及《第六部門》，最早向台灣引薦莫言、韓少功、張承志、李銳、王安憶、余華等十八位新銳新作，——他們當年是初露頭角，各選一篇散文，書末附推薦篇目；西西並且寫了精彩的導讀，毫無依傍，證明了她銳利的眼光。那是一九八七年，然後是一九八八年。這是活用了香港特殊的優勢，因為當年內地和台灣並不互通，把內地文稿寄到台灣，必須辦理許多繁瑣的手續。再然後立即親帶稿費到內地給作者，去了北京、上海、深圳等地。她因為疲累，也忙於自己的寫作，沒有再編下去。

鄭樹森教授其後再編了兩本，他在紀錄片《候鳥 ── 我城的一位作家》講述西西與台灣的文學因緣時，有詳細的描述。我陪着她來回奔走，也深受她的熱情感動。她和他們通信，約有一百五十封莫言等人寫給她的信，一併交中文大學圖書館收藏。即使到了晚年，只要精神許可，她也喜歡到廣州書城去，二〇一七年去成都，去北京。

二〇二三年九月五日

西西，她這樣的一位作家

二、

分論

《我城》的一種讀法

一

　　西西為小說集《鬍子有臉》寫了篇有趣的序:〈看畫〉,小說集談的不是看小說,卻談看畫。其中提到《清明上河圖》,她說:

> 如果要我糊一盞走馬燈,我會選張擇端的《清明上河圖》
> 了。那條河將永遠流不盡。古希臘那位哲人赫拉克利特
> 的學生克拉底魯又怎麼說呢?人連一次也不能踏進同一
> 條河流。一切皆流,一切皆變,可惜他沒有真正領會老
> 師的辯證法,《清明上河圖》是一幅流動的風景,房子
> 鱗次櫛比,路上滿是騾子、毛驢、馬匹、牛車、轎子和
> 駝隊,夾雜着和尚、道士、乞丐、官吏、江湖郎中、算
> 命先生、商賈、船伕和攤販。拿一個放大鏡來,可以一
> 厘米一厘米地仔細看畫裏的船釘、蓆紋、水縐、疊互、

排板、傘骨、虹橋和彩樓歡門。衙役在官署門前打盹睡覺，十字街頭，打扮得像取西經那玄奘似的行腳僧走過來了，經過趙太丞家門外那口四眼井，經過一座圍着許多人聽說書的茶棚。啊啊，茶棚裏的說書人，他正在講甚麼故事呢？

文字與繪畫同異的討論，並非本文的旨趣：這方面，久已汗牛充棟。我想提出的是，作家喜歡看畫，他的作品，也許可以從看畫的角度看出一些甚麼。當然，這不會是一種簡單的回溯、對證的活動。何況，一個人的閱讀經驗，尤其像西西這種作家，興趣太廣泛，又不斷更新，並不容易說清楚。這裏只嘗試說明《清明上河圖》的讀法，正啟發我們回看西西的小說：《我城》。傳統的舊讀法，由於媒介的跨越，變得陌生化，竟能提供新的感受。不過，這畢竟是一種閱讀的試探，並不意味這就是唯一的讀法。其他的讀法，只要用得着，我也樂於借重。

二

德國啟蒙時代的赫爾德（J. G. Herder）分別繪畫與文學時，認為前者，觀賞者面對的是完成了的作品，可以即時獲得整體的感受；後者則需要一段延續的閱讀過程，經驗漸次開展，逐步完成。（見《批評之林》，轉引自伍蠡甫：《中國畫論研究·試論畫中有詩》。）這仍是空間藝術與時間藝術之辨；好處是已開始從接受者的角度着眼。前此，萊辛只有在劇作時才重視觀眾。西方十九世紀塞尚以前的繪畫，即使龐大如米基

朗開羅的《創世紀》，也只是九個獨立單元的組合，各有焦點，母題雖共通，畫與畫卻並非有機的結合。不過，無論赫爾德、萊辛，都受時空的困限。赫爾德的看法，拿來看中國的長卷，比方宋朝的《清明上河圖》，並不適合。

中國的長卷畫家，運用的往往是移動視點；移動視點是從山水畫發展出來的一種特殊美學風格，而異於西方的焦點透視。中國畫家老早就打破固定視點的限制，把不同空間，以至不同時間的觀察，以情思做主宰，組織在同一畫面上。他們並不滿足於「近大遠小」的客觀空間，而追求「胸中丘壑」的心靈空間。傳統有所謂六遠法，即郭熙所云高遠、深遠、平遠；韓拙另外補充闊遠、迷遠、幽遠。今人王伯敏則歸納為「七觀法」。七觀法簡而言之，是這樣的：「一曰步看，二曰面面看，三曰專一看，四曰推遠看，五曰拉近看，六曰取移視，七曰合六遠。」（見〈中國山水畫「七觀法」芻言〉）

七觀法既是中國畫家觀察自然、表現自然的方法，也是觀賞的方法。這些，跟西方建立在幾何學的透視法不同，也許不夠「科學」，可是符合中國人觀賞山水的習慣：與其立足固定的位置、靜止地觀看，倒不如置身其間，開放視野，這兒走走，那兒走走，高低遠近地瀏覽。這也符合中國人處理「天人關係」的哲學精神：與其對立於自然，想方設法控制自然，要把自然套上夾棍向它迫供，倒情願謙遜地承認人無非自然的一部分，而尋求物我的和諧。跟自然尋求和諧的關係，儒道二家方法雖異，目的則一。何況，客觀自然的規律，畢竟並不等同藝術的真實。

中國繪畫這種獨特的手法，尤其利於表現繁富的題材。張擇端的《清明上河圖》高二十五·五公分，橫長三百二十五公分，取全景式構圖，由疏靜的郊野出發，一路隨汴河延伸，移步換景，到虹橋近觀者的一邊，只見毛驢馱貨上橋，平民拉套下橋，視點由平視轉移為俯視，轉移得順適妥貼，令觀者渾然不覺。此外，遠的不一定小，近的不一定大：「遠人」居然「有目」，我們甚至可以看見推車夫的汗珠。人物雖概括隨意，可形神生動。至於屋瓦船釘都細緻清晰，呈現界畫的技巧（一種借助界尺畫建築物的畫法，張擇端乃界畫家出身），但沒有消失點，有些更作發散形。

畫家這樣畫，同時預設：觀者也這樣看。魯迅說：「西洋人的看畫，是觀者作為站在一定之處的，但中國的觀者，卻向不站在定點上。」（《且介亭雜文·連環圖畫瑣談》）手卷（長卷）的看法，應該是觀者自己動手，由左邊開卷，右邊收卷，邊走邊看，所以古稱「行看子」。在觀賞者面前，那視野恰好就像一本攤開的書。前面，是未知的旅程，讀者逐步發現。就這方面而言，中國手卷的意念，居然與西方「接受美學」的理論所見略同：都關心閱讀的過程，文本有待讀者使之具體化。

當我們把全卷展開，就好像終於登上了山頂，放眼全景；但更多的時候，還是隨人上船，或者擠在橋邊，到橋上橋下流連。而視點，不斷移動。空間的變化，令我們同時意識到那流逝的時間。這空間的藝術，同時予人時間的思考：汴河原來是時間之流，「一切皆流，一切皆變」。所以長卷這形式，其實是一種「有意味的形式」，與內容互相依存，而其間寄寓了變動

不居的意念。

西方十九世紀末期，巴黎一位畫家這樣自剖：

> 我觀看並且表現一個對象，比方說一個盒子或一張桌
> 子，我是從一個視點去觀看它的。但如果我手拿盒子轉
> 動，或者我圍着桌子繞行，我的視點就變動了。要表現
> 每一個新的視點上所見的對象，我必須重新畫一張透視
> 畫。因此，對象的實際情況是不能通過一張透視圖的三
> 度空間形象完全表達無遺的。要完全地把它記錄下來，
> 我必須畫無數的從各個可能的視點去觀看的透視圖。
>
> ——布魯諾·賽維著，張似贊譯：《建築空間論》

對時間的醒覺，乃促成立體派的革命：他們在同一的畫面
上，畫出盒子由於視點移位的重疊外形，更同時表現盒子的平
面、打開，以至破碎的樣子。這是全景式的盒子，流動、複
象；可是扭曲、變形。

三

借長卷的美學風格來讀《我城》，是嘗試掌握這小說的結
構特點。這是關鍵問題。《我城》末結之前，有一段自覺式小
說的插敘（羅伯特·阿爾特〔Robert Alter〕所云 self-conscious
novel。這小說寫於一九七四至七五年間，當時的中文界，大抵
還沒有人提到「後設小說」），寫一個住在大廈頂樓的人，喜
歡搜集字紙，然後用尺來量，他有各種各樣的尺，喋喋不休的

尺，自以為是的尺。這次帶回的一堆字紙，裏邊竟然有阿果、阿髮、悠悠、阿傻、麥快樂和阿北，這是小說裏的人物，看來就是《我城》這本書。這堆字紙自稱「胡說」，胡說披露了自己形成的「動因」、「方式」，說得虛虛實實，其中他提到：

　　── 我作了移動式敘述（第十七節）

　　《我城》曾在香港《快報》上連載，約十六萬字，作者每天自繪配圖，再由素葉出版單行本，這是一個非牟利的出版社，由於經費匱缺，篇幅有限，── 當時香港願意出版文學作品的出版社遠不如目前普遍，作者乃刪成五萬字，配圖只酌量選用，也把胡說一節刪去了（然則與柳蘇所説「認真」無關）。香港一位評論家看了這版本，斷定小說的主題如何如何，再據此貶為結構鬆散、人物面目模糊、文字不夠清通云云。恰好中了胡說的預言，尺言其實不虛。這是《我城》又一令人莞爾的地方，妙在需要某種評論家去參與完成。「欣賞的人和創造的人同樣重要」，這是《我城》的話。（見第十二節）即使就當初素葉的《我城》（那是另一種演出），也可見是創新之作，異於一般以情節為結構中心的小說，對人物、文字自有不同的要求。

　　據説藝術品經過近代機械的複製，已經喪失了那種獨一無二的「韻味」。中國手卷那種由觀者用手展讀近乎儀式的看法，只怕不得不淪為普及的代價。如今大多數人看的，是經由印刷分割，或者裝裱起來的複製品。但攤開書本，一頁一頁的翻來揭去，是否就有一種傳統觀看手卷的況味？《我城》的趣味，即在閱讀的過程裏。我們把《我城》翻開，每一個人物或場景

的單元不啻一個固定的視點。這一個個視點逐步移動，毋需太細心的讀者，也看到內在的聯繫。目前這個新版本，還原為約十二萬字，作者重畫配圖，再稍加修訂，為每一個單元以數字分割，更方便了讀者。

長卷的移動視點，深究起來，實是每一個固定視點的綜合；可以連貫，也可以不連貫。如《清明上河圖》屬於前者，富於敘述性；如荊浩的《匡廬圖》則屬於後者，橫看成峰側成嶺，經得起局部切割，局部切割的效果仍然可以獲得相對獨立的整體美感。但無論連貫與否，總需出諸貫徹、呼應的精神，高居翰（J. Cahill）稱為「情感結構」（structure of mood）即是。《我城》則既連貫，又不連貫，所謂不連貫，是指小說並不依賴情節來推動，儘管情節顯而易見，而且是線性的發展。小說，尤其是較長的小說，終究不能擺脫若干成分的情節。不過《我城》個別的單元卻可以自成獨立的篇章。事實上，作者的確這樣做過，其中第十節，就曾收在作者的散文、小說合集《交河》。

《我城》以人物（我）為經，空間（城）為緯，切割雖多，但人物造型的神情，觀物處事的態度，清新俏皮的語言，富音樂感的敘事節奏，再加稚趣的繪圖，乃構成一整體，在在互為呼應，倒可以借用徐邦達評《清明上河圖》：「前後關聯，一氣灌注。」如果說《我城》是有關某個時空的年輕人的小說，則這種形式，也是一種「有意味的形式」，它體現了年輕人美好的質素：開放、樂觀進取、不斷發展，充滿可能。這形式，一如年輕人自己的生命，並非始於一個已然完成的「內容」、一

　　　　　　　　　　西西，她這樣的一位作家

個既定的答案，然後設計一套「形式」去配合，不是的。它本身就是一種邊走邊看，經驗逐漸構成，摸索、調整的活動。不少論者把《清明上河圖》分為三個段落，而以汴橋一段為高潮，因為這一段橋上橋下，物事眾多，呈現一片熱鬧緊張。如是則《上河圖》居然接近小說些；《我城》反而接近原來的手卷。要指定《我城》某一單元是主題所在，或者是核心結構，是徒勞無益的，這跡近於抽刀截水，再而證明這刀下一瓢，就獲得了整條河流。我們不妨變換一個談論的角度。羅蘭‧巴爾特有過「杏李」與「洋蔥」的妙喻。是的，有一種小說的結構像杏李，另一種，像洋蔥。他說：

> 如果我們至今把文本看成有核的水果（比方杏李），那麼果肉是形式，果核是內容。那倒不如當它是洋蔥，是層層加添外皮（或者是層面、水平、體系）的結構，它的體積實則並沒有心，沒有核，沒有秘密，沒有無法約簡的原理，有的只是本身外殼的無限性，包裹的無非它外表的統一性。
>
> ——《瑟瑟的語言‧風格及其意象》
> （*The Rustle of Language: Style and Its Image*）

四

《我城》的敘述者是小說裏的人物阿果，當初在報紙上發表時作者就索性署名阿果。敘述者並不等同作者，作者顯然也

不願意囿於阿果的固定視點，比方胡說的一節就是視點的轉移。移動視點之妙，可以產生流動的節奏感，可以容許阿果的視點，一如電影的搖鏡頭，轉移為悠悠的、阿髮的、麥快樂的、阿北的，甚至是渡海輪船上那個無所事事的鹹魚主人的，是獨個兒在荒島沙灘接受領袖訓練的年輕人的，是在貨船上做電工的阿游的。（「肥田料好像月球岩石，阿游想。」〔第十四節〕）無論悠悠、阿髮、麥快樂、阿北等人，都並不說「我」（「我」有時也轉移為「你」，見第十節），這個「我」，只是阿果。然而細味他們的口吻心神，跟阿果同形對應，彼此支援，與其說是「他們」，何妨看成「我們」？這些「我」，各有職分，卻都以阿果作為原型。那是受技能訓練、改進自己的阿果，是從做門到看門、始終堅持要把工作做好的阿果，行船、旅行、反芻城市的遷變，與乎不斷改變工作來調整跟城市的關係的阿果。

西方文學大不乏呈現自我諸面的作品，一面是意識到無意識的作用，另一面則把無意識轉化為意識。由於迥異的要求，《我城》的我與眾我，毋寧更接近佛教造型藝術裏的「同語重複」。前者要呈現的，是我的複雜性，較強調差異；後者，則群相以外，更嚮往單純、淨化。淨化，不是異化，也不是神化。《我城》的我，是小寫的我，逐步體認逐步成長，不是自我造神，那種老成、高大的形象。這個我，當然是主觀的創造；是表現，而非再現。這許多年來，心理小說層出不窮，《我城》則別闢蹊徑，通過具體行動，具體樣相的轉換，使「我」客觀化。正在學習安裝電話線的阿果這樣自述：

　　　　　　　　　　　　　西西，她這樣的一位作家

> 我在學校讀書的時候，曾經碰見過這樣的作文題目：我
> 的志願。我當時是這樣寫的，我說，我將來長大了做郵
> 差，做完了郵差做清道夫，做完了清道夫做消防員，做
> 完了消防員做農夫，做完了農夫做漁夫，做完了做警
> 察。當時，我的社會課本上剛好有這麼多種各類職業。
> （見第八節）

　　他做到了。值得注意的是，這些都是港人所云：藍領階層。阿果並沒有奢想成龍成聖（那往往只是「家長的志願」）；這些人，也沒有知識份子那種太複雜的自憐自怨。阿北的師弟想做詩人，卻是通過木匠的學習，領悟做詩的道理，——這也許是作者對閉門造車，缺乏生活體驗，又不肯吃苦的詩人的婉諷吧。過去徐復觀說過：「生長在夾縫中的香港知識份子，多數是不能在群體上生根，乃至也不願在群體中生根的人。因此，香港的文學活動，幾乎可以說先天地缺乏真正的社會意識的動力與營養。」（見《徐復觀雜文續集·中國文學討論中的迷失——一九七九年九月二十二日在新亞研究所文化講座講辭》）這是有心人的感歎。天下間許許多多的文學活動，不見得與群眾有關，甚或不一定與文學有關，何獨小小的香港為然？遺憾的是他接着說：「我沒讀過香港文學家的作品，但常看電視上的連續劇。」香港近年隨着民主運動的開展，知識份子總算逐步走向群體，而香港的文學，更早就有過表現。

　　《我城》的眾我，是對這平凡、大眾的肯定，一種出於群體的「同命感」；又同時意識到自身與環境的困限，這個我，

置身在各樣的人際關係、城裏城外各種環境裏，不過是群體裏的一號，沒有甚麼了不起，必須謙虛地學習，要改善環境，就得從改進自我出發，踏實虔誠，彼此協心，然後才能眾志成城。然則這樣子的我，平凡裏已見不平凡。所以書名《我城》，而不是《我們的城》。

此外，《我城》的人物性格，概括而言，相當現代。甚麼是現代人格呢？一般人衡量現代化城市，大抵從經濟及政治着眼；考察其國民生產總產、個人生活水平，以及政治的成熟程度；再加上國民的教育水平、文化生活的質素等等。近年社會心理學家英格爾斯及史密夫另外建立據點，強調人尤其是普通人的作用，他們說：「一如羅伯特・貝拉〔Robert Bellah〕所說的，現代化不應看成一種政治與經濟的制度形式，而是一種精神現象，或者心理狀態。」（見 Alex Inkles 及 David Smith 合著的 *Becoming Modern*〔一九七四〕，以及 A. Inkles 的 *Exploring Individual Modernity*〔一九八三〕二書。殷陸君據前書譯寫成《人的現代化》，四川人民出版社出版，跟原著略有更易。）他們把現代人分成三類：「分析模式」、「論題模式」、「行為模式」；其中最重要的是「分析模式」：以普通人作為研究對象，一反過去佛洛伊德人格早期定型論的悲觀，而認為成年人的人格是可以改變的，不單能變，而且改變並不少見。他們認為現代人是眾多性質的綜合體，卻自有某些共通並存的東西。他們調查、分析了六個發展中的國家，開列出十二項現代人格的條件質素：一、對新經驗開放；二、準備接受社會變化；三、思路寬廣，尊重不同意見；四、對資訊感興趣；五、守時惜時，

注重現在與未來，多於過去；六、效能感：相信人的能力能夠改善社會環境；七、製定長期計劃；八、信任別人和社會組織；九、重視專門技術，願意根據技術水平來領取報酬；十、勇於讓自己及後代選擇離開傳統所尊崇的職業，勇於質疑挑戰教育的內容和傳統智慧；十一、自尊尊人，尤其愛護年幼與弱小者；十二、了解生產過程。

上列英、史的分析，對象主要來自工廠工人。阿果則是電話工人，一種現代化資訊的工作。七十年代的香港，經濟結構逐漸轉型，但最初期，仍賴製造業為命脈，尚未進入所謂「後現代主義」的後工業時期。不過，人的價值觀，容或隨時代而遷變，但那價值的來源、人的美好質素，應不因時而異吧？英、史兩位不忘提醒我們：現代與傳統人格，並非一定矛盾對立。《我城》的人物，出入「分析模式」之間，而最令人感動，還是那種天真稚趣、與人為善的情態。

天真稚趣固然不等於無知幼稚；因為「大人者，不失其赤子之心」。西西寫小說多年，不斷扮演各種角色，但熟悉她的朋友都會同意，俏皮、愉悅、一無機心的阿果，最接近她。西方畫家裏她比較喜歡的馬蒂斯，這樣說過：「人們必須畢生能夠像孩子那樣看見世界，因為喪失這種視覺能力就意味着同時喪失每一個獨創性的表現。」（宗白華譯《歐洲現代畫派畫論選》）阿果、阿髮、麥快樂各有一雙孩子的眼睛，來自他們的作者；他們這樣觀看世界，也教讀者這樣觀看。

五

　　《我城》的人物帶景上場：從「我」的多種視點帶出「城」的諸貌。這個城，可以從兩個不同的層面去看。一方面，這是以香港做藍本。香港的讀者，特別是七十年代成長起來的讀者，讀到「肥沙嘴」、「地上鐵」、「大苔島」，讀到城中人種種的生活方式，比方假期時離開擠迫的鬧市到離島旅行、露營，平日看「蘋果牌即沖小說」，看「動物報」，阿果的童謠，麥快樂的謎語，寫字的手和說話的嘴吵了百多年的架，等等，當別有會心。對許多人而言，確切的說法，是對許多城外人或者過客而言，這地方只有「城籍」，沒有「國籍」（第十二節）。對一個地方的讀法，由於視角歧異，儘可能產生不同，以至相反的態度。

　　香港過去由於歷史的錯失，被某些過客稱為「借來的時間，借來的空間」。可是對大部分在此生活、在此成長的人來說，卻是時空的實體，骨肉始終相連，絕非「借來」。我們當然不能同意某些人那樣居然會厚顏慶幸琦善當年草草就把香港割讓；然而，在那些無法無天，當人連作人最基本的尊嚴也失去的時候，當這個小小的地方，從被咒詛轉變而為仍堪學習、差堪艷羨的對象，開始以各種形式向后土反饋，——我們聽到了歷史深沉的冷笑。這其實是一個東西會通、錯綜微妙、好歹一爐而冶的地方，任何標籤式的劃分都不切實際。

　　我們試把小說放回到歷史的時空實體去。一九七三年，由於全球性通貨膨脹，中東石油外運中斷，香港的工業遭遇危

機；年底香港政府頒令禁止在非規定時間內使用電光作泛光照明及廣告。七四年，才逐漸恢復過來。綜觀整個七十年代，香港平均仍有百分之八的經濟增長，這不能不歸功於港人的努力。七十年代初期，也是香港工商業結構的轉型期，從側重製造業過渡到兼而成為金融中心；近年的香港，是所謂亞洲四小龍之一，可見這越來越擠，又缺乏資源的地方，創造了奇跡。《我城》寫於一九七四年底，從出殯、搬家寫起，不是沒有意義的，反叛過去的舊，迎接面臨的新；但新和舊卻又不能截然割裂。這方面，悠悠是比較溫和的阿果，後來從另一角度再看殯禮。（見第九節。巧合的是，《上河圖》的「清明」是一個青春的節日，也是從郊外掃墓開展。）小說表現了普通人樂觀進取的精神，其實也穿插了一種憂患感，彷彿叫我們不要忘記，這地方仍然時刻受到各種各樣的威脅，諸如能源短缺、旱災、難民問題，以至裏城的困擾。

這種憂患意識，是現實的倒影，也源自歷史的傷痛。我們上一代挨過飢餓、貧窮的母親會對遊樂的年輕人再三提出質疑：

你們還看見甚麼呢？（第十三節）

對一個城市的看法，既要放到時空現實去看，更不妨通過時空的距離去看，對從南方遷來的母親舊一輩，以及對行船遠去的阿游新一輩，經歷不同，可都表達出對這城市相同的關懷。當然，還是這地方的年輕人說的最樸實：「我喜歡這城

市的天空／我喜歡這城市的海／我喜歡這城市的路」，再歸結
為禱求：「天佑我城」（第十二節）。是的，香港諸多缺點，仍
是目前華人社會裏比較公平，資訊最發達，也最開放的地方。
一個全方位開放的城市，經歷無數風雨的磨練，自然生成一種
自我調節、適應的機制。這樣的城市，流變自是一大特色，各
式各樣的人來了又去，去了又來，城市也在不斷改變自己的面
貌。在悠悠眼中，「在這個城市裏，每天總有這些那些，和我
們默然道別，漸漸隱去」（第九節）。但在今天看來，則當年城
的種種，又已漸漸隱去了；再過十年，又會是怎樣的面貌呢？
香港，其實也是一幅長卷。

　　但歷史自有一雙嚴峻、公正的眼睛。中國大陸作家張波最
近說：

> （西西）那種對明麗和純淨的追求正是對現世的批判。
> 僅就文學的對象而言，我以為香港作家從一開始便有着
> 近乎天然的優勢，他們面對的不是封閉的小農經濟社會
> 而是商品經濟社會，而這正是中國歷史乃至文學史尚未
> 真正進入的領域。
>
> ——〈西西先生〉，《文藝報》第四十六期。

　　從時空的實體去看，是一層；但另一層，又不必這樣泥
執坐實。這畢竟是小說。《我城》的空間，不止是自然地理上
的空間，也同時是心靈的空間。西西的作品，想像與現實互
為表裏，而情理互見；在構思奇妙多變之外，顯現社會發展
的脈絡。也許各有側重而已。例如近年串演馬格列特畫作的

西西，她這樣的一位作家

〈浮城誌異〉（一九八六）；移調古典視角的〈肥土鎮灰闌記〉（一九八六）；思考生存困擾的〈宇宙奇趣補遺〉（一九八八），等等，都有現實的依據，不過出諸超現實的形式，而追尋普遍的象徵。又另有不少手法創新，終究以現實為主的佳作，如寫兩地親情重聚的〈春望〉，〈玫瑰阿娥的白髮時代〉則寫生命的無奈與悲喜；人到最後走的竟是逆溯的旅程。由於不同地方、不同年齡層的讀者，各有迥異的「期待視野」，也由於這些作品提供了「不定點」，所以雖源出香港，卻並不限於香港。如果評論家要汲汲坐實肥土鎮是哪一個地方，是否太笨拙了呢？張系國評介〈浮城誌異〉時就乾脆説：「浮城是香港嗎？我肯定告訴讀者它不是！浮城雖然似乎是香港，其實卻可能是地球上任何一個城市。」（見張系國序《七十五年科幻小説選》，他對科幻，另有廣義的界定。）説得也妙。《我城》這個城似乎是香港，卻可能是任何一個城。

董其昌評《清明上河圖》云：「《上河圖》乃南宋人追憶汴京景物，有西方美人之思。」今人閻麗川則説宋人南渡後，畫家們「抱着極其嚴肅的態度描繪這個失去的『京都』，寄與了懷念和希望」（《中國美術史略》）。《我城》，也寄與了作者對一個城的懷念與希望。

六

用孩子的眼睛觀看世界，當然也得用孩子的語調説話。道理淺顯，許多年前，老舍提出過「連人帶話一齊來」：人和

話要互相結合，作者用話來表現人，讀者從話認識人（〈人‧物‧語言〉）。通篇《我城》的語言，就是一個大孩子的語言。最明顯的例子是阿髮寫的信。阿髮是阿果的妹妹，一個準備應付升中試的小學生，她努力讀書之餘，想到天台去玩一陣，卻發覺那裏堆滿垃圾。她於是寫一封信給鄰居，建議大家合作，保持清潔；

其中一段，不避冗贅，試用細讀法稍加分析：

因為天台上都是垃圾，毽子自然沒得踢了。當我對着垃圾呆呆地看的時候，卻看見了一隊操着兵也似的螞蟻，正在朝一幅牆爬上去，那牆，就是木馬道三號你們的牆，牆上，就是木馬道三號你們的窗了。我想，這些螞蟻如果爬進你們的屋子，一定會給你們惹來很多麻煩的吧。於是，我找到了一條長的水喉管，對準了螞蟻，用水沖，我做到手都酸了，才把它們沖不見掉。（第三節）

從「牆」到「窗」，視點隨螞蟻延展，下一步可能就是「屋子」，語調舒緩、輕鬆，卻內蘊張力，「那牆，就是木馬道三號你們的牆，牆上，就是木馬道三號你們的窗了」，句子長短相間，反覆迴增；牆、窗協韻，也訴諸聽覺，洋溢活潑清爽的節奏。但反諷的是，這終究並非一種愉快的視覺經驗。「吾不欲觀之」，正是阿髮要強烈地傳遞給鄰居的訊息。所以經過努力，「手都酸了」，要把這種視覺經驗化解。末句云「才把它們沖不見掉」，妙在讓讀者在閱讀的過程裏，隨視點活動，參與言語的生成。

語言的生成，物理之外，同時是生理、心理的過程。人語與別的動物語不同的地方是，孩童經過學習的階段，自然而然養就轉換生成的能力，會聽能說他從未學過的新話語。鸚鵡能言「不見」、「沖掉」，可就不會隨機說成「沖不見掉」。鸚鵡也不會考慮語言環境。然則語言雖受規範的制約，在規範之下，言語卻是流動、可塑的，從有限的規範可以演繹出無限的新創。

　　文學語言與日常語或偏離，或貼近，各有不同的擁護者，但兩者畢竟有別，則不辯自明。《我城》的文字，大多當景白描，加上一點點超現實的想像，若干地方色彩的童歌（如「烘麵包烘麵包味道真好」、「團團轉、菊花園，炒米餅，糯米糰」等）、土語（如「茅躉」），極富創意，可基本上並沒有濫用文學語言破格的權利。以「沖不見掉」一句為例，既非無義，也非不可解。而最重要的，這才是孩童的語調，在嚴肅裏終於流露出孩童的天真、戲謔，與乎隨緣即興的筆觸。而這，又同時跟這「城」開放的特色照應。

　　近年，針對年輕作者稀鬆的散文文字，有人提出「散文不散」的說法，這是對症之藥。不過我想補充，散文不散，是一層次，另一層次，則仍以散為貴。散與不散，其實對立而統一，大抵「不散」是基礎，最終仍以「散」為目標。所謂「散」，是指開放精神，不受拘束，擺脫習套，莊子所云「解衣般礴」之意。漢代蔡邕論書法說：「書者，散也。欲書先散懷抱，任情姿性。」（見朱長文《墨池編》）蘇東坡自述文章像行雲流水：「（吾文）所可知者，常行於所當行，常止於不可不止。」

（東坡題跋〉）東坡文章，即深得散妙。下筆時，要隨意所適，要「暢神」，要抓住「第一次」的新感受，中國文學家與書畫家，心意共通。中國畫有所謂用筆三病：板、刻、結。「結者，欲行不行，當散不散，似物凝礙，不能流暢者也。」（郭若虛《圖畫見聞志‧論用筆得失》）畫家講究動筆臨即時的筆觸，筆觸，即帶即興、感性的意趣。但話得說回來，這必需建立在長期學習、琢磨，元氣充沛的條件上；而且意在筆先，下筆前仍宜經過通盤的構思，臨陣調兵遣將，則貴乎神而化之。文學語言的「散」，差堪彷彿。

至於另有一種人，一味從語法結構着眼，要為文學語言定下清規戒律，要把「沖不見掉」改為「沖掉」，自是看樹不看林的專斷。喜歡刪改別人「病句」的專家，據說多少本乎「新批評」。「新批評」對於文字的關注，功績容或不能磨滅，卻病在忽略文化整體的觀照，以及歷史的聯繫。「新批評」的宗師查理茲（I. A. Richards）曾區別語言為科學與文學兩種，後者他稱為「情感語言」（emotive language），追求的是態度與情感的效果，並不受一般邏輯規律的束縛，有的，只是「內在的必然性」。下面一段話，他何曾鼓勵門徒亂用砍削之斧：

佩特說：「多餘的東西！藝術家會像賽跑運動員害怕過多的肌肉那樣害怕它。」他自己這句話也許刪削得太精煉了。但是這樣要求藝術家是過分了，是把砍削之斧用錯了地方。極大的豐富性是偉大藝術的共同特點，它比起熬費苦心地為求簡練而造成的矯揉造作，其危險性要

小得多。根本問題在於那些並非必要的東西是不是妨礙
了其餘的反應。如果沒有，整個作品也許會由於增加了
完整性而更加完美。

—— 楊周翰譯：《文學批評原理・語言的兩種用途》

《我城》的文字，充滿風趣、俏皮的喜劇感，起首兩段，
已為這小說的文體風格定調：

我對她們點我的頭。是了，除了對她們點我的頭之外，
我還有甚麼話好說。這座古老而有趣的大屋子，有十七
扇門的，而她們說：就給你們住吧。

她們說的你們，指的是：我娘秀秀，我妹阿髮，以及
我，阿果。她們，她們則是我父親的兩個妹妹，一個姐
姐。就在昨天，我努力記憶了一個晨早的更次，才記得
起，我大概一共見過她們兩次。有一次，我記得她們像
荷花，即是說，燦爛。另外一次，我記得她們像蓮藕，
灰麻泥巴嘴臉。（見第一節）

對立於荷花她們，阿果秀秀阿髮則是你們，這種劃分，即
是情感與態度的表現，所以起句「我對她們點我的頭」，不能
簡化為「我對她們點頭」。「像荷花，即是說，燦爛。……像
蓮藕，灰麻泥巴嘴臉」，這樣的句子，通過比喻，跳躍，富於
妙趣的想像，毋寧更近詩。這是《我城》劇戲化敘述者的「情
感語言」。西西的《哨鹿》（一九八〇）則採第三身全知觀點，
作者雖不出場，但敘事結構同樣呈現「情感與態度」，這小說

以平行蒙太奇手法交替，一邊寫萬民之上的乾隆，另一邊寫卑微的小民阿木泰；前者的敘述，拼貼了不少典籍，修練、典雅；後者，則口語化，時而融入阿木泰的心理意識；一冷一熱，這種形式，意味自見，不止於「話分兩頭」而已。

「情感與態度」云云，已不能概括文學語言的特色；照約翰．西爾（J. Searle）的提法，則嚴肅論述與虛構論述之別，是後者模擬前者，動機不同，功效迥異。（見〈虛構論述的邏輯地位〉〔"The Logical Status of Fictional Discourse"〕）《我城》的語言，是通過虛構人物的虛構語言，一如日常語，它也有自己的規則，不過得由讀者在文本裏去發現。其中有一句云：

天井裏有樹。（一棵是番石榴，另外一棵不是番石榴。）
（見第一節）

受過一點五四文學訓練的讀者，一定會心微笑，因為這是魯迅名句的諧擬：「在我家的後園，可以看見牆外有兩株樹，一株是棗樹，還有一株也是棗樹。」（見〈秋夜〉）這是魯迅的佳句，寫成「可以看見牆外兩株棗樹」，清通而已，卻平平無奇。古人云：「寧作不通，勿作庸庸。」（鄭績《夢幻居畫學簡明》）但當年的革新，至今乃成傳統。阿果既叛逆傳統虛偽、矯情的規矩（殯禮），他的文字，也宜乎對傳統文學語言創造地背離，更新我們的感受。

啟首引《我城》胡說說的話：「──我作了移動式敘述」，還有下文：「──又作了一陣拼貼」，並且舉了例。拼貼，自是西西作品的另一特色，如前所述，用得較多的是《哨鹿》；

而這，是另一話題。綜合而言，《我城》是一本值得推薦（尤其是向年輕人）的好書；書中作者自己繪畫配圖，畫得樸拙有趣，與內容契接，西西戲稱之為「頑童體」，數量又多，是否中國小說史前所未見呢？待考。

一九八八年十月

《我城》的一種讀法

《我城》走過的一些日子

　　西西的《我城》最先在《快報》連載（一九七五年一月三十日至六月三十日），每天一千字，並且自行繪圖。距今忽爾四十五年。其後陸續成書出過四個版本，十年前還加添內地一個簡體字本：

　　一、素葉版（一九七九年，約六萬字）；

　　二、允晨版（一九八九年，約十二萬字）；

　　三、素葉增訂版（一九九六年，以允晨版為底本，稍加修訂）；

　　四、洪範版（一九九九年，約十三萬字）。

　　五、廣西師範大學版（二〇一〇年，根據洪範版）。

　　最早的一個素葉出版社出版的版本，約六萬字，只佔原著的三分一強。沒有序言、附錄，只收主線，略附配圖，一切素簡，不過未嘗不可以獨立地閱讀。當年香港極少出版社願意出版嚴肅的文學創作，素葉出版社是西西和好友成立的同人出版

社，以專出香港的文學創作詩、小說、散文為目標，作者既無稿酬，又無版稅，書籍銷售所得，悉用作出版其他。因此，最初只能出版薄薄的書。素葉，諧音就是「數頁」。《我城》這個簡本，一出即售罄。

近二十年，香港出版文學的出版社漸多，部分且得藝術發展局的資助。素葉不敢說功成身退，作用畢竟已遠差當年，乃於二〇一四年停辦，取消出版社原有的註冊。創辦以來，前後出版了七十五本書，作者包括老中青三代，在香港文學界，曾是一個品牌。

《我城》各個版本，當以台灣洪範一九九九年的出版最完整，這版本西西稍加修訂報刊的連載，把削去的枝葉補回，附錄收了我交代幾個版本的小文。

至於外語翻譯，就我所知，只有英譯、韓譯。英譯一九九三年出版，譯事艱難，可惜譯的是最先的一個版本，並非全譯。

多年來，海內外討論《我城》的文章甚多，或長論，或短製，大多都收於中華書局出版的四冊《西西研究資料》（二〇一八）；而西西首創「我城」一詞，已成本地的通用語，早年還見用於中國內地、台灣，不同的指涉。以「我城」輔為書名、活動名的，也所在多有。

《我城》最受矚目的是語言的運用。西西在報上刻意運用一種詩意、陌生化的語言，通過一種青少年的心神敘述，呈現他們生活的氛圍。這與當年大多老練、油滑的專欄文字比較，無疑是別開生面。青少年踏實、樂觀之餘，小說也不無慮念，

《我城》走過的一些日子

但憂慮主要是來自母親，長輩們走過戰火，經歷磨難，她對年輕人再三提問：「你們還看見甚麼呢？」這是敘事的青少年之外，不同的聲音，要找來源，毋寧就出自作者。

但的確只宜提問。《我城》針對的是陳腐的語言與思維，並不在探討社會問題。語言的創新真是談何容易，倘以為語言的創新削減了對社會的批判，這是偏離，不對焦。既要青少年跟成人世故的想法不同，他們深愛這地方（他們大聲喊：「我喜歡這城市的天空／我喜歡這城市的海／我喜歡這城市的路」），又嫌他們不會像社會學家那樣看社會。這恐怕就成為書中的質疑：衡量甚麼都用同一把尺。我們不能老帶一堆社會現實問題去看小說吧。

到了最近一二年，仍有人為《我城》這種別出心裁的文字爭論，一位教哲學的學者讀了第一句，就搖他的頭，表示再看不下去了。這之前，在台灣一位年輕創作人，說讀了第一句就「先得我心」。

無論如何，《我城》已成香港文學的「經典」。二○○五年，香港藝術中心本乎《我城》的意念，編輯了一本《i-城志》，編者說：「網羅了二三十世代多位來自不同界別的創作人，有的確立了一定位置，有的嶄露頭角」，內容包括小說的 i 城、繪畫的 i 城、劇場的 i 城、閱讀的 i 城，作為對三十年前的《我城》的回應。

今年（二○二○）香港教育大學流行文化與人文學研究中心舉辦的「我城我書」(One City One Book Hong Kong)，選《我城》為年度書，肯定是眾望所歸。

西西，她這樣的一位作家

書寫的阿堅 —— 讀《哀悼乳房》

　　《哀悼乳房》從個別篇章的發表到出書，引起不少回應。提出討論的人，大多固然是寫作的人，是文學的研究者；也有的是職業醫生，是普通病人。至於論點，主要是肯定這本書，不過或由於不同的身份、品味，而同異互見；有些，更屬南轅北轍。如果把這些意見排比對照，會是饒有趣味的事。此地限於篇幅，我不打算這樣做，只想指出一點：這種種閱讀經驗，正好說明這個文本，包括西西這個作者以及病者，是一個開放的系統，而含義豐富，可以包容了不同層面不同角度的解讀。

　　當然，一切解讀，仍受文本的制約。我們參與生產文本的意義，豈知同時就體現了作者的意志？鄭樹森即指出《哀》書可以從多重角度閱讀，而作者其實也預期了種種解讀的可能。書中就有不少這方面精闢的討論，從書本的翻譯，到肉體語言的解讀，她說：

書本裏從來就沒有一個既定而垂之永久的「絕對精神」。
翻譯就是傳闡，同一文本有多重傳闡的可能，每一個傳闡
者都可以說，「包法利夫人就是我」，包法利夫人並不嫌多。

——〈皮囊語言〉

再以文類為例，她在序言裏說，朋友有的當這是小說，有
的，當是文集，「讀者喜歡怎樣分類就怎樣分類吧：這次，隨
你的意」。事實上，莊裕安就當是文集，而鄭樹森則別緻地稱
為「混合文類的小說」，或者「綜合文類的敍述體」。然則，
這書一方面破除中國傳統對疾病，尤其是對女子乳癌的禁忌，
另一方面，其實也打破了一向涇渭嚴分的文類，而創立新體。
書裏敍事、議論俱來，兼有對話、報道、詩、關照串講……
而且自由組合，跡近萬花筒，既可分章閱讀，順讀，也可跳
讀，甚至 —— 經作者的點撥，中斷閱讀（如頁二七二）。有
些篇章的收結，作者加插了指引，用心良苦，卻又不乏遊戲
（playfulness）的成分。

我們不要錯過書中這裏那裏的遊戲，那是非常認真的遊
戲，也正是這些遊戲的色彩，令這本書成為藝術，獲得更恆
久的生命力。在〈血滴子〉裏作者感歎《巨人傳》的中譯，把
主角高康大的遊戲刪去。在〈黛莫式酚〉裏，病者的坦誠、開
朗，與人為善，看病儼如一種遊戲的活動（playact），對照了
見習醫生的莊重、覷覷，令人莞爾。那是非常西西的風格，即
使是在非常時期。她說：「疾病原本也可以是一種學習的過程，
一種創造的機制。我好像另外有一個肉體，游離開來，成為自
己的觀察者，我也來學習認識自己。」至於整體的敍述，大致

西西，她這樣的一位作家

上娓娓道來，從容、舒展，一反許許多多自述傷病的作品那種愁雲慘淡的自憐，她盡量一如常人地生活，逛街、看電影、思考、閱讀，在一種「解除武裝」（disarming）的氛圍下，可又沒有放鬆戒備，因為病魔分明在伺機為祟。如果這種題材在西方並不少見，則那種形式，似無先例。這，無疑是西西另外一次成功的實驗。

我們撇開小說家作為真實病人的身份，回到書本身，則敘事者只是登場的人物（dramatis person），鄭樹森以美國華裔小說家湯婷婷的《女鬥士》為例，指出初版時這書是以「回憶」或傳記文學來行銷的，如今大家都當小說看了。西西的《候鳥》，據說校改時曾想加上副題：「一些回憶」，後來決定不用了。現在，我們也當《候鳥》是小說。順筆一提，《候鳥》的節奏，大堪玩味。前半部通過小女孩的視覺，速度極慢，恍如電影的長鏡頭：成長是多麼漫長而艱苦的呢。到她離開中國大陸，由疾馳的火車帶領，節奏增速，羽翼漸長了。及後高中讀書、畢業，則是全面加快，彷彿羽翼已成，要獨立飛翔了。這還有待仔細的分析。《哀悼乳房》的登場人物，所異於一般人的，是這個人生了病，這個生了病的「我」，沒有變為他／她，卻是對象化了，時而成為被觀照、描述，被學習、思考的客體。從發現皮囊有病開始，這人物經歷一連串的自我發現、自我重建，套用羅蘭·巴特的話，那是「命名過程」（process of nomination）。在發現、重建的過程裏，那些篇幅短小的插敘，則是屬性成分的參照系，時而切斷直線的敘述，毋寧是輾轉追查所得的認知。這種認知，從個體出發，而達於群體；從小皮

囊而至於大皮囊。書名「哀悼」，作者解釋說，「含有往者不諫，來者可追，而期望重生的意思」；此外，其中也流露了深沉的憂思，那可不是由於個人的不幸，而是對整個人類偏差的感喟：乳房的失落，是人類淪落的警鐘。

但儘管如此，至少作者相信，自救救人之道還是有的。書裏有一位人物阿堅，在敘事者忽然發覺自己生了重病，彷徨無主的時候出現，安慰她說：不要怕。阿堅是「我」的同病姐妹，成了「我」的加伯利。看畢全書，我彷彿醒悟，這其實另有一個書寫的阿堅。作者通過深切的體驗，具體細緻地告訴我們：無論多大的挫折，不要怕；世間仍不乏溫愛，來自各種各樣救贖的聖杯，比如畫、詩，比如朋友。值得注意的是，說話的阿堅和書寫的阿堅，也有微妙的差異，〈東廠〉裏關於吃龜一段可見，阿堅建議她吃龜，她於心不忍，沒有照做。這啟示我們：最後的救贖，仍需自決。

救贖也來自書本。作者是從書本學會自我檢查而發現乳癌的。《哀》書裏提到不少書本，《巨人傳》、《包法利夫人》……都並不稀罕難找。然而不必太細心的讀者，也能體味出這書的字裏行間，隱藏了作者對其他作者的致敬（homage）。讓我重新翻開書，作者的〈序〉第一句說：「尊貴的讀者，打開這本書的時候，你是站在書店裏麼？」你想到誰？那是寫《如果在冬夜，一個旅人》，已經走上「後存在」旅途的卡爾維諾。作者是否還告訴我們，人畢竟是有限的存在，而創作才是最佳的救贖之方？

一九九二年十一月

西西，她這樣的一位作家

小百姓的故事 —— 讀《飛氈》

　　《飛氈》是西西的第六個長篇，這是肥土鎮系列故事至今最大規模的展現，與其他各篇呼應，若干情節也可見於其他小說，而略見出入，比方在〈肥土鎮的故事〉（這是系列的第一篇，收於《鬍子有臉》）裏花可久是女性，《飛氈》則是男性。易言之，這小說可以跟其他對讀，交替互補，卻又獨立成篇。以下是幾點個人閱讀的感受。

　　先看小說的敘事形式，這無疑是西西重返小說敘事傳統的嘗試：通過人物和情節去講故事，採全知觀點，平實，不加渲染，已別於後設小說的種種策略。這種重返，層次自已不同。小說本身也與過去如《候鳥》的兒童，再逐漸成長，或如《我城》的少年，心眼有別，那位兒童／青年、少年的敘事者，轉而成為聆聽的對象，——小說終結時出現一位說故事的人，這位過來人／傳聞的採集者，把肥土鎮的故事告訴好奇發問的花阿眉，小說就出諸一種追溯家族史、本鄉史的語調，抹上一層

感情色彩，隱隱然流露緬懷之情。這是否令人想起《候鳥》中的收結？成為教師的素素，反問自己，怎樣把過往她知道的事，好好地告訴年輕的一代。

《飛氈》其實是追述《候鳥》上一代的往事。儘管如此，仍頗見節制。書中如夫婦團聚，花艷顏與花里巴巴的愛情，點到即止，有餘未盡。讀者不免要問：花阿眉是誰？主客互換，說者與聽者交替，然後生生不息。故事往後如何發展，也許就得由花阿眉一輩去創造了。

《飛氈》分三卷，內容不盡相同，卷一抒情、想像、議論，一爐而冶。卷二稍長，較寫實，寫城市經歷蛻變、掙扎；現實的壓力逼使人改轅易轍，使人奮鬥。卷三則大致由一個個小故事，如飛毯島、天使、考古等組合，故事裏套故事。全書環繞三代人，主要是幾個家庭，眾多不同形態、不同行業以至不同種族的平民輾轉發展。要注意的是，西西筆下不同的異族，總能和諧共處，守望相助。其中花順記荷蘭水的故事，其實就是西西的外祖父在上海的經歷，花重生多少也有西西母親的影子。這是一齣群戲，無疑這是前後百年香港歷史的反映。

不過，倘事事以港史來責成《飛氈》，是忘記了氈之能飛，是虛構的想像，真真假假，不必以時地坐實。而且，從素材到成品，要經過一層藝術的轉化。這種轉化包括素材的選擇和手法的應用。一位年輕朋友點出書中把香港多年來種種政治事件淡化，並設為種種解釋，用心良苦，恐怕是徒勞的，並不相應。寫中文合法化運動、天星小輪加價引發騷動，以至九七問題的爭論，也許是某些評論家的期待，等而下之，要求反映社

會矛盾、殖民政府統治如何惡劣,則是劃地設限,小說果爾表現這些,並無不可,可另有一種不同的做法,別闢蹊徑,虛虛實實,不必也正不好符合預期。當你要求「寫甚麼」,往往就同時指定「怎麼寫」。即使「寫甚麼」,可也有寫多寫少的選擇,就是此地的賽馬賭博,不是沒有寫,是寫了,較少。過去有論者手握當年中國內地農村天災人禍的資料,指出沈從文的小說欠缺反映,由此質疑他對農民是甚麼的一種溫愛。這種評論畢竟還好像有一堆數據(請參看《時間的話題》,其中盧卡契、布萊希特、形式主義之類的一篇)。近年偶見有些評論,拎着的是批判寫實的主張,奇怪的是,他們自己的作品,倒不見對社會問題深刻的反省。

我想,《飛氈》對政治大事的淡化,而側重地理環境因素、社會情狀的刻劃,不妨借用法國早期年鑑學派的理論來解說,此派主將布羅代爾(F. Braudel)分歷史為地理、人文、個別三種時間,分為長、中、短三種。政治為個別時間,政治事件如革命、條約等等,不過是「閃光的塵埃」,看似眩目,卻轉瞬即逝;而且煙霧瀰漫,難以釐清,敘述者往往帶有欺騙性。朝代的興衰變化,對整個歷史的發展,縱有影響,其實不如印象中那麼大,對一般百姓,影響尤其甚微,老百姓還不是如常生活?元曲云:「興,百姓苦;亡,百姓苦。」布氏提出歷史的主人,與其說是王侯將相,一如傳統之見,不如說是平民。他們在歷史上卻沒有聲音。另一位費弗爾(F. Febvre)則主張歷史應揭示時人的精神世界:他們的情感生活、信念、希望……

《飛氈》畢竟是小說創造,所寫的正是一個特殊時空之下

平民的情感生活，然則何貴乎突出幾宗政治事件，為歷史找一、二個中心主宰？社會的議題，西西在其他作品裏已見發揮，我在《浮城 1.2.3》一書的前言已有剖析，芸芸作家，能以小說即時回應中國重新開放、香港治權移交變化，從一九七九到一九九七年，十五六篇，且手法篇篇不同，同時在美學上創新。

而其精神則始終貫徹共通：讓歷史上一直默默無聲的邊緣小民說話。

一九九六年

西西，她這樣的一位作家

肥土鎮如何重劃灰闌？
──讀〈肥土鎮灰闌記〉

　　西西〈肥土鎮灰闌記〉之前，兩造爭子的故事，最終由賢君或賢官以機智斷案，中外都有，而且傳為美談；錢鍾書在《管錐篇》卷三也有論及，下面表列爭子的相關故事：

出處	兩造關係	斷案者	勝方
《聖經・列王記》	同業（二妓）	所羅門王	
佛經《賢愚經・檀膩䩭品》	不指明	端正王	
東漢應劭《風俗通義》	姒娌	黃霸	生母
五代和凝父子《疑獄集》	同縣	李崇	
元李行道《包待制智賺灰闌記》	元配與妾	包拯	
（德）布萊希特《高加索灰闌記》	主僕	法官阿茲達克	養母

　　舊約聖經所羅門判斷二妓爭子的故事，我們都熟悉，《古蘭經》中也有類似的故事，素萊曼即是所羅門的另一版本；至於佛經、應劭、和凝的記載，篇幅不長，這裏引出，方便讀者參考：

潁川有富室，兄弟同居，兩婦俱懷妊。大婦數月胎傷，因閉匿之。產期至，到乳舍，弟婦生男，夜因盜取。爭訟三年州縣不能決。丞相黃霸出殿前，使卒抱兒去兩婦各十餘步，叱婦自往取之。長婦抱持甚急，兒大啼。弟婦恐傷害之，乃放與，而心正悽愴。霸曰：「此弟婦子也。」責問，婦乃伏。

—— 東漢應劭《風俗通義》

壽春縣人苟泰有子三歲，遇賊亡失，數年不知所在。後見在同縣人趙奉伯家，泰以狀告。各言己子，並有鄰證。郡縣不能斷。（李）崇曰：「此易知耳。」令二父與兒各在別處，禁經數旬，然後遣人告知之曰：「君兒遇患，向已暴死，有教解禁，可出奔哀也。」苟泰聞既號啕，悲不自勝；奉伯咨嗟而已，殊無痛意。崇察知之，乃以兒還泰，詰奉伯詐狀。奉伯乃款引云：「先亡一子，故妄認之。」

—— 五代和凝《疑獄集》

二母共諍一兒，詣（阿婆羅提目佉）王相言。時王明黠，以權智計語二母言：「今唯一兒，二母召之。聽汝二人各挽一手，誰能得者，即是其兒。」其非母者，於兒無慈，盡力頓牽，不恐傷損；其生母者，於兒慈深，隨從愛護，不忍拽挽。王鑒真偽，語出力者：「實非汝子，強挽他兒，今於王前道汝事實。」即向王道：「我審虛妄，枉名他兒。大王聰聖，幸恕其過。」兒還其母，各自放去。

——《賢愚經·檀膩𩙺品》

西西，她這樣的一位作家

從舊約聖經到元代的雜劇，爭子的勝方，都歸之於生母。可以說那是血緣是視的封建時代維繫社會秩序的通則。血濃於水，生母總不忍也不會傷害親兒，或者得知親兒早夭，悲痛過人，這是人之常情，中外如是，無論所羅門王、端正王、黃霸、李崇、包拯，都以此作為判案的依據，明顯體現了古代傳統社會共通的價值取向。李行道創作的《包待制智賺灰闌記》則擴大為弱勢社群（妓女、侍妾的身份）平反冤抑。但問題在，罪犯的動機不純，心態不一，道高一尺，往往魔高一丈，判案但憑常情、常理，太危險了。假如，誠如西西〈肥土鎮灰闌記〉的詰問：生母懾於官威，──往往如此，昏頭昏腦地遵命行事；又或者，罪犯熟悉前科，又會玩官場遊戲，像雜劇裏的趙令史之流，知道法官判案的老規矩，那豈非弄巧反拙？這種裁判，其實屬於詭判，條件是攻其無備，出其不意；卻可一不可再。故技不斷重施，效果只會適得其反。何況，聽憑血緣斷案，不過是人治而已。

　　布萊希特的《高加索灰闌記》（一九四四）意念來自元劇，高明之處是一反過去血緣的定律，改為誰愛小孩誰就取得育兒權，結果養娘得勝，因為她比生娘更愛孩子。《高加索灰闌記》的爭子故事是一齣戲中戲，外在的框架（或當是楔子）是高加索農地歸屬權的爭議。爭子的故事是這樣的：中世紀的格魯吉亞發生內亂，總督被殺，總督夫人逃生時捨不得華衣麗服，寧願拋棄親兒，這孩子幸得廚房女傭格魯雪拯救。在逃難裏，這女傭經歷種種波折，和小孩相依為命，建立了感情。內亂結束，總督夫人為了繼承財產欲奪回孩子，於是訴諸法庭。

這法官，本來是鄉村書記，陰差陽錯，才成為法官，他一如包拯，在地上用粉筆劃欄，把孩子放在欄中，要夫人和女傭分頭爭扯，誰扯得，孩子就歸誰。總督夫人雖是生母，可是求財心切，死力爭扯；女傭格魯雪不忍扯傷孩子，放手不爭。扯了兩次，還是生母取勝，但法官把孩子判給了格魯雪，雖然誰是生母，他其實心知肚明。

布萊希特的改寫，告訴我們，對孩子最好的，未必是生母。對手從元配與侍妾，改為平民和貴族，變成意識形態的爭鬥，這跟爭子故事的外殼，高加索「山谷歸灌溉人，好叫它開花結果」，互為呼應。改變判案的依據，再不依賴血緣親疏，無疑是一大進步，但想深一層，這仍然是人治。誰比誰對孩子更好，仍然取決於法官的自由心證。現代的法官，既不能以孩子的性命作賭注，又不能憑藉人的愛憎斷案。

然則甚麼是法治呢？內地法律學者夏勇在《法治源流：東方與西方》（社會科學文獻出版社）一書中曾梳理法治的淵源、規誡與價值，指出三權分立是重要的指標，而人類尊嚴與自由則是核心價值；另一位學者蘇力則研究元代公案劇的問題，指出人治的種種局限，地方官吏兼掌行政和司法即為弊病之一（《法律與文學——以中國傳統戲劇為材料》，三聯書店）。換言之，這不單是技術操作的問題，背後實則牽涉一整套價值的觀念。從這個角度看西西的〈肥土鎮灰闌記〉，庶幾可以看到重寫的匠心。我想，灰闌如果再劃，則必須符合現代社會對法治的訴求，而手法上也要推陳出新。

〈肥土鎮灰闌記〉以李行道的元劇為「墊底戲」，雜劇的

　　　　　　　　　　　　　西西，她這樣的一位作家

時代是元人統治漢人的時代，又把漢人分化成北人、南人。把戲劇改作小說，最戲劇性的變化是：加添一個敘事者，這敘事者不是誰，是戲劇裏小小五歲的馬壽郎。布萊希特之作的戲中戲也有一個敘述者：說書人，扮演敘述、評點、歌唱的角色；體現了劇作家從中國戲劇體會得來的間離效果：要觀眾入而能出，別忘了這是演戲，目的不在令人感動，而是思考。但通過戲中的小孩去敘述，同樣的灰闌，卻是完全不同的解讀。這小孩在過去的灰闌計以及灰闌計式的爭奪裏一直沒有發言權，審的是他，但從沒有人問過他的想法，甚至沒有人認為他有想法、尊重他的想法，他在場，其實又缺席了。「那次，我在公堂上只說了一次話，一共說了兩句。可是說了又有甚麼用，沒有人相信我的話。別說相信了，他們根本不理。堂上的蘇太守不理，他在公堂上打盹哩。至於趙令史，輕輕皺了皺眉，一句話就輕易把我打發掉了：這孩子的話，也不足信，還以眾人為主。」

在〈瑪麗個案〉裏，收結時作者提出這樣的質問：「我們也許就不當小孩是有意願的人吧。萬一他們有，又怎麼辦？」

即使在元劇裏，這小孩有話要說已露端倪，生母張海棠抗辯時云：「這孩兒雖則五歲，也省的人事了，你〔指趙令史〕則問我孩兒咱。」不過開口即被打發掉。如今通過馬壽郎的角度敘述，這是後設的寫法，他同時兼有布氏說書人的作用。布氏的說書人，地位超然，那是全知的觀點，操作起來，是離多於即；馬壽郎呢，亦離亦即，別具辯證的意趣，雖全知，理論上身份最尊貴（擁有繼承權），實質上地位最卑微（沒有發

言權）。說書人寄身事外，馬壽郎呢不單是積極的參與者，更是話題的核心；前者的戲是從外邊演進來，後者是從內裏演出去。演進來的，其實一直在戲外，可觀眾都聽他的；演出去的則內外游走，吃力地搶戲，既在戲外，又在戲內；他看戲、評戲，又演戲，但看來注定徒勞。而且，他從古代，一直演到現代。他看到歷史時空的變化，卻仍然荒謬地被放置在歷史時空的灰闌內，仍然活在灰昧昧的年代，他足足活了六百歲：

> 各位觀眾，請你們傾聽，我有話說。六百年了，難道你
> 們還不讓我長大嗎？

一個孩子，怎麼可以活了六百年呢？在文學的世界裏，包大人既然可以「白日斷陽間，夜晚理陰司，穿梭在人鬼之間」，大家都覺得沒有問題，那麼，如果古代的封建意識仍然作祟，仍然是人治思維，他只會活得更久，活得仍然只是個五歲的小孩，一直長不大。又或者，倒過來，他其實是一個很老很老的成年，卻一直被當做小孩。我們要弄清楚：不是他自己拒絕長大。這孩子最終判給誰，反而不重要了；小說提出的，是一個更深刻的問題。

作為成人，反躬自省，我們會聆聽小孩的聲音嗎？會誠心地聆聽弱勢社群的聲音嗎？我們是否願意向小孩學習？（米爾頓《復樂園》：「孩子引導成人，像白晝引導黑夜。」）不少論者認為西西好用童稚的角度敘述，但所謂「童稚的角度」，還得視乎實際情況，仔細分梳。

這小說拼貼了李行道的原作以至其他的包待制雜劇，例

如《魯齋郎》、《竇娥冤》等，一爐而冶，批判古代戲劇搬演的司法方式、傳統性別、階層的劃分等等，內容豐富，有興趣深研的讀者，何妨找來李行道、布萊希特的《高加索灰闌記》對讀，細味同樣的題材，作家因應各自歷史時空的訴求，乃有不同的表現？

家書抵萬金 —— 讀〈春望〉

　　〈春望〉寫於一九八〇年，國內開放之初。當年在文學藝術刊物《八方》上發表，一九八二年曾由素葉出版社出版短篇小說集，書名就叫《春望》，這書久已絕版，到了二〇〇六年，這小說才見收錄在洪範版的《白髮阿娥及其他》。這是白髮阿娥系列的第一篇。

　　「春望」之名，來自杜甫的同題名詩：「國破山河在，城春草木深。感時花濺淚，恨別鳥驚心。烽火連三月，家書抵萬金。白頭搔更短，渾欲不勝簪。」詩寫的是天寶十四年後，國家破敗，親人流離；仇兆鰲所云：「憂亂傷春而作。」西西也用「春望」，但意涵有別，寫的是經歷無數政治變化、政治運動，尤其是文化大革命，親人流離阻隔之後，重新溝通，對春天充滿憧憬、盼望。杜甫的〈春望〉，是睹物傷懷，如果有所企望，那也是失落後的自解；西西的〈春望〉，反而還原本來的真意。

「家書抵萬金」，詩人説。這小説全篇的主眼就是一封家書，來自內地鄭州的明姨，寫給香港的姐姐陳老太，她們許久不見了；多久？二十四年。這是一個亂離阻隔之後，兩地親情再通音問的故事，其實沒有甚麼特別的故事，小説寫的是親友間的常情，並不建立在特別戲劇性的情節上，是千萬小市民的寫照。

　　這封信，是明姨要來港探訪老姐。那還不是「自由行」的年代。

　　重新溝通，可也不是一路暢通的，因為分隔久了，就有了生活習慣上、審美上（兩地對肥瘦不同的看法），以至文化上的種種差異，此外也有一點「近鄉情怯」的掛慮。那封家書就頗富象徵意味，由陳老太讀出來，有些字不好懂，要女兒美華更正她，可仍然有的，連美華也弄不清楚，為甚麼呢？因為雖然同為漢字，寄自一個運用簡體的地方，來到一個沿用繁體的地方。倒過來，也是一樣。繁簡的對換，接觸多了，當然就不成問題了。

　　小説裏的人物不少，細心閲讀，不難分別，這裏簡列一下，方便大家：

香港	內地
陳老太	明姨（陳老太妹妹）
家寶（長子）	阿傑（明姨丈夫）
家輝（幼子）	婷婷（女兒）
美華（女兒），教師，與陳老太同住	

　　這小説最了不起之處在它的寫法。這種寫法，近乎電影的

鏡頭，電影的鏡頭是具體的，並不解釋，──如果有解釋，那是導演運用蒙太奇剪接的手法，喚起我們的意識。有的，只是人物的言行，只是場景。

這小說整篇通過人物的說話來呈現，說話之下，有時加一些說話者的動作描述；它也並不解釋。說話，包括對話、獨白，總是閒話家常；至於行動，也總是閒常家務、公務。此外是場景的變換：香港、內地鄭州；室內室外。

但其實分析起來，複雜得多。

一、說話

小說裏的說話有三種，寫法不同，作用有別，這是中國小說史上前所未見的例子。

（一）首先，開初美華到內地探訪明姨，在賓館裏見面，那是美華回到香港住家向母親的憶述。美華講明姨、婷婷如何如何，講着講着，場景就變換到賓館的現場去，馬上接到她和明姨的對話，這是電影的溶接：

「……〔上略〕，是明姨嗎？」
「是明姨嗎？」

連用兩次，前句是陳老太和美華母女在香港的對話，鏡頭淡入，後句則是淡出，馬上轉變成美華和明姨在鄭州的對話。濃縮的不單止是空間，還有時間。

（二）其次，另有一種對話，當小説發展至下半，那是美華和明姨的説話，但打破了一人一句的慣性序列，有的連説兩句，甚至連説二十多句；我在説話後面加上名字：

「她説，看見我好像看見你一般。她説：你是越長越像
你媽媽了。」〔美華〕
「你是越長越像你媽媽了。」〔明姨〕
「她每天做些甚麼？」〔明姨〕
「常常頭痛、眼花、四肢酸軟。」〔美華〕
「人還是瘦，只有八十多磅。」〔美華〕
……

眾聲複調，與其説是對話，我們毋寧聽到的是一些聲音，的確是「聽」。如果是電影的畫外音，或者講播劇，當然沒有辨別的困難，如今顛倒過來，倘要判斷説話者的身份，得從説話的內容入手。一般對話，在話語之後，如果沒有點明某某説，則從排列上辨別説話的人；從説話內容去識別，則是新嘗試。因為有上半部的鋪墊，這些話語，是前説的覆述，並不難辨別；其實何必辨別，隔斷了的親緣，主客至此融合無間，再不分彼此。

（三）還有一種説話，那是安排在收結的一大段，看似是對話，實則融入了陳老太的主觀意識去，那是這位老人家自己的沉吟，反覆思考如何接待親人的獨白，她也要寫一封這樣那樣的家書：「歡迎你們到香港來。」

二、行為

説話之外，這小説最矚目的是行為的細節描摹。

開初，陳老太和美華對話時，話語之下，就有一些説話者動作的描述，母女一邊説話，一邊做着瑣碎的家務，例如做教師的美華，用蠟板、針筆來為學生做筆記，寫在蠟紙上再油印，七八十年代，還未流行影印，更遑論用電腦列印了，我們當時叫這做「寫蠟紙」。這已經成為我們的集體回憶。

要注意的是，這些家務，每一樣真要完成，好歹要磨人一些時間，但在閒話家常裏不斷變換，上一句説話，陳老太在「削青蘿蔔皮，數蜜棗，切紅蘿蔔片，解凍牛肉，打開一個紙包的南北杏」，下一句説話，陳老太已經在「燒開水，沖茶，抓一小撮米漏入長脊瓶注水搖撞」。彷彿電影鏡頭不停快速地淡出淡入，顯然是把時間濃縮起來了。

其次，這種動作的描摹，作者好像在訓練我們的閱讀，還是有變化的，同樣在小説的下半部，説話者在説話之後，完成一種動作，再説話，再完成另外的一種動作：

> 「甚麼沒有再見面的一天？」家輝放下調羹。「是怎麼一
> 回事？」把碗擱在攤開的電視節目表上。「醫生那裏説
> 了些甚麼話？」把電視的音量轉弱。

西西曾仔細的分析秘魯小説家巴爾加斯·略薩（Vargas Llosa）的小説：〈巴爾加斯·略薩作品的時空濃縮結構——試析潘達雷昂上尉與勞軍女郎的第一章〉。這文章後來就收在她

的《傳聲筒》（洪範書店，一九九五）一書裏。她分析巴爾加斯・略薩這小説一種特殊的手法：把時間和空間濃縮起來。西西無疑借鑒了這種技巧。

　　但技巧是中性的，例如意識流，誰都可以運用，但我們必須追問：為甚麼是這種？有這個需要嗎？答案是：〈春望〉這種接通兩地久已阻絕的空間，也追回失去時間的寫法，有內在的需要。巴爾加斯・略薩之作富於實驗性；〈春望〉則相體裁衣，加以發揚增益，呼應小説的內容意藴，然則這就不是借用，而是轉化。所謂「影響」，正面者，則服膺前人的做法，依樣葫蘆；負面者，則別闢途徑，設法逃避前人。近世西方文論家討論影響時曾妙稱之為「誤讀」，但那是生自「防禦機制」的心理。「轉化」則直面前人的故智，當是挑戰，加以貼切地化入。借用，需連本帶利歸還，不然始終欠債；轉化則否，那已經兑換成為自己的幣值了。

　　整個小説情味濃郁，仔細咀嚼，味外有味，有時代感，富地方性，成為一個特定時期的寫照，那絕對是西西自己的。

　　何況那些細節的描摹，還有更深層的意義。我們回到杜甫的〈春望〉去，他寫：「感時花濺淚，恨別鳥驚心。」這是花鳥的「擬人」，詩人把哀愁和惶恐移情花鳥，這些「平時可娛之物，見之而泣，聞之而悲」（司馬光語），或嫌太露；這小説呢，人物一邊説話，一邊忙這忙那，忙甚麼呢？都無非雞毛蒜皮，作者彷彿紀錄片（documentary）似的，錄之不厭，跡近耽迷，小説本身對人物的心理刻意地不着一字，原來志忑、複雜的心情斂藏起來，都轉移到行動的物事上，老太的自言自

語，可以作為這種忐忑、複雜心情的呈現。「他們每日營營役役，把自己操勞到如同螞蟻、蜜蜂的程度，工作的確可以使人忘記許多憂傷。」這是〈浮城誌異〉的句子。這種「物化」，是另一種寄託。

西西，她這樣的一位作家

我們的名字叫熊
——《縫熊志》序

一

　　我們的名字叫熊，是真正的熊，因為我們是熊的後裔，我們的祖先黃帝叫有熊氏。黃帝是否真無其人，豈能斷然否定呢？至少，他生活的地方顯然有熊，也許比其他地方多，也許比其他地方奇特，總之，他好歹有這麼一個稱號。上古之人喜歡以時間、地方，以地方的特產之類命名。《列子》記載黃帝與蚩尤戰於涿鹿，曾以熊、羆、虎等猛獸為前鋒，以鵰、鷹等為旗幟。這簡直是群獸鬥了。據袁珂解釋，黃帝的部落以熊為圖騰標誌；蚩尤為炎帝後裔，炎帝是「人身牛首」，故以牛為圖騰標誌。其他猛獸飛禽，也無非是眾多小部族的圖騰標誌。小動物追隨大動物。大動物熊牛爭霸，結果戰勝的是熊。當然，西方同樣有自稱為熊裔的國王，例如丹麥的斯文·埃斯特德遜（Svend Estridsen）；英國的圓桌武士之首阿瑟王，名字

Arthur 本意也是熊，因為 Arthur 的拉丁文 Arcturns，就是熊的意思。不過，前者生活於十一世紀，後者則屬十二世紀，跟黃帝相距甚遠。

周初實行封建，熊繹受封到南方去，成為楚的始祖。周初封建兩種人，一是親戚，一是功臣；大多兼具兩重身份。由於目的是屏藩周室，封土的多寡、遠近，乃根據血緣之親疏，功勞之大小分配。熊繹的曾祖父鬻熊，曾助周武王倒商，這個鬻熊，率領的部族可能以獵熊、賣熊為業。論功行賞，熊繹得到的爵位為子男，地位最低，封地僅五十里，而且封到遙遠陌生的南方去；其實等同放逐。那裏還有原居的荊蠻、徐夷、淮夷呢，當然老大不高興，從此再不肯北上朝覲。許多年後，杜甫想念李白詩云「江南瘴癘地，逐客無消息」，拿來形容初封楚地的熊祖，只會更貼切。後人提起開國的熊繹，還充滿崇敬之情：「辟在荊山，篳路藍縷，以處草莽，跋涉山林以事天子。」到了春秋楚靈王熊圍，楚國已具規模，說起熊祖受到的待遇，仍然忿忿不平。

西周初期曾經數次伐楚。今存若干記載此事的銘文，過去的史學家有不同的解讀，陳夢家認為是熊氏參加武庚的叛變，周公出征之辭；唐蘭則認為出征的是昭王，當在三監亂平之後。我們知道，昭王十九年南征，動用六師大軍，竟然潰敗，連自己也在漢水淹死了。近年不少史家，結合考古發掘，論證昭王南征，聲討的其實是一直桀敖不馴的土著荊蠻，或稱荊楚，與熊繹新移民的楚國有別。這些荊楚各部落，在商代已令中央頭痛，一直不肯受制，武丁也曾出兵遠征。從成王封熊

西西，她這樣的一位作家

繹，經過康王，再到昭王，日子不算長，楚國不可能迅即發展成大國，要周天子勞師動眾親征。更有學者指出，南征的目標，荊楚不馴是一大理由，更重要的，毋寧是要奪取銅礦，銅、錫在青銅器時代，價值一如今天的石油，而且的確是大殺傷力武器的潛藏。無論如何，到了春秋中期，楚莊王熊侶一鳴驚人，融合荊蠻各部，同化新舊移民，吞併了鄰近列國，其中大多為西周政府為監控荊楚的設置，胃口之大，為芸芸諸侯之最，成為五霸之一。這時候，楚文化已自成系統，其後更開花結果，孕育出中國第一位大詩人屈原。

歷史真夠諷刺，受輕蔑的功臣，遠配蠻荒，到頭來卻獲得更大的發展空間；血緣最近最堪信賴的皇親國戚，四周靠攏，結果反而捉襟見肘，處處受敵。這方面，粵諺有一句話很傳神：「一代親，二代表，三代嘴藐藐。」「嘴藐藐」者，形同陌路，彼此看不順眼之謂。三代如此，百年後又如何？那些作為屏藩的御林軍，都成為敵國了。

如果我們對有熊氏存疑，至少可以相信那位熊繹，曾經在南方苦苦經營，整合長期受抑壓的少數民族，而我們這些南人，繼屈原之後，是熊的後裔。

二

名字叫熊，以熊、羆為強健有力的象徵（夢熊為弄璋的吉兆），不等於說就不會吃熊，視吃熊為禁忌。相反，正由於熊強健有力，捕獵不易，食家奉之為珍品。這難道是以為吃甚麼

像甚麼，形能補形？李白的名詩〈將進酒〉提到陳王（曹植）的豪宴，引自曹植〈名都篇〉的句子：「歸來宴平樂，美酒斗十千。」下句是具體的豪門菜單：「膾鯉臇胎鰕，炮鱉炙熊蹯。」熊蹯，即熊掌。孟子早有「魚與熊掌」的類比，認定大家一定會推出「捨魚而取熊掌」的道理。熊掌肯定是古人舌上的珍稀美食，儘管要到明代，才名列八珍之一。《左傳》記晉靈公因為廚子煮熊掌不熟，把他殺了。此公看來會因為一場難聽的音樂會而把鋼琴師射殺，會因為一本難看的長篇而把小說家炮烙。《左傳》起筆即說他「不君」，「不君」云云，用詞不可能更好的了。吃熊，在董狐之類史家眼中並無不妥，問題出在他種種不君的行徑：濫殺；抽重稅以雕飾宮牆；又在城頭上彈人，看人走避彈丸取樂。暴而且虐，的確不似人君。他命人把廚子的屍體用筐子載了運經朝廷時，死者的手掌突然伸出筐外，被大臣趙盾、士季看到，嚇了一跳。於是產生趙盾諫靈公的種種戲劇。《紅樓夢》記寧府家道敗落前的春宴，極盡奢華，其中也有熊掌若干對。

在中國史上，熊直接令一個暴君倒台，間接逼死一個封國的太后。話說西漢元帝到鬥獸場看表演，一隻熊突然跑出鬥圈，直撲上殿，眾人驚惶走避，當時只有馮婕妤勇敢地站到皇帝之前，阻擋猛熊，讓衛侍趕到。婕妤其後獲封為昭儀。但在驚惶走避的人群中，有一位傅昭儀，牢牢記着這次馮婕妤搶了她的風頭，在三十年後當她成為太皇太后，就指使佞臣讒誣這個年輕時的對手。酷吏在逼迫馮婕妤時提起陳年往事：你擋熊的勇氣如今哪裏去了？至於那隻出位的熊，大概當場宰了，

西西，她這樣的一位作家

做餸。

三十年前曾隨團到東北，那是內地開放之初的第一個香港師生團，頗受當地政府的熱情招待，一大群熟朋友參加，青春結伴，其中有一個晚宴，名曰「飛龍宴」，飛龍者，原來是榛鳥，一種珍稀飛禽。席上據說還有熊掌，那麼一小碟上桌，手慢就沒有了，當然說不上滋味，如今仍有悔意，我的意思是，那時大家還沒有保護珍稀動物的意識。自然界的各種食肉獸，如果不餓，不見得凡肉皆吃，只有人類，濫捕奢吃，還名正言順，越珍稀，越堂而皇之。孟子倘生於今天，知道把月熊養在窄小的鐵籠裏，每天抽取熊膽汁種種不人道的勾當（台灣太魯閣族傳說月熊為「森林之王」，禁忌獵殺，反而保障了月熊），想到北極熊因為地球暖化，生存陷於困境，想到中外鬥熊、舞熊等殘暴遊戲（據說巴基斯坦至今還有把熊拴在柱子，放出猛犬，彼此惡鬥至死的「表演」；英國從十一世紀至十八世紀，也有不少這種殘酷劇場），一定會反思「捨魚而取熊掌」的結論。道理沒有錯，但要重新尋找類比。我們人類把生態環境搞壞，到頭來只會自食其果，彷彿饕餮那樣把自己吃掉。

三

《山海經》當然有熊、羆的記載；有熊山，山上有熊山神。我曾想熊貓既為遠古之物，何以古書上沒有留下痕跡呢？原來熊貓（giant panda）之名，要到一八六九年才出現，法國神父大衛（P. A. David）在四川捕得一隻熊貓，認為是「有趣的新

品種」，熊貓在運送回法途中死了，只留下一張毛皮，至今存放在巴黎國家博物館，熊貓，乃博物館館長的命名。熊貓屬熊，與貓並不同科。台灣稱貓熊，對了。據說上世紀四〇年代重慶的一個動物標本展覽，因為這兩字跟英文一併橫排，結果以訛傳訛，積非成是。熊貓，大抵即古人所見的「貘」，這種「貘」，和如今分佈於東南亞、拉丁美洲的貘不同。宋人的《太平御覽》收編各書對貘的描述，例如吃竹、黑白色交駁、「痹足」（走起來蹣跚，像痛風）、似熊、產於四川。但貘的傳聞，還不止此，《本草圖經》記唐人流行畫貘作屏，認為貘可以「辟邪」，白居易因患頭風，為免着涼，睡時以小屏風放在床頭，遇到畫工，就請他在屏風上畫一隻貘，並作一篇〈貘屏贊〉。這種貘，《本草圖經》說在黔蜀出沒，但「土人鼎釜，多為所食」（連熊貓也吃），其牙骨，還被當作佛牙佛骨，欺騙善信。

　　白居易的頭風，是否因此痊癒，邪怪辟了，得享美夢？我們不知道。但〈貘屏贊〉及序文，其實是一篇諷世文，這種能辟邪的貘，奇在專吃銅鐵，在三代以前得以飽食，後世銅鐵都拿來鑄佛像、做兵器了，只好捱餓抵餓。他筆下的貘，他未必真見過。熊貓能啃堅硬的竹枝，大家就當是能吃銅鐵了；但外形「象鼻犀目，牛尾虎足」，反而像東南亞的「馬來貘」。日本人傳說中的夢貘，卻是一種美好、浪漫的動物，應該收在波爾赫斯《想像的動物》中，因為牠把人的噩夢吃去，帶來好夢。

　　漢語與熊有關，或由熊引申的詞彙不少，例如罵人膽小、沒用，為「狗熊」；一家快餐店新上市的套餐叫「熊熊小炒」，茲再列舉若干例子：

○夢熊（夢羆）：生男兒的吉兆。

○非熊（非羆）：比喻能當大任的賢臣。

○非熊賣屠：比喻賢士未受賞識（姜太公遇文王之前曾屠
　　　　　　牛朝歌，賣食盟津）。

○老羆當道：比喻勇將鎮守要塞。

○飛熊入夢：比喻君王將得賢臣輔政。

○虎背熊腰：形容人體格魁偉。

○熊丸之教：比喻賢母善訓（母以熊膽製丸，讓子夜讀時
　　　　　　咽食以助勤）。

○柙虎樊熊：比喻危險人物，如柙中虎、樊中熊。

○熊據虎跱：比喻群雄盤據之勢。

四

　　西西的《縫熊志》是一本奇書，不僅對西西而言，也對毛熊作者、毛熊書而言。作者多年來以寫作知名，這次轉而做熊，不單止做熊，還為毛熊書寫，其中一系列中國古典服裝熊，既為毛熊縫做中國各朝的衣飾，又通過文學的修辭，以優美的散文細緻地闡述衣飾的變化。這是很有趣，也很有意思的接通。毛熊的製作，本來自歐美，以個人風格見稱的熊藝家，則始自上世紀七〇年代。近年在台灣、香港、中國大陸也逐漸出現，港台都有熊藝會，上海泰康路田子坊則有一個私人熊展館。偶爾也會見熊藝家做出穿着中國服裝的毛熊，但以系列形式，大量、作為主題出現，至今還沒有；更遑論配以精彩的散

文闡述。熊藝，在日本和南韓，相當蓬勃，在華人的社會還只是起步，香港目前的兩間熊藝店（別於工廠的大量製作）看來也是辛苦經營。西西的水滸英雄、古典服裝熊，則是提升毛熊的文化內涵，落籍中國社會的嘗試。

當然，她縫熊的技術不可能全面，也說不上精湛，因為純靠左手（右手失靈），年紀不輕，為毛熊填塞棉、珠，也輸力氣，但勝在意念、在創意，像中國的文人畫，妙在寫意。例如《洛神、曹植》，西西的文字收結云：「手持麈尾的仙女終於道別了，成為詩人足往神留、顧望懷愁的記憶。」「足往神留、顧望懷愁」，引自〈洛神賦〉，我們看那曹植的神態，低頭側視，果爾有「神留、顧望」的愁思。

又如《司馬遷》，他為李陵說項，本乎史家以至知識人的良知，結果換來腐刑之辱，受傷害的是肉體，而不是靈魂，西西讓太史公的頭微仰，是非榮恥自有公論，自尊而自信。至於《陶淵明》，園丁打扮，他是真正的隱居務農，恬然自得，不肯為五斗米向鄉里小兒折腰，卻不得不稍屈一隻腿，西西的詮釋是，他其實痛風，喝酒太多了，彷彿是對大詩人無傷大雅的小玩笑。《山鬼、屈原》實一而二，二而一，衣飾奇麗、矚目。《鍾離春（鍾無艷）》的半邊醜臉變成美麗的蝴蝶。鍾離春、花木蘭之前，還有嫘祖、婦好、西施、公孫大娘等人，女子佔去一半的角色，西西好像有意為中國歷史上流傳的傑出女子造像、作贊。她寫莊子、司馬遷、張騫、曹雪芹等文字，也有為歷代賢人作贊的意思。

《張騫、忽迷》則呈現異族夫婦的溫情、依戀，讓鑿空的

外交家在艱苦的沙漠歲月裏獲得安慰。毛熊的神情、形態，總為我們帶來許多文字之外的想像；文字沒有說，也說不完。所以這些熊，也有自足獨立的生命。古希臘人曾認為熊崽本來沒有形相，不過肉團一堆，由母親耐心地舔出形狀。我也喜歡《花木蘭》四個場景，有連環的情節；《包拯、壽郎》則有戲劇，拍照時恰好一道光照射在包拯身上，而不在壽郎，雖然壽郎才是《灰闌記》戲台上的主角，沒有人認真地認為這小圈子裏的小子有話要說。這些，都是熊藝家較少開拓的世界，靈感似借自她過去賞玩微型屋，並因此寫出長篇《我的喬治亞》。從微型屋到毛熊，本來是玩具，一個人卻可以玩出種種創意。

　　大概半年前，西西囑我為她製作的熊、布娃拍照，我曾一再提議應該找專業的攝影師，她可是拒絕了；並認為好處是有人氣、生活化。所以這書的熊照要是拍得不好，那只能怪她所託非人，而且我用的只是普通不過的數碼照相機。幸好三聯提出書出時為她的熊辦一個展覽會，有興趣的朋友於是可以親睹真實的毛熊，照片終究是不稱職的紀錄。

二〇〇九年三月

解讀《我的喬治亞》

一

西西《我的喬治亞》開始時寫敘事者遇上喬治亞式玩具屋，很喜歡，下了定金；但樂極生悲，出門摔了一跤：

> 我把頂層和地庫全數買下，高興得很，走出店門一邊閱讀說明書，一邊盤算着：我家中的喬治 —— 亞房子，一不小心，踏空梯級，摔了一跤，扭傷腳踝。（頁二）

她得到的，是一個房子的框架，框架而已，她必須自己DIY（Do it Yourself，自己做），具體而言，一、自己裝嵌、上色、間隔、選配零件等等；二、配置合適的人偶。有一個完備的框架，好處是不用為外形操心，並非了無掛搭，從零開始。它是英國喬治亞式的。當然，另一面，它也成為規限、制約。然後，全書主要的情節，就是敘事者如何營建、構造這房子的

細節，辦法是邊學邊做，試錯、調整；並且參考其他，這包括閱讀、觀察、思考。這是一個認知、學習的過程。西西曾在〈認知的過程〉這樣自剖：

> 我對自己的工作並非很自覺，我一直把寫作當是一種認識的過程，認識自己、認識其他人、認識其他事物。我總是邊寫邊想，尤其是早年的長篇和中篇。但對於短篇小說，我是寫完了又改，不斷嘗試變換角度，我沒有既定的想法，自然沒有既定的寫法。……總之，這裏並沒有一個「論定的」香港，它一直在發展、流變。而近年變化得更快（台灣何嘗不是呢），恐怕已不是過去西方種種殖民地論述所能概括。
>
> —— 台灣《聯合報》，一九九四年一月八日。

近月我承香港文學生活館所囑，為學員講述西西的《我的喬治亞》。課程的總題生活館設定為「解讀西西」，「解讀」云云，是世紀新詞，與普通閱讀解釋字面的意思略有不同，那是一種喻意的解說，同一本書，每個人都可能讀出不同的喻意。然則我的解讀，或者只是芸芸解讀之一。以下是我的分析。由於這是一本備受忽略，也頗受誤解的書，我引用原書的文字較多，有趣的是，經過梳理後引出來的文字，往往不說而自明。

本書最初出版時，我讀到上引這一段就聯想到一九八二年九月戴卓爾夫人訪華，商談香港的問題，她離開人民大會堂時，摔了一跤。其後中英協議的結果，香港人獲得甚麼呢？一國兩制，「港人治港，高度自治」。同樣的一跤，身份不同，

心態有別，並且，主客從此易位。當時想，這是否一種過度詮釋呢？但古人不是說過：「作者未必然，讀者何必不然？」（清譚獻）如今重讀，益信自己的想法可以成立。西西自稱「對自己的工作並非很自覺」，這話宜從兩方面理解。一方面《我的喬治亞》固然予人很濃厚的實錄色彩，她的而且確買得那麼一間喬治亞式屋子的框架，再仔細經營內部的空間，但西西絕非自然主義的作家，她既寫實，更多的是寫意，「邊寫邊想，尤其是早年的長篇和中篇」云云，不是說下筆前全無計劃，而是構思了大綱、佈局，下筆時不避刺激和感受，隨機即興，必要時改變計劃。這是開放式的寫作，沒有既定的答案，所以說並非很自覺。尤其因為過去大部分的小說，都在報上連載，隨寫隨發。可另一方面，她又是很自覺的，這旅程有個大方向，有最終的目標，她同時預算了其中的變化。例如她近年抒寫《猿猴志》時親訪各地的野生動物園，探訪本屬原有的計劃，那是感性的體驗。因深入查究，開始時以為靈長目之數只有二百、三百，到最後發覺竟有四百多。作家的運思與材料，向來互相作用；至於誰先誰後，則不能一概而論，就像有了資本，想到如何運用；也有志願做甚麼的生意，再努力集資。《我的喬治亞》的喻意或許是對既有材料的昇華。無論如何，材料既要剪裁，更要汰選，她寫摔跤而不寫去了下午茶，是認定摔跤的作用，尤其因為這插曲是一種反高潮。

　　想深一層，這種邊寫邊想，當是一種認識的過程，認識自己、認識其他人、認識其他事物的寫作方式，正好結合整個香港回歸後自治的情況，這裏的確並沒有一個論定的香港，一個

已然的結局；除非它淪為廢城，不然它是有生命的，它一直在發展、流變，在試錯，也許一錯再錯，然後調整，再出發。西西這種寫法，既是美學的考量，也有現實的依據，跟《我城》以至其他，原來一脈相承。從《我城》（一九七九）到《我的喬治亞》（二〇〇八）之間，西西曾緊貼時事與中港關係的變化，寫過大量形式篇篇不同的小說，這方面可參看拙編《浮城1.2.3》。這些，結合起來，可以從一個完整的敘事結構來看，不過要是真的當一個更長的長篇來讀，則內容似乎還缺欠一點甚麼，甚麼？那是我城誕生的由來。《我的喬治亞》之作，即在嘗試追溯過去，尋根究柢，再接通當下。

然則這小說，是否可以讀成《我城》的前傳？

二

《我的喬治亞》裏有兩種不同的人物，也有兩種不同的對話，符號並不一樣，要知所區別。人物方面，主人翁自是經營喬治亞屋子的敘事者，名字叫愛倫，恰巧這是作者西西的英文名，另有一位但聞其聲的對話者，最後是敘事者的一家人，他們偶爾茶聚，眾聲複調，提出各自心目中理想的家，這些都是有血肉的真人，跟敘事者同時同地，他們的對話，用「○」表示，試舉一例，我們開初聽到的，一句接一句，連綿不斷，因話提話，基本上沒有分歧：

○ 把門關上的時候，

○ 玩具屋真像一個櫥櫃。

　　○ 但有建築物的外貌。

　　○ 一旦把門打開，

　　○ 就看見一座樓房的內景。

　　○ 是一幢玩偶之家。

　　○ 不，仔細看，站遠了看，我看見許多不同的景象。

　　可是到了後來，當說到理想，人各有志，就顯出差異了。這方面暫不徵引。何以點明這些人跟敘事者同時同地？因為另有一類人物，是敘事者製造的人偶，即居住在喬治亞房屋的喬先生（泰倫斯）一家，包括喬太太（麗莎）、湯姆（喬家少爺）、瑪麗安（照顧湯姆的女傭）、布朗太太（管家）、愛德華（喬先生弟弟）；他們來自十八世紀的英國，敘事者按照當時英國人的髮型、服式搜集，或加以依樣改裝。這是人和時間空間配合的問題。喬治亞時代的房屋，宜乎以喬治亞時代的人偶配合。這小說饒有趣味的是，還附上屋子和人偶的圖片，說明人和屋的構造是作者真實的體驗，不是紙上假空的想像。這裏順帶指出，作者大量地活用自己的生活經驗是一回事，可並不等同敘事者；這畢竟是小說，要是真人真的自以為可以和假人不斷通話，且長篇累牘，這恐怕是精神病的徵象。喬屋一家的人偶之外，還有其後外來暫居的百麗菲，她是當代漂亮的模特玩偶；以及瑪麗安寫信的對象黛西。敘事者跟部分人偶對話，或者人偶與人偶之間對話，用的符號是「──」。全書合共四十四個對話（包括瑪麗安的書信），其中「──」比「○」要多許多，這也是西西小說常用的對話符號，例如《我城》，

有論者曾對這種對話方式表示很反感，認為標奇立異。不過如果涉獵過喬伊斯等人的現代經典，就會知道這用法毫不奇異。

嚴格說來，小說裏實在的、真正的人物，只有一個，那是敘事者，所有動作由她承擔。人偶都是虛擬的，是被造物，並不承擔動作，而是對動作作出反應、表示意見。作者只通過對話表現他們，因為目的在理念，是想法，不在人物的塑造。他們活在對話裏，在對話裏流露不同的心態，而各具代表性。即使收結時敘事者的親戚聚會，這些可不是人偶，但眾聲複調，目的是表現不同的理想，而不是塑造不同的人物。

對話，佔全書四分之一篇幅，的確是本書最引人入勝的地方，也是小說之為小說的活眼。首先，從審美角度看，在長篇描述沉實以至磨人的工序之後，來一段對話，變換一下形式，可以帶來活力和戲劇性，重新逗引閱讀的興趣，有暢神的作用。而且，全書分七十一節，節與節之間，往往由對話分場。

其次，對話讓造物發聲，化實為虛，從寫實轉為寫意，突破了既定的敘事框架。這是造者與造物的交流、作者與作品的互動，打通了今與古、中與外、人與物的隔閡，呈現多層次的觀點和角度。

下面舉幾個例子，以見被造之物不是一味被動、默默無語的死物，他們原來也有想法、意見，而且隨着本書的發展，進入政治和經濟的思考，他們的主見變得越發強烈。開初，敘事者經過一番努力經營之後，不免沾沾自喜，以為屋子裏的人偶（我本來寫「住客」，轉念一想，他們才是屋主啊）一定稱心滿意，也許美言一兩句吧，然而，喬先生有話要說：

我讓喬先生坐在書房裏靜靜地看書。他這樣子是愉快
的，我想。

——還可以吧。

——哦，聽你的口氣……。

——請您給我一把坐起來舒服的椅子。

——你坐的這把是可以旋轉的書房椅子，和書桌配成
一套。

——一套當然很有氣派，不過您看，椅座不是太高麼？
我吊着雙腳。椅子是否舒服，真正坐的人才知道。金字
塔看來是很牢靠的，但是否舒服，還得問問裏面的法
老。(頁七)

他們會主動爭取，道理也合情合理：牢靠是一回事，舒適
與否是另一回事，這方面誰更有發言權呢。小説藝術有一通
識：小説家一旦把人物寫活，則人物即形成自己的意志，譬如
小説家本想把他處死，卻不得不順應事態發展讓他存活。即使
虛擬世界，也自具規律與邏輯。至於作品完成後，作者如果不
死，至少要承認作品有自己的命運。當敘事者提到吳爾芙，這
時候輪到喬太太插嘴：

——對不起，請問吳爾芙是誰？

——啊，對不起，喬太太，她是十九、二十世紀的人。
我是否誇大了？我只是想到女子也應該有一個自己的
房間。

——對對，我怎麼會拒絕呢；但我寧願限定這麼一個好
地方不談政治。男人不談政治就好像不像男人似的。這

是他們的餐後甜品，就讓他們留在煙霧瀰漫的飯廳裏談個夠吧。（頁一一）

　　相近的訴求，人偶之間表達的方式呈現微妙的分別，這位有教養的喬太太，表述自己的選擇時比喬先生婉轉得多。至於敘事者表現的謙遜，開誠聆聽，同樣值得肯定；也因為這種尊重，造物才勇於發言，才可以發言。互相尊重，彼此平起平坐，這毋寧是對話的先決條件，對話的精神。

　　再然後，造物更會提點造者：

　　—— 對麼，喬先生，人可不是機器。
　　—— 對，我們通常不會質疑設計者。只是，如果你再認真一點，我們會更加感激。
　　—— 是的是的，我還在學習，我們一直在彼此學習。
（頁二六）

　　質疑設計者，通常不會，不等於完全不會。到了後來，小說進入更嚴肅、認真的話題，敘事者說到十八世紀的政治文化，提到盧騷對封建社會甚麼都看不順眼，對封建社會歧視女性的觀念卻大力表揚，在《愛彌兒》中認為女子的一生是為了要取悅男人，要讓男人活得甜美愉快。英國的瑪麗·沃斯通克拉夫特（Mary Wollstonecraft, 1759-1797）不同意。這位瑪麗，一般人只知道她的女兒，那位寫出科幻小說《佛蘭肯斯坦》的瑪麗·雪萊，可是這位母親瑪麗，也不簡單，她是女性主義的先聲，為女性爭取權益。她耳聞目睹法國的大革命，認定共

解讀《我的喬治亞》

和政體比君主政體優勝，和英國當時最出色的思想家，例如德蒙·柏克（Edmund Burke, 1759-1797）論辯。這時候，喬先生忽爾插入說話，表示不同意敘事者的闡述，這方面，敘事者如果不是暴君，必須承認喬先生既作為那時代的人偶，他好歹有自己的感受、想法，應該受到尊重：

> ——對不起，希望沒有打斷你，盧騷先生對女性的看法我們也很難完全認同，幸福應該由兩姓合力創造，對不對？可是，沃斯通克拉夫特女士對法國革命的意見，我也不敢完全接受，認為那就合乎理性。
> ——啊，喬先生，是嗎？
> ——柏克先生認為人類建構的文明，是有價值的，不能任意搗毀，我們當然要改進，但必須以安定做前提。安定，然後才能繁榮。法國的革命，流血、暴力，會怎樣走下去呢？英國有自己的路，當年威廉和瑪麗登位，通過「權利法案」，肯定了人民的各種權利，例如可以自由請願，自由發表政見，這是一個寬容社會的基礎。後來，又通過一系列的法案，把權轉移給國會，又容許宗教自由，更重要的是，其中一個叫《叛國法》，君主不能以叛國的罪名加諸異見者，等等。這是光榮革命的成果，革命，不一定非流血不可的。（頁一二一）

喬先生的話說得洋洋灑灑，代表一種中產知識份子的意見，他反對非理性的破壞，強調各國有別，英國不能走法國的路，英國已建立一個「寬容社會」，有保護各種人權的法案，不必流血的革命。他的話，令人想到：你這二十、二十一世紀

的他者，可知道歷史的具體細節，憑甚麼就指指點點我們的事呢？這方面，下文再分析。喬先生與喬太太不同，那是表達形式之別；喬先生和弟弟愛德華不同，卻是思想上的。喬先生享有長子繼承權（primogeniture），可以獨佔父母的遺產，其他庶子則需自謀出路，不外從軍，或者當牧師之類。愛德華即從軍到美洲去，受傷後回來，思想上有很大的轉變，後來成為作家，為社會上受欺壓、剝削的弱者發聲。長子繼承權也有好處，限制了貴族的膨脹，土地得以維持完整、集中，比土地分割，更有利擴展，書中引文學大家撒姆爾‧約翰遜（Samuel Johnson, 1709-1784）的妙語：「長子繼承權使每一個家庭只出一個白痴。」

　　喬先生不是白痴，不過是既得利益者，不免趨於保守，他願意為弟弟安排工作，保證他的生活之資。但弟弟寧願往外闖。他們兩兄弟的對話，雖善意，卻呈現不同的價值觀：

　　—— 出外？你要到哪裏去？
　　—— 倫敦，或者其他地方，我會到城市去。
　　—— 你找到工作？
　　—— 總會找到，我還年青。
　　—— 你的腿好了嗎？兄弟，仗可不是你打輸的。
　　—— 不，遲早我們會輸。
　　—— 真的？告訴我一些美洲的東西。
　　—— 那是一場遠離我們的獨立戰爭，這戰爭也把我改變了，我受傷時獲得一家農夫收容，把我收藏在牛棚裏，替我療傷，給我食物，然後送我上路，回到部隊去。其

中一個黑人，成為我的好友。

—— 一個好心的黑奴。

—— 對我來說，他是一個比許多人更自由的人。

—— 真的？……你還沒有回答我的問題。

—— 甚麼問題？

—— 你的傷真的好了嗎？

—— 啊，好了，謝謝，從沒有比現在更好的了。

—— 你離開前，可要到來，多住幾天，而且你一定要多
寫信，答應嗎？

—— 答應。（頁一一四）

上述對話，最適合用蘇聯巴赫金（M. Bakhtin, 1895-1975）
複調小說的理論解釋。巴赫金曾比較史詩與小說，認為史詩表
現的是記憶，而非認識，並沒有相對性的意識，那是已然完
成、確定不變，而且統一的世界觀。換言之，那是獨白型的。
小說則充滿可能可塑，這種體裁在形成的過程中永遠在尋求、
研究、審視自己。（《史詩與小說》）

小說的語言，他以陀思妥耶夫斯基的作品為典範，則是對
話型的：讓不同的人，包括作者與主人翁、主人翁與主人翁，
平等地對話。所謂對話，固然是人與人之間的應答，就是個人
內心的自我論辯，也可以是對話，重要的是不同意識的抒發，
哪怕是多麼分歧、對立。情節的開展、人物的刻劃，反而並不
重要。當然，另外更多的小說，充滿對話，巴赫金認為只是獨
白，是作者一個人的意識，他操控所有的人物，把人物客體
化，分配是非道德，貌似許多聲音，實則是封閉的一言堂。聽

　　　　　　　　西西，她這樣的一位作家

似許多聲音，卻是一人扮演，為一種意識服務。他舉托爾斯泰為例，說：「作者意識和作者語言，從不面向主人翁，不詢問主人翁，也不等待主人翁的回答。作者既不與主人翁爭論，也不表示贊同他們。他不和他們交談，而是談論他們。」（《陀思妥耶夫斯基詩學問題》，下同。）後來他改變了對托爾斯泰的看法，認為他的小說也有潛在的對話性。

對話與獨白的分別，簡而言之，是前者容納異見，表述不同的聲音；後者，只有一個唯我獨尊的作者，耳朵只聆聽自己的嘴巴。巴赫金說實現和貫徹對話是小說藝術的新立場：

> 這種立場確認主人翁的獨立性、內在自由、未完成性和未論定性。對作者來說，主人翁不是「他」，也不是「我」，而是不折不扣的「你」，也就是他人的、另一個同等地位的「我」（「你是你」）。主人翁是一種非常認真對話交往的主體，而不是演說式的表演，或者文學程式的對話交往。這種對話（小說整體上的「大型對話」）不是在過去，而是在當前，是在創作過程中即時發生的。
>
> ⋯⋯
>
> 按照陀思妥耶夫斯基的構思，主人翁不只是作者說話的對象，不是默不作聲的啞巴，而是言論具有充分價值的載體。作者構思主人翁，就是構思主人翁的議論。⋯⋯因為只有採取對話和共同參與的態度，才能夠認真聽取他人的話，才能夠把他人的話作為一種思想立場、一種觀點來看待。只有心存對話，我的話語才可能既同他人

的話語緊密地聯繫，又與他人的話語不相融合，既不吞沒他人，也不把他人溶解於自身，而充分保持獨立。

……

讓主人翁和作者分享平等的發言權，是否意味作者喪失主權？又或者意味生活的真相是眾見的合成、平均數？不是的。巴赫金根本反對統一且是唯一的聲音。人的主體身份既非先驗，也不是一塊鐵板，而是在與他人交流、撞擊裏不斷構建的過程，唯有在雙方平等的對話中，既從內部「自己眼中的我」去審視，同時借助外部「他人眼中的我」去發現；我在自己身上找到他人，再在他人身上找到自己。摒棄他人，我即不成我。我和他人彼此作用，同時又保持差異。這是互為主體，共相依存；不是去中心，而是多中心。

複調小說中作者新的立場具有正面的意義。要是認為陀思妥耶夫斯基小說中，作者的意識完全沒有得到表現，那是荒謬的。複調小說的作者意識，在小說中無所不在，並且發揮高度的積極性。只是這種意識，其功能與形式，與獨白型小說不同：作者意識不把他人意識（即主人翁們的意識）變為客體，也不在他們背後給他們做結論。

……

複調小說作者要做的，並不是否定自己和自己的意識，而是極大地擴展、深化，以及重建自己的意識（當然是按照既定的方向），以便包容具有同等價值的他人意識。

從這個角度看，對話型的小說，是最民主的文學形式，是多元化社會的實踐。人類各種各樣的爭鬥，尤其在政治上、宗教上，何曾獲得解決？長期爭鬥的結果，早就各備一套自我合理化的單一話語。除非把異己族滅，而這明顯並不可能，唯有放下獨尊的自我，和對手公平地對話，多元競秀。巴赫金複調小說的意義是為異己平反，異己不是客體，而是與我同等價值的另一主體。從對方設想，則自己何嘗不是異己？有異己方有自己。考慮當下人類的生存處境，這是一種最合情合理的生活方式、生活態度。看來創作者如果不甘於藝術的創發，真要對社會實務有所貢獻，則先要形成對話型思維。否則自詡是個「大我」，全世界在聽我發言，其實只是坐在郵輪的房間裏對着窗口自言自語。

複調其實是西西小說的一大特色，像長篇《哨鹿》、《哀悼乳房》，像短篇〈感冒〉、〈肥土鎮灰闌記〉等等，甚至早期的〈瑪利亞〉已見初型，而這，遠在巴赫金在上世紀成為西方顯學之前。

三

為甚麼作者喜歡喬治亞式房子？為甚麼是十八世紀英國？讀者會這樣追問。第一個問題，書裏敘事者有所解釋，而剖白逐步深入，顯示心路歷程的微妙變化。首先，這是受喬治亞外觀的吸引：

英國的木頭玩具屋有許多類型：都鐸王朝式、維多利亞式、鄉村茅屋式等；最吸引我的是十八世紀的喬治亞。喬治亞（Georgian）建築，是由於當時連續在位的四位英王都叫喬治。其實譯成喬治也可以了，但我還是比較喜歡喬治亞的叫法，以便跟名詞區別。這種建築以簡潔、和諧、嚴整著稱，源於希臘神殿和義大利柏拉底奧（Palladio）形式，房子四方形，大門開在正中，兩邊是窗子，前後斜落兩面坡屋頂，對稱均勻，連煙囪也建在屋子一左一右，端正，穩重。大門進內是樓梯，房間分佈兩側。屋子兩層，但可加配一層地庫和一層帶老虎窗的閣樓。我把頂層和地庫全數買下，高興得很⋯⋯。（頁二）

然後，原來也有個人的理由：

我受喬治亞房子簡明樸實的外貌所吸引，其中也不乏別的理由。我特別喜歡兩面坡屋面的房子，也許因為我曾經住過那樣的房屋。那時候我才八九歲，住在上海的大西路，後來改為中正西路，如今再改為延安西路。故居附近有一座靜安寺，對面是一個名叫美麗園的小住宅里弄。我家住的是大院子中的平房，院內一片空地，西面是一列棚屋，東面是分為三排十二幢二層高帶閣樓的民居。這大院子不是普通的住宅，而是馬廄的棚屋，十二幢房子住着的都是馬伕，空地供馬匹踱步。我們住的紅磚平房是職員的辦公室。後來，馬匹還走了，馬伕離去了，才變成普通民居。我非常喜歡那座平房，牆上都是

卵石，一列百葉木窗，兩面坡屋頂，還有一個大煙囪。
花園可以種花。記得一位叔叔曾經帶了幾頭兔子來，因
為他的老家打仗，要寄住在我們家，兔子成為我們的玩
伴。那麼好的房屋，但同樣因為戰禍蔓延，我不得不隨
父母離開。

許多年後，我重返上海旅行，多次還到那裏去看房子，
起初覺得殘破了許多；後來再去看，已給拆掉了。我很
難過，好像我有些甚麼已經真的失去了。這種感情，並
不是把這個那個拆掉，然後當地產項目發展的官僚所能
了解的。我特別喜歡江南鄉郊的房子，因為它們也都是
兩面坡頂，簡明樸素，它們和喬治亞房子很相似，只不
過屋頂沒有一左一右兩個煙囪，而是從屋脊兩端各伸出
一支蠍子尾飾。（頁一六○）

然則喜歡喬治亞，多少是移情作用。巴赫金在《審美活
動中的作者與主人翁》裏指出，進入移情的角色，還得回歸
自己，這是入而能出，去而須返，要是沒有這種自身的回歸，
那就是把他人的痛苦（就當是痛苦吧）作為自己的痛苦來體
驗，那是病理現象，而非審美。兩位研究巴赫金的專家，解
說云：

我構造自我的方式是通過一種探求活動：我走向他人以
便同我的自我一道歸來。我「進入」他人的意識；通過
他人的眼睛來看世界，但我決不能與這一觀察事物的視

角完全融合，因為我這樣做得越成功，就越會受限於他人的視野。完全的融合，也將消除對話所要求的差異。

—— 克拉克、霍奎斯特合著：《米哈伊爾·巴赫金》

（Katerina Clark, Michael Holquist: *Mikhail Bakhtin*）

對喬治亞房子的敘事者而言，回歸甚麼呢？真正的歷史，個人的、城市的。本書臨近尾聲時，湯姆主動追問敘事者，是否真的喜歡喬治亞房子，敘事者的回答，也許才是終極的原因：是為了重建歷史，抗拒遺忘。歷史不容割裂，也不能選擇，一個人自小居住的地方，往往也無可選擇，就像名字，是父母起的，是餘下來洋老師分派的：

—— 你真的喜歡我們英國的喬治亞房子？
—— 喜歡甚麼，喜歡就是了，無需特別的理由。我小時父母把我從中國大陸帶來，我在這裏讀書、長成，我的老師許多都是英國人，那時我還不知道甚麼是殖民地，我這個名字，也是洋老師在墨板上寫下的一大堆名字，讓同學選擇，輪到我就只餘下這個。後來你們的政府離開了，我們自己的卻急不及待推出大堆新措施，要超英趕美，又好像要清洗記憶似的，東拆西拆，更有人用殖民地東西留下來有甚麼居心做藉口。也是在那個時候，我看見喬治亞房子，一見就喜歡。我喜歡喬治亞，不等於說我就願意住進裏面；我喜歡傳統的四合院，難道就嚮往長期住在四合院麼？我經營我小小的房子，無論好歹，我是在重建自己的記憶。（頁二〇七）

「我喜歡喬治亞，不等於說我就願意住進裏面」，易言之，不一定非喬治亞不可，更不等於說這是擁護英國的殖民統治。在殖民地長大，並沒有原罪；不能矯情地拿概念上綱上線，不能因為貼上殖民地的標籤，就一概要打倒，合理，還須合情。

　　至於何以在十八世紀的英國？喬治亞房子固然產生於這世紀的英國，如前所引，由於當時連續在位的四位英王都叫喬治。但更深刻的理由是，我城的過去，好歹與英國最密切，也無可否認英國的影響，而一切又源自十八世紀的英國。負面地說，不可能是其他空間、時間。十八世紀對英國而言，是充滿活力的盛世，這時代產生工業革命，推動物質文明，但也可說遺禍至今。當時唯利是圖的英商，為大量的商品尋找出口，還振振有詞，認為鴉片也只是商品，由是侵略中國，引發鴉片戰爭，一個小小的漁村淪為英國的殖民地，這就是香港。戰爭之前，英人曾遣使來華，清政府不知彼也不知己，緊抱一套唯我獨尊的天朝心態。這些，書中都有所交代，這裏無需費詞。總括而言，中英並沒有真正的對話。書中有一段敘事者與喬先生的對話，篇幅較長，喬先生從倫敦回來，帶回當時新出的書本，反過來要送給敘事者。他們就從當時英國的名著說起，斯特恩的《項狄傳》、約翰遜的《拉塞拉斯》，然後提到當時最流行的笛福的《魯賓遜漂流記》，對話雙方，意見開始分歧，再說到亞當・斯密《國富》，進而爭論自由貿易的問題，這種打破共時、接通中外、真實與虛擬的對話，已非巴赫金所能想像，敘事者說：

—— 自由貿易帶來經濟的繁榮。但要搞清楚，英國並沒有真的推行自由貿易，等到整個經濟局面成熟，不怕競爭，才貫徹鼓吹不干預；那至少要等一百年後。新興的美國，更要經過三百年漫長的保護政策，才誇誇其談自由貿易。十八世紀的自由貿易，是對經濟落後的國家講的。笛福的魯賓遜就是這種心態到中國來做生意。

—— 我看不出有甚麼不對。

—— 他的貨物，竟有鴉片。這是販毒。

—— 販毒？

—— 鴉片一直是禁品，不是我們中國人的一杯茶。笛福其實從沒到過中國，卻在續集中借魯賓遜之口把中國極盡詆毀，建築、服裝、家具、港口、船隻、軍隊、宗教，統統一無是處。他看得上眼的只有陶瓷和長城。但他寫長城，卻是一副侵略者的眼光，說根本抵禦不了炮火。建造長城，是為了抵禦中國人自己發明的火藥麼？約翰遜博士同樣沒到過中國，但講長城，就客氣得多。他又斷定中國人無知、骯髒……。有時候，自利和公義是會產生矛盾的，特別是在自由貿易的口號下，這個國家強加之於另一個國家。

—— 我沒有看過續集。

—— 對不起，大概你也不想再看了，但在十八世紀，肯定有不少英國人看過，他反映也影響了不少貴國的同鄉，大約一百年後，就發生了鴉片戰爭，香港之成為香港，由此而來。

—— 鴉片戰爭，香港？

—— 我城。

—— ？（頁一一〇）

四

　　玩具屋有兩類，一為兒童玩物，另一為成人藏品。至於名字，沒有明顯分別。書中第一節指出，兒童的玩物，則構造簡單，經得起敲打，最重要是不含毒素，稱為玩具屋（toy house 或 doll's house）。用作收藏觀賞的，側重的是屋子，不一定有玩偶；在十七八世紀，原是貴族人家的擺設，十九世紀末，才漸漸普及，稱為娃娃屋（dollhouse），或者同樣叫玩具屋，也稱作玩偶屋。不管是哪一類，都通稱為微型屋，或者袖珍房子，同屬迷你型。但微型屋又不一定是玩具屋，建築師做的模型，就不是玩具。敘事者自稱這所喬治亞房子屬於第一類，即玩具屋，當不得珍藏，但為屋子收集各種擬製與仿真，成為一本小說的模特兒，曾為香港書展二〇一一年度作家展品之一，則已非孩童玩物，可觀而不宜玩了。

　　書中說明玩具屋源出德國，盛行於荷蘭，再傳遍歐洲。本來是有錢人家的玩意，其後平民化，走進普通人家。一方面這是玩具，另一方面同時是教育，教導兒童認識生活，所以屋子從外至內，總反映真實的生活。如今的經典的玩具屋，由於都是實物的微型版，可作珍貴的歷史文物，都收藏在博物館，著名的更成為國寶。歐洲大部分的名作，西西都親臨參觀過，據敘事者的描述，包括德國、荷蘭、瑞士、英國等地的博物館；以及台灣袖珍博物館。其實並不止此。其中一次我曾隨她到英國參觀一個玩具屋的展銷會（Dolls House and Miniatures Fair），書中只寥寥二十字，說搜集得一件漂亮的高背書桌，

是在「英國旅行時，遇上娃娃屋展銷會，特別乘火車去看」（頁七二），我可以略作補充。這種集市在英國各地，大型的小型的，每月都有舉行。展出的固然有商家的製作，更多的是個體戶自己的製品，別以為這是中產階級的玩意，其實豪宅與茅舍，豐儉隨人。哥德在法蘭克福故居的玩具屋，連閣樓，足有五層高，令人驚歎；寫彼得兔子的波特女士在湖區山頂舊宅保留的玩具屋，小巧樸實，也另有風味。而且製作者絕大多數是普通平民，不少已經退休，大抵男的做厚重的框架，女的做椅桌櫥具之類。敘述云：「原來我們連造房子也受商人的擺佈，他們生產的玩具屋都是一幢幢漂亮的大房子，而不會是簡樸的茅舍。幸而各地不少玩偶屋的主人已經另起爐灶，自己建些茅屋村舍，二層高，二、三個房間，溫暖，樸素。」（頁六五）觀眾則男女老幼都有，屋迷互相交流，展示自己的製作，告訴你製作上小小的並非不重要的竅門；也有的婉轉地暗示，他做的耐看些、便宜些。大家融入一種同一話題而不同表述，既親和又對立的氛圍。

這類實地實物的參觀，加上玩具屋雜誌的訂閱（英美這種雜誌甚多），為作者提供寫作的材料，尤其是感性的體驗。她身體力行，自己也動手做，那時她的右手還沒有失靈。至於英國十八世紀的歷史，微觀的，宏觀的，主要通過閱讀。書中記述的喬治亞時代的種種，順敘寫來，從一個房子出發，而至整個國家，包括地庫、書房、臥室、沙龍、閣樓、家具、顏色、內外牆、中國風牆紙、地板、天花線、條紋、房間、風格、東印度公司、馬戛尼爾訪華、訪華畫家、類型、室內、桌布、長

　　　　　　　西西，她這樣的一位作家

子繼承權、大旅遊、僕人、賣妻、珍妮紡車、農業、羊吃人、污染、消費革命、泡沫、喝茶、掃灰童、黑奴、瑪麗‧沃斯通克拉夫特、柏克、教育、園藝家、設計家、新舊新門監獄、新門小說、小說裏的十八世紀、電影、玩偶、服飾、窗子、收費、衛生、城鄉、收藏家、刊物、娃娃屋小說、印刷品、裝置藝術、屋迷、珍‧法里曼等等。我稍稍計算，每項大多千多字，也許是刻意的，若即，也若離，這些畢竟不是真切的經驗，寫的更不是英國歷史，目的是追溯我城的過去，「因為造房子的緣故，我逐漸翻查英國過去的歷史，這些歷史，如何跟我們截然分割？這之前，我只是略識之無」（頁六五）。至少有兩三次，人偶叮囑敘事者，你不是當事人，你這是外人的眼光看過去，我們比你清楚。不過，當說到工業革命所謂自由貿易的後遺症而產生我城，則非十八世紀的人物所能知：

　　──　鴉片戰爭，香港？
　　──　我城。
　　──　？

　　敘事者於焉取回發言權。其中，寫到十八世紀最可怕的房子，原來是新門監獄，但這種房子並沒有過去，新的新門監獄變得更可怕：

十八世紀的新門，囚禁的是人的肉身，但此前此後的監牢，要囚禁的卻是人的靈魂，例如中世紀的宗教異端法庭，二十世紀二次大戰時期納粹的集中營，這些，都過

解讀《我的喬治亞》

去了，二十世紀末以迄今，最恐怖的監牢，其一設在伊拉克阿布格里（Abu Ghraib）。

我陸續讀到美軍虐待戰俘的報道，已見怪不怪了。鴉片戰爭產生的南京條約，除了誕生了香港，英國人還取得所謂「領使裁判權」，即是說要是英國人在中國本土犯法，並不由中國裁判，而交由英國領使裁判；其他各國，包括美國，接著也取得同樣的權利。據學者剖析，鴉片戰爭的原因，其一是中西法治理念分歧，我們知道，戰爭的導火線是新界一位村民和英兵爭鬥被打死，林則徐要英人交人嚴辦。據說外國人不信中國法，認為是人治的，因為疑犯要證明自己清白，而不是，像普通法那樣，控方要證明疑犯有罪，否則利益歸於被告。二百年後，一個號稱自由、民主的超級大國為了對付恐怖分子，在這裏那裏設立監牢，監禁的是潛在、可能、涉嫌的恐怖分子，這是中國古代的莫須有。

阿布格里是其中一個這樣的地方。最近看到哥倫比亞當代畫家、雕塑家博蒂洛（Fernando Botero）畫阿布格里美軍虐待戰俘的作品，集中繪畫囚犯被虐的苦痛，悲天憫人，而不必畫出虐人者的猙獰。（頁一四六）

工業革命，又何曾真的過去？少年湯姆對外面的世界很好奇，透過喬屋對面的電視，看到廿一世紀的天災人禍：

── 我看見許多東西。真奇怪，這麼小小的四方盒子，

裏面卻有許多東西。

——湯姆少爺，你怎麼不去做功課呀，學校的作業都做好了麼？

——盒子裏那麼多可怕的東西。將來的世界真是多災多難。整座大廈倒下來了。有一個地方海水沖上岸，淹沒了鄉村。

——做功課……，湯姆少爺……。

——有一個地方的小孩子很瘦，只有皮包骨頭。很好看的冰山碎裂，掉進水裏。大白熊生活得越來越困難了。我可不要活在這樣的世界。瑪麗安，你有聽我說麼？你怎麼睡着了？（頁四八）

他後來看到更多的災禍、無日無之的遊行。他這個年紀，對生命，對存活的意義，以至對將來的世界，充滿困惑、憂慮。他會問照顧他的瑪麗安，人死後會到甚麼地方去，他早夭的哥哥也叫湯姆：「——當你叫湯姆少爺，我有時懷疑，你其實在叫我的哥哥。」他追問：

——我不會到外國打仗麼？像叔叔那樣？

——怎麼會呢？叔叔是你家的幼子，不當牧師的話，就只好當兵，可你不同，你只要把書讀好。（頁七九）

然後，當叔叔從美國獨立戰爭回來，受了傷，他問叔叔是否真的把敵人殺死了，叔叔告訴他打仗就是這麼一回事，這是軍人的工作：

解讀《我的喬治亞》

——你也受了傷。爸爸好像很生氣，是因為我們打輸了？

——我們失去了美洲。但湯姆，到你長大後，你就會知道，事情複雜得多。

——有多複雜，叔叔？

——到你長大，你也會到外面去看看，你會發覺天地之大，無論你居住的地方大小，無論膚色、種族，甚至無論是否相信同一個上帝，我們都是平等的，我們都有同樣的權利，生存和發展的權利。我那次受傷，暈死了過去，幸好有一戶農家把我拯救過來，帶回家去了，他們為我療傷，直到我精神好多了，才把我送回部隊去。

（頁一一五）

愛德華叔叔離開喬屋之前，叔侄之間還有過三次對話。一次，叔叔告訴湯姆他給報刊寫稿，寫掃煙囪的男孩；另一次，寫紡織廠的女童工。他們同樣受生活所逼，不人道地工作。這是十八世紀的社會現象，他希望喚醒大家的良知，改變這麼殘酷的社會。這當然是一種理想主義的想法。湯姆說：

——將來的社會會變好嗎？

——會的，當然會，但人類必須努力。

——我看世界會越來越可怕。

——湯姆，你怎麼會這樣想呢？

——我不知道，也許是夢見。

——應該樂觀地看，我寫文章，就是認為人間還是有希望的。（頁一一五）

書中他們最後一次說話很有意思，叔叔問湯姆在學校讀書，最喜歡甚麼科目。湯姆答最喜歡歷史。叔叔説：「好啊，歷史這一科很重要，即使不喜歡，也要好好用功。」然後湯姆這個「問題學生」問到亨利八世何以會把著名的學者、作家湯瑪士·莫爾殺了。莫爾就是那位《烏托邦》的作者。叔叔答：那是亨利八世想有一個兒子繼位，皇后辦不到，就想離婚另娶，但天主教並不容許離婚，他就改信新教，不再聽令於羅馬天主教教廷。湯姆問：

——這和莫爾爵士有甚麼關係？

——湯瑪士·莫爾是大法官，是大學者，很會寫文章，很有影響力，當亨利八世下令所有人要宣誓同意改宗，他認為這不對，拒絕了。他曾主張宗教自由。他也不是拒絕，他只是保持緘默，拒絕宣誓同意吧了。

——喔。

——莫爾很懂得法律，你知道，有人說他申辯時提出：在法理上：緘默表示同意（silence gives consent）。

——緘默表示同意？

——對，他當時的處境很困難，我們叫這個是兩難的困局。當你按着聖經說，我同意，這麼一來就違反了自己的信念。人要有信念，湯姆。可是要是你說不同意，就要殺頭了；你要考慮你的家人。莫爾的太太、女兒、女婿都勸他，只那麼一句同意罷了。

——真替莫爾爵士難過。叔叔，如果你是莫爾爵士，你會說同意嗎？

── 為甚麼這樣問呢，湯姆？

── 你會考慮妻子、兒女，同意宣誓，只簡單說我同意，承認國王的做法？而不必成為……？

── 烈士。要求別人成為烈士，那必得是在非常非常特別的時刻。我的情況簡單得多，我還沒有妻子兒女，其實我從美洲回來，親眼看到許多事物，讀過一些書，這些日子，我對許多事物反覆思考，有了不同的想法。要是莫爾說我同意，在最後關頭，在不傷害其他人的時候，我是理解的。但湯姆，湯瑪士·莫爾之所以更值得我們尊重，因為他一面表現出勇敢、無畏的精神，另一面又很人性，他愛惜生命，愛護家庭。他沒有放棄原則，但也努力、靈活地周旋，他抵制宣誓，又想辦法保住性命。

── 叔叔，可以告訴我你打仗受傷的情況嗎？

── 好的，但湯姆，記着：緘默的自由，就像打仗，是自由的最後防線。自由是甚麼呢？自由就是你可以對任何公共事務發聲，表示意見，尤其是不同的意見。這很重要，但更根本的是，你可以保持緘默，拒絕表示意見。緘默，有時候也是一種意見。當他們要求你說甚麼，規定你說甚麼的時候，同時就規定你怎麼說。（頁一四〇）

　　這是一位十八世紀生活在君主極權時代的知識份子留給我們的智慧：當平等對話變得不可能，緘默，拒絕表態，是自由的最後防線。

五

　　喬屋一家人偶之外，還出現一位現代的時裝娃娃百麗菲，敘事者在買來玻璃櫃前，暫時把她安置在喬屋裏，她和湯姆聊起來，本來隨意的談話，卻扯到了生存的意義、遊戲的本質。她另有一番見解，在後來以至其他的世代，這些見解，一如她的時裝，容或百變，好歹流行一時：

　　——我是人偶？

　　——你的麻煩來了，當你追問：我是甚麼，就沒有好日子過。

　　——我是人偶，不是人？

　　——人是有生命的，會生老病死，人偶不會，你不會，我也不會，我們都是根據人的形象塑造，你是木頭做的，我則是樹脂。

　　——我不是人？

　　——不是人有甚麼不好。人可不是一切生靈的唯一界定。我們不會生病，只是破爛；不會死亡，只會腐朽。不會自相殘殺，不會為自相殘殺想出許許多多的藉口，連我們這些玩偶，也可以成為人類彼此仇視爭鬥的工具。我們青春常駐，大不了是過時；這是人的口味問題，變得也真快，也許是因為他們的生命太短暫吧。我們呢，沒有意外的話，可以活幾百幾千年。

　　——為甚麼我是玩偶？為甚麼我住在這座古怪的屋子裏？為甚麼你會從天而降？

　　——不要問，不要問，許多事情不是我們可以明白的，

你問問人類吧，他們也沒有明確的答案，只會越說越複雜，結果糾纏不清，然後又互相吵鬧。你就當是冥冥之中的命運吧。

——命運？

——就是懂得你的條件限制，明白自己的優劣。譬如我搬到這裏，就不是我的意思，我多麼渴望住的是大屋，漂漂亮亮的讓人欣賞。但我們既然恰巧在這個時間這個地方邂逅，何不也愉愉快快地相處。來，還是幫我把門外的行李搬進來。

……

——百麗菲，你可知道，這是我們喬家的房子嗎？

——當然知道，但可不要把我當成入侵者好不好？你以為你還生活在封閉的農業社會麼？何況，我也不過是暫時寄居一下吧了，誰又不是呢？

——那麼到這世上來又有甚麼意義？

——意義？人出生了還不是走向死亡，我們呢，走向腐朽。所以還不如做好自己的工作，小伙子，你看，我喜歡我的工作，我做得多漂亮。

——你說是人造我們的，那麼又是誰造人呢？

——這我可不管，人是喜歡遊戲的動物，十七世紀的巴洛克，十八世紀的洛可可，都是遊戲，人，就是遊戲的動物，Homo Ludens，遊戲就是人的本質。哈哈，人自己會否成為其他甚麼的玩物，有何不可？你可不要掃興，破壞遊戲。

——即使是人偶，我也要做一個有意義的人偶。

——你也許聽得太多童話，聽瘋了。（頁一二八）

在課程裏有學員問我：愛德華叔叔是否代表作者西西的聲音呢？我答比較接近，但又不完全是。事實上，所有喬屋裏的人物，分歧，甚至對立，總有一部分屬於作者，反映作者的心聲，可又不能等同。這是複調小說的精義。百麗菲的生存哲學，恐怕不是西西所能認同，但百麗菲說「人可不是一切生靈的唯一界定」，卻是她後來的一本書《猿猴志》的主題。

百麗菲提到 Homo Ludens（遊戲的人），這令人想到荷蘭文化史家約翰·赫伊津哈（J. Huizinga, 1872-1945）一九四四年同一名字的名著，赫伊津哈指出人喜歡遊戲，遊戲是人的本質，文化充滿遊戲的成分，文化是從遊戲之中產生。他列出遊戲的五種特徵：

一、自願參與；參與者是自由的。

二、打破日常真實的生活；是生活的間歇、裝飾、擴充。

三、空間和時間有限定：在特定的空間內「演出」，在特定的時刻「完成」。

四、所有遊戲都有規則，破壞規則的人要摒棄出去。

五、無關功利。

經營一所玩具屋，的確是一種遊戲，敘事者是在嚴肅與不嚴肅之間假裝遊戲（playact），但遊戲，誠如西西一次在接受訪問時指出，也有積極與消極之別，消極的遊戲，純粹是打發時間；積極的遊戲，則逗引參與者的積極性，發揮創意（香港電台：《人文風景》，二〇〇九）。在經營玩具屋這遊戲的過程中，她發揮創意，認識自己，認識自己的城市。書裏敘事者和人偶最後的一句話是：

—— 愛倫，很高興認識你。

—— 我也是，小朋友，請不要介意我開的玩笑。（頁
二〇八）

這是動人且完滿的告別式。然則，喬治亞房子的裝修和佈
置完成了麼？之前，敘事者和喬先生談到裝修工程的拖延，喬
先生說這是傳統，總是沒完沒了的，敘事者彷彿自我解嘲的答：

—— 總是這樣？其實玩具屋的內外工程的確永遠也沒完
沒了，因為一切都可以隨時更換。比如說，我們的玩具
屋可以成為一幢玩具屋的博物館。（頁七七）

然後，敘事者在敘述裏重提：

娃娃屋吸引屋迷之處，正是它的流動、非完成，偶然凝
住，卻又準備隨時變更。它是流動不息的活水，我們觀
看它時，它不過也剛巧停下來觀看我們。（頁七七）

原來也可以打破屋子固定的框架，開放形式：

打破屋子的框框，以盒子形式代替，並非二十世紀的新
事物，早在紐倫堡的櫥房佈置就有了。……房間盒子設
計者於是獲得更大的自由，也不必兼顧鄰室。……

房屋形式解放了，同時也擴大了內容，以前只是一幢房
子，一個家庭，漸漸地，由於房間盒子流行，任何場景
都可以再現，商店、花園，也出現了新景象，商店可以

是緊貼時代的快餐店、的士高，花園也可以是摩洛哥花園、日本花園，甚至有人設計法庭審案、喪禮靈堂。這些嚴肅、悲哀的人世物事，已遠離了兒童快樂、單純的世界。再進一步，設計貧民區、遊行、集中營，有何不可？這些地方，更不應該有漂亮的外框了。（頁一九六）

我喜歡的是建築和家具，我可以用紙板做屋子和家具，加上圖畫，擺滿了一屋子，我的喬治亞變身成為小小的紙板建築，變成家具博物館。英國的鐵路可以變成藝術館，荷蘭的教堂可以改為博物館，香港的牛棚變為學舍、展覽室，這叫「跨界規畫」（cross programming）。是的，為甚麼要限制自己呢。（頁二〇四）

最後一節是家庭日，親友聚會，各自表述自己理想的屋子：有的喜歡鄉村，有的喜歡城市，各有所求，各有不同，甚至有的犬儒，根本就不相信有「理想的屋子」：

〇別問我，我根本就不相信這一套，我不信人可以在世間找到理想，你解決這個問題，又會產生另外的問題，你以為問題在屋外，原來同時就在屋內。（頁二一二）

之前，敘事者回答湯姆，同樣指出：

——不會的。將來的世界，會有許多不同的制度，大家吵吵鬧鬧，甚至打打殺殺，付出許多代價，總以為自己的最好，並且要強加給別人。（頁一〇六）

最後，是這樣的：

〇房子也會思想，有喜怒哀樂，你何不問問它，為甚麼把它弄得那麼不協調，那麼脆弱？何不問問，我們怎會把這個星球搞得千瘡百孔？
〇你呢？這一位，你看來像來自十八世紀。

六

這是一本相當豐富的書，啟發讀者思考的還有政治體制的問題（共和政體／君主立憲）、環保問題、現實主義與真實的問題等等，當然，還有寫作的問題。書中女傭瑪麗安是一個努力上進的人物，無論工作多忙，睡前總翻翻書。一次，湯姆問她：

—— 那你看的甚麼書？
—— 一位新作家的小說。
—— 有寫美國獨立戰爭麼？
—— 沒有。
—— 有寫法國大革命麼？
—— 沒有，這一本沒有，但是否一定要寫，要證明她關心時事？

這位在十八世紀下旬出現的新作家是誰？沒有點明，看來應該是珍·奧斯汀（Jane Austin），她的小說不寫美國獨立戰爭，不寫法國大革命，在某些人眼中，是沒有反映社會現實，

但她是刻意的，而且無損她的文學成就。瑪麗安幽默地反問：是否一定要寫，要證明關心時事？是的，讀《我的喬治亞》，可不要錯過那些幽默的筆觸。

總結而言，這是西西的另一本傑作，至少有三點特色：

一、內容的開拓

以微型屋為題材的長篇甚少。有的，誠如書中所說，都是鬼怪靈異，只為消閒，不宜兒童。

以微型屋的構建為框架，追溯產生這屋子的時代場景，而這場景又跟後來作者生活的現實場景（產生香港，牽涉中國，也影響這世界）接連，結合得天衣無縫，這就是新內容，這種認識是逐步開展、深化的，既回顧，又呼應眼前的現實。構建微型屋是一種遊戲，自己動手，追尋、探究，則這遊戲也是創造。在創造的過程，其成敗得失，也有示範的作用。這本書也指出遊戲在文化的積極意義，人在遊戲裏認識、發現他自己。

二、形式的創新

微型屋的構建看似寫實，框架內的人偶，各具代表，雖屬虛構，但戲假情真，他們彼此以至跟作者的對話，是會通中與外、人與物、古與今、真與假，既有分場的功用，同時說明人偶原來都有思想感情，包括外來的、暫居的，都自有生命。創造物絕非完全被動，他們會和創造者協商、提出意見。各種人物都有發言權，且能平等對話，自尊尊人，這毋寧是作者理想的體現。

另一面，框架與內容必須配合，也讓我們思考創造者與創造物的關係。

三、香港獨有

這是只有香港人才能寫的小說。

從九七的歷史大框架來看，所謂「一國兩制，高度自治」，中國政府為港人提供一個框架，框架裏的內容還需港人「自己做」。這是寓言的讀法。而這寓言，則唯香港作家的體會最深切。

人總是努力營建自己牢靠的家，理想不盡同，且受歷史地理各種各樣條件的制約，但不是說無需努力，也無能為力。制約可以轉化成優勢、力量。在眾聲複調裏，一家人那樣，彼此尊重，然後互相競秀。書名《我的喬治亞》，一如《我城》，「我」固然涵括「我們」，無需費詞，更重要的，其實是對每個個體的肯定、對獨立人格的尊重，這是互為主體，並且是在「我們」之前的謙遜。

而建設是持續不斷的過程，學習、認知、試錯、修訂，永遠沒有完成。這小說正在寫、一直寫，豈獨西西一個人，其他香港人都參與了。

二〇一四年十一月

像她們這樣的兩個女子
——析論〈像我這樣的一個女子〉和〈感冒〉中的「我」

　　多年前一位朋友和西西聊天，説到為甚麼不見她寫愛情小
説，她答，好的，就寫了〈像我這樣的一個女子〉；之後又寫
了〈感冒〉。這是我們熟悉的西西的兩個愛情小説，至少是有
關愛情的小説。但其實有關愛情的小説，並不止這兩篇，之後
還有〈母魚〉（一九八八），之前有〈尋找胡莉亞〉（一九八一），
還有至今尚未收進集子的〈離島〉（一九八〇），用的是蓁蓁的
名字，這一個短篇，是名實相副的愛情小説。當然，再細心尋
找，可能還有其他。下文我想討論的是〈像我這樣的一個女子〉
（下簡稱〈女子〉；洪範二〇〇七年版，下同）和〈感冒〉。分
別討論這兩篇的文章並不少見，特別是前者，至今不下三四十
篇，然而誤解也不少，主要的問題是，把這女子解讀為由始至
終一成不變，把好一個圓型人物（round character），讀成扁
型（flat）。也斯在《小説家族》一書談到電視的改編，説：「原
作中的女角是貫徹一個性格，從頭到尾沒變，……原著本來較

強調命運的無奈，較多內心的思想，改編把一個比較靜態的角色加入情感的變化，以豐富的影像寫變化的幅度，另有可取之處。」這說法要不是有意貶抑，就是讀書不精。

〈女子〉起句云「像我這樣的一個女子，其實是不適宜和任何人戀愛的」，這一句實在太精彩，情緒、氛圍全出，令人浮想聯翩，要追問下去。這小說先在《素葉文學》發表，其後在台灣《聯合報》副刊轉載，據瘂弦說「像我這樣的一個……」的句式在台灣流行一時。不過，要是以為調子定下，一語到底，恐怕是未加深研、先入為主的結果。早年香港電台的《小說家族》（一九八七），由羅卓瑤把〈像我這樣的一個女子〉拍成電視劇，改得很厲害。由一個媒體改成另一個媒體，當然要改。可是如果把原作的女子改成自閉、自卑、瘋瘋顛顛，由頭至尾一個調調，變成一個病號，是大有問題的。內地不少論者也持這種想法。要是改編出自女性導演，或者這種見解出自女性學者，則尤其可歎，因為這正是這小說要針砭的東西：女子把世俗的偏見內化，她也這樣看自己，直看到底。「不適宜和任何人戀愛」云云，這不過是這女子最初的看法罷了，發展下去，她這種看法逐漸消解，儘管收結前重複一次，而前後內涵實質已大不相同，簡而言之，變成了「像我這樣的一個女子，是否適宜戀愛，畢竟不是我的問題，而是對方的問題，要看那個男子有沒有勇氣」。

至於把這兩篇連繫起來一併討論，則芸芸評論至今未見。我這樣做是認為這是姐妹篇，是同一主題的兩個面向、延伸、再發展，兩篇固然獨立具足，卻又彼此應答，好像因話接話。

倘兩篇先後接讀、對讀，對兩篇的解讀都大有助益。

首先，〈女子〉寫成於一九八二年一月，緊接着〈感冒〉則是一九八二年二月。試比較兩篇的起首：

像我這樣的一個女子，其實是不適宜和任何人戀愛的。
　　　　　　　　　　　——〈女子〉，頁一○一。

我的感冒，是永遠也不會痊癒的了。
我想。
其實，感冒是無藥可治的。
我想。

　　　　　　　　　　　——〈感冒〉，頁一二一。

語調相似，意思相當：一、都是第一身「我」的內心獨白。二、「是……的」是肯定的語法，但意思是自我的否定：一個「不適宜」，另一個「不會」。這是一種肯定的否定，女子這種對自身負面的看法，倘照女性主義的說法，在男性主宰的世界，女性在他的凝視之中只是客體，只是一種否定的存在。兩篇起句，都說「其實」，其實是弔詭，因為這種想法來自社會的偏見，經長期教育、積習，耳濡目染，連女子也這樣想當然、這樣界定自己。此所謂「內化」。兩篇同是對「我」的迷失。〈女子〉一篇來自一般人對殯儀化妝師的排拒而自以為不適宜戀愛，〈感冒〉則是父權社會因孝義而捨棄一己對愛情的追求。

還有另一相似之處，那是排列、對答的方式，同樣具有相

像她們這樣的兩個女子

似的美學作用，是冗長的獨白之後的紓解，尤其是〈女子〉，
可以疏通鬱結、累贅的敘述，可以「出氣」。試舉男女主人翁
的對答：

　　那麼，你的工作是甚麼呢。
　　他問。
　　替人化妝。
　　我說。
　　啊，是化妝。
　　他說。
　　但你的臉卻是那麼樸素。
　　他說。

——〈女子〉，頁一○二。

　　「咦，想不到在這裏遇見你。」
　　他說。
　　素白的襯衫。（今夕何夕，見此良人。）
　　「嗯，沒想到是你。」
　　我說。
　　我打開了我面前的一個抽屜又關上了。
　　「許多年不見了。」
　　他說。
　　燈草絨的褲子。
　　「大約有七、八年了吧。」
　　我說。
　　我在桌面上找尋我剛才還捏着的一管原子筆。

「應該是八年了。」

他說。

涼鞋。(既見君子,云胡不喜。)

　　　　　　　　　　　　——〈感冒〉,頁一三三——一三四。

　　有人會說,這是同一作者的手筆,語調難免相近,乃構成所謂文體風格,大部分的小說家,包括成就斐然的小說家,例如沈從文、張愛玲、白先勇都是這樣,但西西顯然不同,宋淇(林以亮)在評論《哨鹿》兩種不同的筆調時,很早就指出西西的特點:

　　西西和張愛玲、白先勇不同,她不是一位文體家。張愛玲的文筆俏麗,自成一格,素有「張愛玲筆觸」之稱。白先勇遣詞用字也極盡講究之能事,即使他有時如在〈玉卿嫂〉中採取容哥兒的觀點,但說故事的人的語氣還是白先勇所特有的。西西從來沒有「為文字而文字」的傾向。……她的原則是「相體裁衣」。同是長篇小說,《我城》和《哨鹿》的風格截然不同。

　　　　　　　　　　　　——〈像西西這樣一位小說家〉

宋淇進一步談到〈女子〉和〈感冒〉:

〈像我這樣的一個女子〉和〈感冒〉都用第一人稱,〈像我這樣的一個女子〉的主角教育程度較低,說話比較嚕囌,有時免不了重複;而〈感冒〉則是高級知識份子,談吐文雅,理路清楚。兩篇小說觀點相同,敘事的手法

像她們這樣的兩個女子

並不近似，〈感冒〉需要讀者更多的耐性和注意力。我們甚至可以說西西在追求不同的風格中反而造成她自己的風格。……她走的是一條新路線，自己既不會在題材和技巧上犯重，當然難以令人追隨。

這是很精闢的見解。只不過他看到兩篇小說之異，我嘗試補充兩篇小說之同。當他說「兩篇小說觀點相同，敘事的手法並不近似」，我補充兩篇小說的觀點也有不相同之處，敘事的手法可也有些近似。總結而言，兩篇同中有異，異中有同，而互相補充。這兩位女子，儼如孖生姐妹，不過因為各種原因，長在不同的家庭，受了不一樣的教育，有了不一樣的際遇：一個仍然反覆沉吟，到頭來基本上還是那個「我」，不過從自我質疑到肯定；另一個，從屈從「舊我」，變成「新我」。

在〈女子〉裏還有一條少人注意的支線，卻可能是〈感冒〉的伏筆。這女子認識一個年輕的兄弟：

據我所知，我年輕的兄弟結識了一位聲色、性情令人讚美的女子，而且是才貌雙全的，他們彼此是那麼地快樂，我想，這真是一件幸福的大喜事，然而快樂畢竟是過得太快一點了，我不久就知道那可愛的女子不明不白地和一個她並不相愛的人結了婚。為甚麼兩個本來相愛的人不能結婚，卻被逼要苦苦相思一生呢？我年輕的兄弟變成了另外一個人了，他曾經這麼說：我不要活了。我不知道應該怎麼辦，難道我竟要為我年輕的兄弟化妝嗎？

　　　　　　　　　　　　　——〈女子〉，頁一〇七——一〇八。

　　　　　　　　　西西，她這樣的一位作家

像他這樣年輕的一個男子，是否〈感冒〉裏的楚；在〈女子〉中不出場，到了〈感冒〉成為主人翁？至於〈感冒〉裏的女主人翁，又是否〈女子〉中怡芬姑母提及的一個女子：

　　怡芬姑母很知道她的朋友們的一些故事，她有時候一面為一個額上垂着劉海的女子敷粉一面告訴我：唉唉，這是一個何等懦弱的女子呀，只為了要做一個名義上美麗的孝順女兒，竟把她心愛的人捨棄了。

　　　　　　　　　　　　　　　　　　——〈女子〉，頁一一三。

　　〈感冒〉和〈女子〉這兩位女子，同樣對跟男主人翁約會感覺「不應該」，而兩對男女都是舊同學：

　　一開始的時候。我就不應該答應和夏一起到遠方去探望一位久別的同學，而後來，我又沒有拒絕和他一起經常看電影。

　　　　　　　　　　　　　　　——〈女子〉，頁一○一——○二。

　　我想，我是不應該再和楚見面的了，我絕不應該再和他一起出外共進晚餐，一起去看電影。

　　　　　　　　　　　　　　　　　　——〈感冒〉，頁一三八。

　　於此可見，〈感冒〉的框架無疑是〈女子〉同一主題不同的面向、延伸；〈女子〉處理了第一個「我」的問題，就引出〈感冒〉要處理「我」的第二個。而觀點不同，是因為內容意蘊的面向有別，有不同的側重。兩篇都好像是愛情小說。〈女

像她們這樣的兩個女子

子〉一篇的女子從事特殊的職業：為死者化妝，說得不好聽，這行業不僅屬厭惡性，並且相當可怕，但分明我們都需要這種服務，畢竟遲早都需要。這是一個社會隱蔽、禁忌的邊緣人。再加上她是未婚的女性，這社會就是這樣，男子沒有結婚，不成問題，會另有男子羨慕他，好啊，沒有因為一棵樹而放棄整個森林。女子呢，連其他女子也會投以異樣的眼光，甚或招來大家的閒言閒語。當評論家說這女子自閉、神經質，本身就應該反省：有沒有歧視的成分？再問問自己：我能否接受自己的伴侶是屍體的化妝師？

　　西西告訴我們，這故事真有其人，而且的確面對過這樣的問題。此前，好像還沒有文學作品以這樣的人物為主人翁。日本電影《禮儀師之奏鳴曲》，成於二〇〇八年，後〈女子〉二十六年，那位殯禮化妝師是男子。不過，宋淇說：「〈像我這樣的一個女子〉中的主角，作者雖然沒有明白告訴我們，卻不得不屈服於命運擺佈之下。」這只能是對這女子最初的理解。起初，談到命運，她的確是屈服的，「對於命運，我是沒辦法反擊了」（頁一〇一）。然而，後來深入自剖，自我一番論辯，她開始肯定自己的工作，再逐步轉變。她不接受要為年輕的兄弟化妝，進而指責一個自殺的年輕人，不敢向命運反擊，拒絕為他和那個和他一起愚蠢地認命的女孩化妝，——這成為她自省的參照，原來「命運」是可以反抗的，認命是愚蠢的行為，這毋寧也是對年輕兄弟的告誡：我看不起屈從命運的人。這一段很重要：

　　　　　　　　　　西西，她這樣的一位作家

但我昨天遇見的男孩，他的容顏有一種說不出的平靜，
難道說他的自殺竟是一件快樂的事情？但我不相信這種
表面的姿態，我覺得他的行為是一種極端懦弱的行為，
一個沒有勇氣向命運反擊的人應該是我不屑一顧的，我
不但打消了把他創造為一個「最安詳的死者」的念頭，
同時拒絕為他化妝，我把他和那個和他一起愚蠢地認命
的女孩，一起移交給怡芬姑母，讓她去為他們因喝劇烈
的毒液而燙燒的面頰細細地粉飾。我，最後拒絕改變；
要改的是社會的偏見。

——〈女子〉，頁一一○。

最後一句，她說得很清楚：「我，最後拒絕改變；要改的
是社會的偏見。」再看這兩段：

我說：為甚麼你們要害怕呢，在這個世界上，總得有人
做這樣的工作，難道我的工作做得不夠好，不稱職？

——〈女子〉，頁一一四。

那時，對於夏，我又該把我目前正在從事的工作絕對地
隱瞞嗎？對一個我們至親的人隱瞞過往的事，是不忠誠
的，世界上仍有無數的女子，千方百計的掩飾她們愧失
了的貞節和虛長了的年歲。這都是我所鄙視的人物。我
必定會對夏說，我長時期的工作，一直是在為一些沉睡
了的死者化妝。而他必須知道、認識，我是這樣的一個
女子。……

許多人的所謂愛，表面上是非常地剛強、堅韌，事實上卻異常的脆弱、柔萎；吹了氣的勇氣，不過是一層糖衣。……我不對夏解釋我的工作並非是為新娘添妝，其實也正是對他的一種考驗，我要觀察他看見我工作物件時的反應，如果他害怕，那麼他就是害怕了。如果他拔腳而逃，讓我告訴我那些沉睡的朋友；其實一切就從來沒有發生。

——〈女子〉，頁一一五——一一六。

　　綜合而言，這女子認定：一、自己的工作是有價值的，這是對生命的禮敬。二、要真誠，不能自欺欺人。三、愛，是一種考驗，如果對方害怕，就由他去吧。此外，她還想到其他女子，她鄙視那許許多多愧失了貞節，以及隱瞞年歲的女子。這可見她已超越了自我的憂傷，變成了對自我的堅持；她這個我再不成問題，問題是別人的：她從被男性世界「凝視」（male gaze），反客為主，變為「觀察」別人，看別人怎樣看這個拒絕改變的我。其實她一直在「觀察」別人，當別人來到她的手術枱上，作為專業殯儀化妝師，她為他們服務，不論男女，讓他們尊嚴地離去。她找回自我，顛覆了世間男女的尊卑，而不是顛倒，她不低於其他人，也不高於其他人。

　　愛情令人勇敢，令人不怕考驗。然則與其說這是愛情小說，毋寧近乎愛情小說的戲仿（parody），修改了流行的愛情小說類型，儘管它並沒有出之以戲謔的語調，它認真、肅穆，甚至相當沉重，因為這關乎對人對己的負責與對生命的尊重。情人總愛說至死不渝，多麼浪漫，好，一如廣東人說的，就

「死畀你睇」（死給你看），但你敢睇、敢愛麼？這個「我」成為考驗的座標。換個說法，從這女子的角度：這個「我」不再是負面、否定的存在，相反，「我」成為了別人的挑戰，成為這社會看待邊緣社群的考驗。而人的身份本來就並非一成不變的，它是在人際交往之間撞擊，呈現、凸顯，以至產生變化。愛情，是一種最密切的人際交往。

這小說的收結，餘音裊裊：

> 夏帶進咖啡室來的一束巨大的花朵，是非常非常美麗的，他是快樂的，而我心憂傷。他是不知道的，在我們這個行業之中，花朵，就是訣別的意思。
>
> ──〈女子〉，頁一一九。

看似並不樂觀，但誰知道呢？這是開放式收結。花朵，表示訣別，但這是她單方面的想法罷了。置諸死地然後生，把她養育長大並且教導她得一技之長成為殯儀化妝師的怡芬姑母，不是說過「也許夏不是一個膽怯的人」（頁一一六）？其後又說了一次。更有意思的是，接着，她記得怡芬姑母告訴她：

> 我的父親正是從事為死者化妝的一個人，他後來娶了我的母親。當他打算和我母親結婚的時候，曾經問她：你害怕嗎？但我母親說：並不害怕。……怡芬姑母說，我母親在她的記憶中是永生的，因為她這麼說過：因為愛，所以並不害怕。

倒過來，有那麼一個女子，面對同樣的挑戰，說：「因為愛，所以並不害怕。」世間合該也有那麼一個男子，因為愛，並不要這個「我」改變。怡芬的諧音是宜分，但同時可以是宜婚。

然則「別人怎樣看我」？不免同時孳生：「我又怎樣看我自己」？〈女子〉中的我，提供了一個答案。可惜不是所有女子都同樣這樣回答的。〈感冒〉要處理這問題，卻有了看似迥異的答案。這兩個孿生的姐妹：一個終於堅持自我，另一個則改變自我。不過想深一層，那堅持自我的女子，心路未嘗不是經歷一番改變；改變自我的一個，也未嘗不是終能擺脫異化的我，而找回自主的我。是的，〈感冒〉同樣寫我，歸根究柢，那是自我的問題。這個我，同樣流動、變化，前後不同，但決心走出不同的路向。

〈感冒〉開初的千多字的確有許多的「我」、「我的」，初看累贅，原來是有作用的，主人翁開始關注自己，因為在沉睡裏受到觸動，而這個我，諷刺的是，可一直並沒有自己的意志。觸動她的是甚麼呢？感冒。是真的感冒嗎？不盡然。她到家庭醫生家去，進門時抹抹鼻子、多次咳嗽，於是醫生認定她又感冒了。這醫生看着她長大。她這次到來，是遞上結婚的請柬；她早已訂婚，不能再拖，要結婚了。但她還是鬧上了感冒，當她再遇上心儀的舊同學。這病毋寧是心理多於生理。疾病，從來是一種隱喻。

和一個雖不討厭可也說不上真愛的人結婚，是由於外來的壓力麼？是父母，是經濟、社會的壓力？看來都有些，但嚴格

而言，主要還是來自她自己，她受過良好的教育，這是她自己的問題。這女子個性並不強烈，她的生存，是一種無所謂的生存，一直被動，乖乖地扮演別人給定的角色。如今受到觸動，有點甦醒，身體出現狀況。一個沒有獨立人格的「我」，醫生能醫她這個「我」嗎？當然不能。她和醫生的對答，神不守舍。她稍有掙扎，但沒有完全醒覺，不多久，還是順從地，讓大家都滿意，結了婚。

怎麼寫人完全的醒覺？這是這小說困難的地方，也考驗小說家的功力。喬伊斯（James Joyce）是最先在美學上用上「示現」（epiphany）一詞的人，表現人物在極度困惑之中忽爾對真諦有所領悟，《一位青年藝術家的肖像》（*A Portrait of the Artist as a Young Man*）的第四章就是著名例子：主人翁史蒂芬一直受家庭、宗教、社會習見的壓抑，在供職宗教與塵世生活之間徬徨掙扎，直至他在海灘看見一個美麗的小姑娘，心靈着魔似的震撼，對未來有了決心 —— 成為藝術家。Epiphany 一詞本來是神學用語，以示基督顯靈，所以有人譯作「頓悟」，中國禪宗的當頭棒喝即是。但文學要具體地呈現轉變的過程，要硬接。〈感冒〉的方法是，把內心世界轉變的過程「外化」：感冒是變化的濫觴，再通過身心，包括聽覺的、觸覺的，以至各方面的通感，交替描摹，彼此增援、加強。

先說音樂，這凸顯她與丈夫的格格不入，並且從外而內，令她反省，寫得很精彩，必須多引（網上流傳不少西西的作品，錯漏，以至自以為是的刪改甚多，例如〈感冒〉）：

我不知道是我的丈夫的呵欠還是莫札特的降 B 調鋼琴協奏曲使我感到哀傷，也許它們是互為因果的。莫札特的那首鋼琴協奏曲在一開始的第一個樂章就把我帶到了遙遠荒僻的領域。協奏曲的第二樂章是我一直喜愛的，因為那是一段誠摯感人的音樂，是走向靈魂深處的一個哀傷憂鬱的旅程，我不知道我為甚麼忽然想起我這一年來的種種遭遇，我覺得我其實是一個有靈魂的人，但我的靈魂為甚麼越來越遠了呢，而這大概就是我感到哀傷憂鬱的緣故了。莫札特鋼琴協奏曲的第三樂章是輕快活潑的迴旋曲，與上一兩個樂章對比，有一種諷刺的味道，這難道不是我目前生活的寫照嗎？我如今生活得那麼安逸平靜，但我卻是那麼地不快樂，簡直就是一個諷刺了。

——〈感冒〉，頁一四八——一四九。

下半場的音樂是貝多芬的 C 小調第五交響樂。貝多芬的 C 小調作品還有「柯利奧蘭前曲」、「悲愴」奏鳴曲和第三號鋼琴協奏曲。在第五交響樂裏，C 小調使貝多芬得以盡情發揮他激昂熾熱富革命的感情，我聽得簡直透不過氣來了，這樂曲是如此地真摯激動，強勁而緊湊，我彷彿看見一個貝多芬站在我面前呼喊：我要扼住命運的咽喉，他是不能使我完全屈服的。我細細傾聽命運敲門的聲音，從沉重的開端，到最後勝利舞曲壯麗輝煌的終結，在那段時間內我的靈魂就和音樂一起飛行了。

——〈感冒〉，頁一五〇。

然後是游泳。她姓虞，醫生叫她小魚兒，她必須回到一個可以暢泳的地方去，否則只會枯死：

　　……。能夠回到水裏來是多麼好呢。整個冬天，我沒有游泳過，整個冬天，我是那麼地疲乏，彷彿我竟是一條已經枯死了的魚了。（而無論早晚，你必得參與草之建設。）但我並沒有枯死，如今我在水中游泳，有一種說不出的欣喜，我緩緩地游着游着，讓暖洋洋懶洋洋的水包容我的軀體，讓暖洋洋懶洋洋的陽光落在我的背脊，我是那麼地自由自在、無拘無束。小弟一直游在我的身邊，彷彿那時候，楚也一直浮游在我的身邊，我們一直朝海的遠方游出去，一直游出去，我們可以游得很遠很遠，然後我們游回來躺在沙灘上曬太陽，那是我一生中最快樂的日子。

　　　　　　　　　　　　——〈感冒〉，頁一四七。

　　我是魚，我是魚。水流那樣地衝擊我，我知道我是魚。魚的感覺忽然回來了。我想我知道我該怎樣做一條活潑的魚了。楚不是說過：你是魚，好活潑的一條魚。是魚戲蓮葉東、魚戲蓮葉西、魚戲蓮葉南、魚戲蓮葉北的魚。是的，我是魚，我為甚麼要做一條過河泣的枯魚呢。

　　　　　　　　　　　　——〈感冒〉，頁一五三。

　　此外，是詩句的轉換，從之前的古典詩隨着心態的轉變，逐漸改為現代詩。這種新舊詩句的轉換最見創意，用於敘述，

像她們這樣的兩個女子

或者對話之後，放在括號裏。詩的本質無所謂新舊，作者的運用也無關好壞，反正都是精挑細選的好詩句，要表現的是不同的人生取向，意味轉變，從規矩、程式化的套語，打散為自由隨意的句子。古典詩選自眾手，現代詩則同出於一個作者瘂弦，詩句時而幽默，時而慰安，也有無傷大雅的揶揄，以至自嘲。那是另外一種後設的聲音，是自省式的自我對話（self-conscious inner dialogue），彷彿這女子在娓娓獨白的過程插入事後的反省，既營造了疏離的效果，又是自療之法：入而能出，才能免於迷失。這也是〈感冒〉的本旨，主人翁打噴嚏，不想傳染給讀者；她不要讀者感動，而是要他們思考。略引幾個例子：

> 我想，我是不應該再和楚見面的了，我絕不應該再和他一起出外共進晚餐，一起去看電影。但我為甚麼又去了呢，和他在一起，我們卻是那麼的快樂。（正是江南好風景。）而這樣下去，又將如何終場，我難道不是一個已經和別的人訂了婚的人嗎，而且，秋涼之後，我就要結婚了。（落花時節又逢君。）
>
> ——〈感冒〉，頁一三八。

> 我可以這樣一走了之嗎？我能嗎，到哪裏去呢？是的，楚說，天涯海角，我們總有地方去，只要我們可以在一起。但我可以一走了之嗎？（旦辭爺娘去，暮宿黃河邊，不聞爺娘喚女聲，但聞黃河流水鳴濺濺。）
>
> ——〈感冒〉，頁一四○。

……結婚以來，我的生活過得非常平淡，即使是偶然聚了一屋子人，也不過是多了一些笑容和聲音。我常常獨自一個人留在我的浴室中，有時呆呆地對着牆上畫幅一般的鏡子出神。我的臉面是一片蒼白，（豈無膏沐，誰適為容。）有時，我凝視浴室一角的另一條面巾和另一支牙刷，甚奇怪我為甚麼竟會和這些物體的主人生活在一起。

──〈感冒〉，頁一四四。

坐在白鐵草地椅上的這個人就是我的丈夫嗎，我覺得我其實是不認識他的，我辨認不出他的聲音，不熟悉他的步伐，我從來沒有好好地仔細地觀看過他的手，也不曾注視過他五官的模樣，我不知道他戴甚麼樣的手錶，是不是石英自動，有沒有星期日曆？我甚至不能立刻說出來，我的丈夫究竟戴不戴眼鏡。而在這個世界上，我將要繼續和這樣的一個人生活許多年嗎？（整整的一生是多麼地、多麼地長啊。）

──〈感冒〉，頁一五二。

挽着一個旅行袋站在街上，我要到哪裏去呢？我不知道我要到哪裏去，但我總有地方可以去，我如今是個自由自在、清新愉快的一個人了。我沿着長街漫走，我的步伐輕鬆而活潑，我想我還可以一面走路一面唱歌。前面為甚麼那麼熱鬧呢？啊，我記起來了，前面是一座球場，我聽到一片擴散的歡呼聲，人們正在看足球呢，人們那麼興高采烈。我何不也去看一場足球呢，我有的是

時間。讓我就這樣子，挽着我的一個旅行袋，去看一場
足球吧。（可曾瞧見陣雨打濕了樹葉與草麼，要作草與
葉，或是作陣雨，隨你的意。）啊啊，讓我就這樣子，
挽着我的一個胖胖的旅行袋，先去看一場足球再說。

——〈感冒〉，頁一五四。

這跟起首的語調，顯然相當不同。當這女子決定走自己的
路，她說：

我的聲音變得清晰明朗，連我自己也感到奇怪，整個冬
天，我的聲音一直沙啞，我的喉嚨粗糙，我的嗓子模糊
不清，但我的聲音已經清亮，我的感冒，我的感冒已經
痊癒了嗎？

——〈感冒〉，頁一五四。

痊癒了。大團圓結局？但作者顯然更關心的是她這個自由
的我。這個我有了主體的醒覺，做甚麼都由我主宰，我可以去
追求愛情，也可以不去，先去看一場球賽再算。同樣開放的結
局，卻多幾分俏皮、輕鬆，境界無疑更高，那是對自我認知的
提升。如果我的存在只為了愛情，那也不過仍是愛情的囚奴。
於此可見，與其說這女子是受愛情的困苦，不如說是自我的迷
失，愛情無非是迷失之最。這小說其實是寫人對自我的尋找、
發現的過程。

〈感冒〉和〈女子〉這兩個姐妹，分別經歷「走向靈魂深
處的一個哀傷憂鬱的旅程」，最後一同醒覺，再分道揚鑣，〈女

子〉還是「唉唉」連聲，〈感冒〉呢，已變成「啊啊」，多麼不同的語調、心情，卻同樣是這一個我向那一個我的訣別。

二〇一五年九月

附錄所引詩句的出處，以資參考：

所引詩句（按出現順序）	作者	出處
關關雎鳩，在河之洲。	無名氏	《詩經·關雎》
桃之夭夭，其葉蓁蓁。		《詩經·桃夭》
日月忽其不淹兮，春與秋其代序。	屈原	〈離騷〉
青青子衿，悠悠我心。	無名氏	《詩經·子衿》
婉若清揚。		《詩經·野有蔓草》（原句：「婉如清揚。」）
今夕何夕，見此良人。		《詩經·綢繆》
既見君子，云胡不喜。		《詩經·風雨》
清揚婉兮。		《詩經·野有蔓草》
夭之沃沃，樂子之無知。		《詩經·隰有萇楚》
正是江南好風景。	杜甫	〈江南逢李龜年〉
落花時節又逢君。		
旦辭爺娘去，暮宿黃河邊，不聞爺娘喚女聲，但聞黃河流水鳴濺濺。	佚名	〈木蘭辭〉
江之永矣，不可方思。	無名氏	《詩經·漢廣》
爾不我畜，有歸斯復。		《詩經·我行其野》
我姑酌彼兕觥，維以不永傷。		《詩經·卷耳》
豈無膏沐，誰適為容。		《詩經·伯兮》
忽反顧以流涕兮，哀高丘之無女。	屈原	〈離騷〉

所引詩句（按出現順序）	作者	出處
旦辭爺娘去，暮至黑山頭，不聞爺娘喚女聲，但聞燕山胡騎鳴啾啾。	佚名	〈木蘭辭〉
問女何所思，問女何所憶。		
風颯颯兮木蕭蕭，思公子兮徒離憂。	屈原	〈九歌・山鬼〉
而無論早晚，你必得參與草之建設。		〈戰時〉（選自《深淵》，下同。）
把人生僅僅比作番石榴的朋友未免太簡單了一點吧。		〈無譜之歌〉
啊，花朵們，我的心中藏着誰的歌，誰的心中藏着我的歌。		〈希臘〉
斑鳩在遠方唱着，我的夢坐在樺樹上。		〈斑鳩〉
而吃菠菜是無用的。		〈C 教授〉
斑鳩在遠方唱着，夢從樺樹上跌下來。		〈斑鳩〉
輕輕思量，美麗的咸陽。	瘂弦	〈下午〉
晚報之必要，穿法蘭絨長褲之必要，馬票之必要，自證券交易所彼端草一般飄起來的謠言之必要。		〈如歌的行板〉
整整的一生是多麼地、多麼地長啊。		〈給橋〉
不管永恆在誰家樑上做巢，安安靜靜接受這些不許吵鬧。		〈一般之歌〉
可曾瞧見陣雨打濕了樹葉與草麼，要作草與葉，或是作陣雨，隨你的意。		〈給橋〉

對話：敘事者與受敘者
——讀《欽天監》

　　欽天監，是中國古代觀察天文、推算曆法的官員。歷代名稱不同，明清兩朝始定名欽天監。不過，欽天監也泛稱這麼一個觀天授時的部門，猶今之天文台；部門的首長則稱監正，即今人所說的皇家天文台台長。明末清初西方傳教士來華，開始在欽天監工作，引入西方科技；到了康熙，滿清十一皇帝中最愛好科學，任用傳教士做監正，不免引起保守的國粹學者的反彈，產生所謂「禮儀之爭」；而傳教士內部對傳教的策略也有爭議。這是一段不同文化撞擊的歷史，波瀾壯闊。西西的《欽天監》即以這段時期做背景，有具體而微的工筆，也有宏觀大勢的潑墨。全書分一百三十節，每節文字有長有短，長的多不過三千字，西西想好了整個框架內容，準備好材料，大抵每次寫一節。她過去的長篇，大多在報上連載，往往隨寫隨發，這書則不再披露，照後記所言，斷斷續續寫了五年多。

　　第一身的敘事者是周若閎，其父明末時在南京雞鳴山的觀

星台工作，改朝換代後遷居北京，本想到北京的欽天監謀事，沒有門路，索性閒雲野鶴，成為逸民，不是遺民，他對前朝並不留戀，說前朝「還不是一個又一個糟糕的皇帝，難道那時百姓的生活就好過，不是到了人吃人的絕境嗎？」（九節），逸民又與隱士有別，在《論語·微子》中，逸民是「不降其志，不辱其身」。他並非不關心國事，和朋友談到外來文化兩次大規模的衝擊，云：

> 一次是魏晉時的佛學，另一次，就從前朝開始，那就是西學。（十二節）

佛教來華，到了明清，已落地生根，成為中華文化一部分；西學呢，正在叩問大門，窗戶稍開，康熙時更是大開；而其挑戰，遙深得多。周若閎在北京出生，從小即受父親悉心培育天文學識，望能子承父業，其後果爾考入欽天監，認識了義結終身的同窗，並跟隨傳教士老師學習，更無意中成了康熙一位親信的忘年交，得以進出宮廷。結業後留在欽天監工作，眼界逐漸打開，之後再隨團考察各地的長城，繪製地圖，見天見地見人，而敘事的語調，也從天真爛漫，徐徐遞變，轉為成熟的描述與思索。最後提早退休，遠離京畿是非之地。從這個角度看，《欽天監》可從西方「成長小說」（Bildungsroman）的角度解讀：那是以主人翁的成長、發展為主題，而其人格的塑造、價值觀的形成，出之於種種際遇，深受環境的影響。典型的成長小說，例如湯瑪斯·曼的《魔山》（*The Magic*

Mountain），寫年輕的主人翁到阿爾卑斯山上的療養院探病。在病院中，他自己也染了病，見識了各式各樣的病人，這些人病在肉身，更病在靈魂，混亂、頹廢，無疑是一次大戰前後時代的縮影。他在山上七年，變成是一次精神磨練的旅程；最後醒覺，在大戰的戰火裏消失。再如狄更斯的《塊肉餘生錄》（*David Copperfield*，辜鴻銘中譯名，塊肉指孤兒），始於主人翁和環境不協，——坎坷的童年、不幸的遭遇，經過努力學習，環境轉好，成長後身心調整，終於跟社會和解，團圓結局。《欽天監》則彷彿顛倒過來，成長期一直無災無難，到了退休之年，因多了認識，環境丕變，反而不得不遠離舊地。

這書最特別的地方，是這個說話以及書寫的「我」，有一個聆聽以及閱讀的「你」。那是他兒時青梅竹馬後來成為妻子的容兒。通篇其實就是閎告訴容，他的學習、工作；他的所見所聞所思。因為欽天監不收女生，「如果我能帶你來看看就好了。／你告訴我不也是一樣嗎？」（八十二節）他於是娓娓道來，說和寫都很仔細。尤其說到紫禁城，他是巨細不遺。稍早之前，他說：

> 告訴你這些，要是不嫌我賣弄就好，我只是留神記錄，
> 做你好好的導遊罷了。你知道，我一直喜歡建築。當你
> 有幸置身於這些精美絕倫的建築物間，別人可沒有我這
> 麼幸運，我不仔細描述，反而變得矯情呢。精妙的技
> 術，就是藝術。而我竟然在現場。你累了，就由我自言
> 自語好了。（八十二節）

書外的讀者，或累或不累，書內容兒的答案則肯定是「不累」，更加以激勵。此見接受者角色不同，對所受之事有不同的意義。而且，容兒可不是沉默地聆聽，她時而提問、應答、補襯，閃現聰慧的靈光；「不單只我説個不停，她也説個不停」（五十四節）。然則，她也是整個敘述的生產者，參與構建全書。阿閦自是主要的輸出者，對他來説，她是「理想的聽者／讀者」（ideal listener / reader），兩人心靈相通，相輔相成。全書寫這種含蓄的愛情，以及親情、友情，以至世情；再穿插京城的市集、小吃、溜冰、乞丐、洗象等民間生活，趣味盎然；再深入社會、文化的狀況，如天人感應的「分野」、中西醫學與教育的問題、曆書的製作與頒發、藏書的利弊，以至罷工、文字獄等等，從學習、認知，到領悟。其中又以閦和容倆的對話，最有情味。這些對話，在書中的編排，是前後各分隔一行，以別於其他的對話，於是也用作間場，呈現敘事的深化。對話，從童稚開始：

　　甚麼是季夏，為甚麼一年變了五季？容兒問。
　　我怎麼知道呀。（三節）

　　由我醫好了，容兒説。
　　你九歲罷了。
　　我九歲，你十歲，九歲可以醫十歲。（八節）

　　她自小習醫，是家學淵源；兩人逐漸長大，多了現世的觀察，畢竟仍不脫少年的稚氣：

　　　　　　　　　　　　　　　　西西，她這樣的一位作家

你知道，大欺小，強凌弱，莊頭可以管理莊丁嘛，就會欺凌莊丁，剝削啦、逼迫啦。當然，也有例外。

甚麼例外呢？

我年紀比你大，知道的事情比你多，我可有欺負你？

沒有。

所以，有了糕餅，可也要分我一半。

好的，你有，也要分我一半。

一言為定。（九節）

當然，長大了，也不乏兩個人婉轉的情話：

阿閔，你將來會不會也嗅鼻煙？

那很威風嘛，把玩一下，然後往鼻子一嗅，打通你所有的關竅，原來我們是有鼻子的。

會上癮噢。

所以，其實我不會嗅。芬芳？我不需要嗅這個。

這就好。

但將來，誰知道呢？誰不想威風一下？

小鬼頭。

說笑罷了。你知道嗎，有人叫煙草做「相思草」？

（五十五節）

當同窗摯友寧兒對邂逅的一個少女一見鍾情，這原本愉快多言的小伙子，忽爾變得滿懷心事，終日發呆；兩人這樣對答，女孩畢竟比男孩早熟：

我不知道他出了甚麼問題，不知怎麼幫助他才好呢？

我知道，問題恐怕要由他自己解決。你呢，你覺得自己
沒有問題？

我怎麼會有問題？我不知道有甚麼問題。

這就是你這個獃子的問題。（七十五節）

兩人從地理上為了方便而劃分的假想的界線，一起思考世
間另外一些人為的、充滿歧見的劃分：

你不是問過我有甚麼不好的線，想像的，假的線。

是的，想出來麼？

太多了，假的線比真的線還要多許多。

例如？

例如女孩子不能上學讀書就是不公平的線，這完全是不
好的假線。難道女兒不是人麼？領悟力不及男孩子？

當然不是。

對了，歷史上沒有出過甚麼女大夫，因為有那麼一條假
想的界線。這所以，我想到我其實可以學醫呀，父親和
伯伯都是老師，兩位名醫當老師，教我一個學生豈有不
成材之理。你認為我可以學醫嗎？

你有我一半的聰明，也可以了。（五十四節）

人生憂患，大抵始自會想問題：

容兒，我們年紀大了些，書讀了一些，見識多了些，好
像也會想問題了。不想問題，是否快樂些？

不想問題，是傻瓜；你願意做快樂的傻瓜嗎？

傻瓜其實是否真的快樂呢？

不知道，不過不能想問題，那是腦袋有病哦。（七十二節）

此外，還有兩個人的密語：

容兒，我看了這許多龍繡，有一個胡思亂想，你可不要
告訴別人。

我怎麼會告訴別人，這是我倆的頑話。

我想，龍必須有雲霧的烘托，否則看來就像四腳蛇。
（五十八節）

容兒聽了紫禁城四邊城角建造的故事，原來是工匠從賣蟈
蟈籠子的老人那裏得來的靈感，若有所悟地說：

紫禁城的角樓，原來是蟈蟈的籠子。（七十九節）

兩人互相尊重，進退一直有商有量：

容兒，我想畢業後留在欽天監繼續學習，你以為呢？

我當然支持你的決定，最好。

謝謝。

有甚麼好謝謝的。（八十三節）

她偶然也校訂他有意無意的誤用，這方面，她果爾是他後
來「較好的一半」：

天街夜色涼如水，臥看牽牛織女星。

是天「階」，那是夜景啊。

不錯，想到這麼一句，有甚麼辦法，因為乾清門外是天
街。（八十二節）

這幾句對答很重要，因為「街」與「階」兩音其實並無分
別，分別是閱讀出來的。他們老早就這樣對讀：

容兒讀：三才者，天地人；

我讀：三光者，日月星。（七節）

除了口說的對話，書寫的對話中自然少不了許多個「你」。
深究起來，這裏面有內外兩層讀者：內層是容兒這個受敘者（傑
拉爾‧普林斯〔Gerald Prince〕提出 narratee 一詞），我不想
說整個敘事是甚麼的一封給容兒告白的「情書」，那太俗濫而
扯淡，也不適切，因為那會失去在場的「覆信」，而西西拿捏
準確的分寸，那是現實的語境：當時人的禮數、習慣、用語、
名稱；當然還有歷史語境的傳承。外層則是三百多年後打開這
本書的真實的讀者，這方面屬於接受美學的範疇，研究甚豐。
不過敘事學的名家普林斯指出，內層受敘者與外層讀者不可
混為一談，前者生活在小說裏，是虛構之物；後者可是真實的
人（*Introduction to the Study of the Narratee*, 1973）。敘事者也
不等同作者，這是文學批評的常識，不能因為人物帶有作者的
經驗，意識形態近似，就當那是自傳；作品無疑隱含了作者的
審美趣味、價值觀，但由此推算作者的心理，那是過分大膽的

假設。

　　受敘者的種種功能，普林斯這樣歸納：一、他是敘事者與讀者之間的中介；二、幫助建立敘述的框架結構；三、塑造敘事者的性格；四、突出某些主題；五、促進情節的發展；六、成為作品道德觀念的代言人。

　　上引的對話足證，容兒這個受敘者並非被動地「接受」，更時而主動地「授予」，她一直參與創作。而敘事者阿閎也同時身兼受敘者，一而二，既施，又受。《欽天監》一書不同之處，即是無論敘事者與受敘者俱有雙重身份，容兒固然是讀者，——整個書寫，是他向她陳述，而敘事者自己可又是讀者，整個敘述，是他的反思，是他對時代的重新閱讀。他也並沒有完全放棄外層的讀者，彷彿所敘所思，是要立此存照，以備流傳。克羅齊名言云：「一切歷史都是當代史。」阿閎在欽天監工作，位近宮廷，又親炙監正南懷仁，結識養心殿造辦處總監造趙昌（真有其人，本職之外，康熙還派他接待、管理洋人，是皇帝的耳目），得以走進宮廷，監內種種爭論，宮內種種爭鬥，對人事的糾葛、遷變，無疑多所理解，可也有所不理解，他必須走出宮監之外，庶幾可以全局地觀看、思索。實情是也不得不走出。趙昌這樣提示：「歷史不是普通人寫的，那要看誰當家做主。」（一百二十節）臨近尾聲，有神秘人向他託孤（顯然是趙昌的孫兒），他夫婦心知肚明，新君登位，趙大哥被抄家，是一朝天子，可能知情太多是禍；而自己，又是否知道得不少呢？他倆無兒無女，給小孩改名天佑；計劃離開京城時，他對她說：「書不用帶，我需要的都手抄起來了。」

全書以兩人的對話收結。不過，這是倒敘，之前一節，他們倆已流離旅途，去過蘇州，去到某地近海的一個漁村，他這樣寫：

> 這幾年我輾轉好幾個地方，總不忘讀書，從蒲松齡、劉獻廷，到黃宗羲、顧炎武，無所不讀，我要追回快將失去的記憶。（一百二十九節）

我們回看前面的引文，開始的正是蒲松齡和劉獻廷，後來還有黃宗羲、顧炎武等等，最後是唐甄，原來都是他逐一追回的記憶。這些記憶，快將「失去」。西西的小說，論者都同意，幾乎每篇不同，且每多創新；創新，放諸世界文學的大舞台，真是談何容易。世間就有這樣的一種文學藝術家，不甘於寫好一個故事，畫好一幅畫，而矢志在審美形式上探索、推展，西西是其中一位，數十年如是。我們分析小說的內容「說甚麼」，有助解讀，當然很好，不過真要做文學批評，則不能不講審美形式，而審美形式不是孤立的，那是完成的內容（achieved content）。克洛德·西蒙（Claude Simon）在《四次講座》中（帕特里克·隆蓋〔Patrick Longuet〕整理並注釋）曾引用尚·里卡爾杜（Jean Ricardon）的話：

> 從此小說再不是一段歷險的敘述，而是一種敘述的歷險。

這書除了內容罕見（此前不見有人以康熙時代的欽天監為

小説題材），引文之用，即是前所未見。別以為這是作者為讀者提供佐證的歷史閱讀，不是的。這也是敘事者不等同作者的另一例證；前文不避累贅分別二者，正為此鋪墊。作者的閱讀，當不止於這些。這是敘事者的「手抄」，是整個小説敘述的有機組合。不妨説，這也是敘事者跟當下史事的對話，他是敘事者，同時是受敘者。而旁徵博引之文，層層深入，説是「無所不讀」，終究受限於明末清初時人的記述，後記云：「有限定的敘事心眼，有限定的時空氛圍，寫的畢竟不是歷史，儘管其中人、事，多有所本。」傳教士之類記述，自是多年後才可得見，清代的檔案也非時人可知，小説融入這些角度，是後設的參照，有些甚且成為他的代言，而都沒有超出敘事者對歷史的水平接受。再加上民間流傳的京報、摯友的通傳，呈現了敘事者對世情的多重閱讀。井外觀天，方得以看廣、看深。

這是西學東漸早期的一頁，也是不同文化的對話。開初，總難免諸多齟齬、不協調，以至誤解；而外來的訪客，又授多於受。諸事紛紜，複雜，曲折，西西寫來，舉重若輕。這個「輕」，其實也是一種敘事策略，一種價值觀，而不是缺憾。卡爾維諾曾舉蛇髮女妖美杜莎（Medusa）的神話，説明自己的寫作方法一直在減少沉重：各種各樣的沉重，故事的、語言的。美杜莎的眼睛很可怕，跟她對望的人都會變成石頭，只有柏修斯（Perseus）穿了飛翔的鞋子，憑藉輕風逸雲之助，背過臉不直面蛇妖，而以光亮的盾牌作鏡子，於是可以砍去蛇妖的頭，避免自己石化。卡爾維諾把這神話看作詩人與世界關係的比喻，認為是可資遵循的寫作方法。他説：

每當人性受到沉重的刑役，我想我應該像柏修斯飛進另外不同的空間去。我的意思不是逃進夢境或者非理性，我指的是我必須改變方法，從不同的角度觀看世界，用一種新的邏輯、新的方法去認知和驗證。

——《給下一輪太平盛世的備忘錄》
（*Six Memos for the Next Millennium*）

這世間，石頭是否太多？西西過去的作品，也一直在努力減輕石頭，淡化沉重的情節，減輕之餘，這書可是仍有戲劇的故事性，克制，並不煽情。以前《哨鹿》之作（一九八〇），出諸兩種筆調，分寫帝制時代的平民與帝皇，不是二元對立，相反，而是治人與被治違和不通即產生悲劇，由此寄寓官民關係，必須和衷共濟，而官尤其不可當自己是「老爺」。《欽天監》把時間提前，從乾隆回到他的祖父康熙，寫中西文化的相遇，胸懷與視野是另一層次。其中牽涉現代科學問題。西方的現代科學，並非源自文藝復興、工業革命、資本主義的興起，而要追溯到古希臘，古希臘對自然物質的探求則承繼了古埃及和兩河流域在天文、數學、醫學方面的成就。這是長期的積澱，並且各方轉益，例如阿拉伯的翻譯運動、伊斯蘭的科學。此見現代化並不等同西化，西化者，簡化的西方之謂，條條大路，可以有不同的選擇（所謂 alternative modernities），歸宿也不一定在羅馬。況而每種文化的發展都有歷史的背景、獨立的個性。不過，要是因此故步自封，被自己的歷史、文化囚禁，像楊光先之屬，妄言「寧可使中夏無好曆法，不可使中夏有西洋人」（六十一節引文），就要付出災難的代價。全盤西化既不可

　　　　　　　　西西，她這樣的一位作家

能，西洋又何曾無病無咎？另一面，西周以來，中夏又何能侈言全盤華化？我們何苦兩頭鐘擺，搞得昏頭轉向，不如謙卑地開放學習，不究華洋，華洋，何嘗不是一條固執的假想線，何如擇優而從，再而多元競秀？阿閎就生活在種族多元的社會，他另一位同窗好友是蒙古人，在欽天監讀漢語古書甚苦，轉到暢春園管理馬匹，才如魚得水，對天文學樂於忘記得乾淨，這位蒙古兄弟對天象別有體會：「我們抬頭看天，天就是天了，天是沒有國界的，沒有國族，星斗滿天，叫星宿，可不是叫星族。」（一百三十節）

臨末阿閎向容兒說明自己名字的由來，是父親敬仰西漢時的天文學家落下閎，落下先生創製太初曆後功成身退，回到故鄉自由自在地看星。不過容與閎合作，令人想到的是清末留學生的先驅：容閎。這不會是巧合吧。

韶丁，

騎馬　美麗人

哀悼　乳房　耳睛

旋轉木馬　西西　詩集

拼圖遊戲／白髮阿姨

西方天　科幻小說

謎室　織巢　我的

石頭記

三、

回應

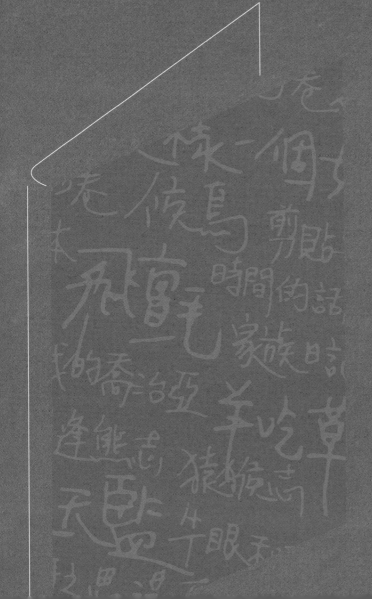

他拍了一齣自己不懂得的電影
——對陳果拍《我城》的回應

　　陳果替目宿《他們在島嶼寫作：文學大師系列》電影拍了西西的紀錄片，名曰《我城》，在香港國際電影節率先推出，之前之後在訪問及映後座談陳果說了些極不恰當，也不符事實的話。朋友之間有強烈的反應，對影片也有意見，我如今稍作回應，因為善人可欺，結果越欺越甚，再啞忍即是失責。

　　拍攝之前西西和我並不認識陳果，拍完了再無聯絡，拍攝期間西西盡量配合。由陳果執導，是目宿的主意，拍攝前，西西囑我四處找來他的電影，《香港三部曲》、兩齣《妓女三部曲》、《細路祥》等等，還有《人民公廁》。因此，是西西認識他多於他認識西西。

　　事前我有點憂慮，因為他的電影很市井、草根，這不單是口味，以至品味的問題，還有結構之類的毛病。他往往拿到好的材料、意象，到頭來糟蹋了。但西西對我表示，這也許可以撞擊出一些新東西，獨立製片，他未嘗不可以改進。我把資料

給他，包括香港書展裏西西成為年度作家所有展出的材料、我拍下的短片、訪問對象的建議等等，還提供小書房供他拍攝訪問。此外也提供一些西西朋友的聯絡電話，例如莫言。接受訪問的一些人，難道是因為他的緣故嗎？台灣方面，目宿、洪範一定給他很大的幫忙。

我的角色是甚麼呢？我是其中一個游說西西同意拍攝的人。西西年紀不輕，加上治療癌症的後遺症，近十年右手逐漸失靈，加上已不用電腦，要不是為了推廣毛熊、為正對瀕危動物的視聽，她幾乎已息交絕遊，朋友都知道，基本上她對外聯絡都通過我這個老朋友。但她仍然讀書、寫作，也看電影；偶然也和談得來的朋友聚會。所以所有拍攝時間的安排，陳果都和我聯繫。後來，到了最後目宿寄給我們看第四剪，我才知道目宿「封」我一個「文學顧問」的銜頭。

無論如何，既樂見其成，拍攝前我表示過歡迎陳果任何問題，儘管他從沒有問過。整個拍攝，沒有劇本，更從未與西西商量。材料他用了一些，不過，書必須他自己讀。西西的書差不多三十本，當然很難要求都讀過，但拍攝人物紀錄片，尤其這人物是文學家，不認真看一些，怎說得過去？更重要的是態度問題。他在受訪的說話裏，一再主動帶出自己看了多少這人物的作品。多少？一本，另一次則說兩本，座談則說一本也沒有看過，理由是書太厚，很後現代，自己沒有時間（映後座談紀錄及其他各種訪問上網可見），前言不對後語，可知是順口開河。初聽是坦白，再說兩三遍就是自炫、是貶人，這是不尊重人，其實也不尊重自己。這和甚麼神聖不可侵犯無關，就是

他拍了一齣自己不懂得的電影 —— 對陳果拍《我城》的回應

拍攝一個木匠，也要尊重木匠這個人，尊重這個人的工作。難道以為拍一兩齣賣座的商業片的時間比其他寫作人的時間更寶貴？此片的投資者聽了又有甚麼感想？就是看了兩本，也不過十五分之一。電影人倘仍認為這種態度合情合理，並為之推波助瀾，我們的電影還會進步，還有希望嗎？看他幾次解釋「我城」，就知道他甚至連《我城》的含意也不清楚。據吳世寧的採訪：

> 陳果在訪問說了好幾遍，「為甚麼一定是『我城』，不可以是『我們的城』？」
> ——〈西西《我城》也是我們的城 —— 陳果拍西西〉，
> 《明報》，二〇一五年三月二十七日。

近似的説話，還可見於其他的訪問，這可見是他頗為自得的想法。這好像要感謝他把「我城」的涵義延伸、拓闊。實則相反，這是收窄，更是誤導。通讀這書一遍，即知「我城」已包括「我們的城」，並不止於是「西西的城」，這個「我」，是小説裏的所有人，之所以用「我」，一如《我的喬治亞》，是對每個個體的肯定、對獨立人格的尊重，這是互為主體，並且，這又是在「我們」之前的謙遜。「我城」這詞已成典語，兩岸三地都有人用，不會變成「我們的城」。好作品總有超乎時間與空間的普通性。他其實拍了一齣他完全不明白卻又沒有虛心學習的電影。

陳果拍了一齣他不懂的電影，我再從片中及談話中各舉一例。其一，西西言談每喜自嘲，不認識她又不加深究當然不會

了解。例如片中她談到上世紀六十年代她為電影公司編劇，電影公司只要她改編外國名劇，並不讓她創作，她於是說自己不適合寫劇本，因為不會寫對白；陳果於是自作聰明，據此論定她不會編劇才從此轉寫小說。他聽不懂那是指在「抄劇」的情況下她不會寫。她自己創作的後設小說《東城故事》（一九六六）不是寫成電影拍攝的分場？她同時寫的《寂寞之男》不是劇作？她不是參與早期實驗電影的浪潮，自己從新聞片拼貼出充滿創意的《銀河系》？她眾多的小說中不是有許多對白嗎？

對白的問題還有一個更深刻的、美學上的考慮，如果導演虛心一點，不匆匆妄下結論，西西或者我會告訴他，三十年前我和西西曾經討論過這個問題。當年拉丁美洲的小說大家加西亞・馬爾克斯接受訪問，談到小說的對話，西西頗有同感。記者問：「何以在作品裏不重視對話？」他答：「因為西班牙語的對話總顯得虛假造作。我一直以為，西班牙語的口頭對話和書面對話有着很大的區別。在現實生活中，西班牙語對話是優美生動的，但寫進小說就不一定了。所以，我很少寫口語。」（見《番石榴飄香》）對母語是廣府話的香港作家而言，除非把對話寫成生動的廣府話，不然，對話其實也是一種書面語。西西自小生活在普通話（當年叫國語）、上海話的地方，畢竟母語仍是廣府話。這同時是香港許多小說家面對的問題。所以，這並不是導演以為西西因為不會寫對白轉而寫小說那麼簡單。

其二，西西在二〇一二年到廣州方所展覽自己手作的毛熊、猿猴，陳果跟隨拍攝，她坐在車廂裏，自南而北，這時候

畫外一成年的女聲讀出西西的一首童詩:「我睡覺的時候／火車在跑／我醒來的時候／火車在跑……」這本來是一首童詩。原詩見於《候鳥》,《候鳥》泰半是西西的自傳,那首詩寫的是六十年前,小小的西西從大陸移居香港,之前從未坐過火車,自北南下,輕鬆、愉快,一切充滿新奇。來港前還經過一場落水似的大病。如今北上,無疑百感交集。這是導演不稍加用功,卻又斷章取義的簡化。真要誦讀,要以女孩的腔調,而且要對照之前不愉快的經驗。這可見和文論家的所謂「誤讀」無關,那是建立在讀懂了之後的再創作。

在映後座談中,導演輕佻地回答觀眾的問題:紀錄片不必拍得深,土瓜灣又有多深?(香港電影節網頁:「紀錄片可以有多深?」,二〇一五年四月二日。)一個號稱草根的電影人,奇怪對本地一個獨特的地方竟毫不尊重。西西固然大半生都在土瓜灣度過;長於斯,成於斯。她在土瓜灣讀書、教學、寫作,寫過許多與土瓜灣有關的作品。這裏出現過兩個真假皇帝:宋帝昺和曾灶財;還有過「三不管」的神秘地帶:九龍城寨。一九五六年錢穆、唐君毅等人創立的新亞研究所從桂林街遷入,造就多少人才?牟宗三曾長居於此,他的一家之言,大部分就是在這地方思考的成果。這些名字如果聽不懂,至少不應該忘記這裏還有一所從中央宰牛的屠房改成藝術家和藝術團體駐場的牛棚藝術村。地區雖舊,卻充滿一種我城深厚的人文精神。

我可以多舉例子,但也夠了。最近朋友給我看《香港電影評論學會季刊》三十號(二〇一五年四月)的陳果訪問,談拍

攝《我城》的過程，訪者問他拍攝時有甚麼趣事。他答：「有呀，西西在拍攝過程試過大發脾氣，説以後都不拍、不講了。」在訪問裏還一再強調西西生氣。不尊重人，只暴露了自己的無知；但説西西曾經大發脾氣，説以後都不拍，卻是中傷。拍攝從二〇一二年六月至十月，西西工作的部分十四次，另外兩次到東莞和廣州方所展覽毛熊、猿猴，東莞由目宿拍攝。還有一次，他的助手和我約定，素葉的朋友為拍攝搞了一次聚餐，這是西西三十多年來的社交生活，我還得游説素友出席，因為並非人人都喜歡出鏡，在某大酒店包了一個房間，結果他只派一位助理和一位攝影師來。所有拍攝，只除了其中一次因事，由適然代勞照料，其他我都在場。我可以證明西西從沒發脾氣，適然的一次也説並無不愉快。

　　而且，陳果沒有説明西西何以生氣，在甚麼情況下大發脾氣。這很重要，不然這是一面之詞的中傷。説不定，她真應該大發脾氣；她絕對有大發脾氣、拒絕再拍的權利。他不説明，我唯有加以注解這背後的真相。事情是這樣的，拍攝的第三天（我保留了所有拍攝的日誌），下午一時，陳果接了西西，一路乘車，途中才知要去南生圍。路途遙遠，我已知不妙；西西從沒到過這地方。在南生圍的渡頭坐定，讀書，並且由助理發問，受訪者都知道，那是大學剛畢業的助理代替導演讀書之故。而問題，對不起，都是惡補回來，而且忽然而來，鏡頭之下也不容怎樣思考。最大問題是，拍攝至傍晚六時，這是西西每天固定吃藥的時間，藥不在身上，她本來也要吃一點甚麼控制血糖，但零食早吃光，血糖降低，這事可大可小。我四處

張羅，幸好渡頭已打烊的一家小店願意替她弄一個杯麵。她回到土瓜灣已八時多。第二天，我就約來導演，在座還有西西，以及許迪鏘。我聲明以後拍攝不能多於四個小時，西西不是演員，並不演。迪鏘補充：也不要連續兩天拍攝。這些必須說清楚，這不是「講數」，因為並非討價還價，這是事前和目宿說過的，後悔沒有白紙黑字存照。生氣的反而是陳果，他說我「詐型」（「耍無賴」、「耍賴皮」），這句話我是相當介意的，因為西西不是他的僱員，也不是目宿的，我們並不欠他甚麼，我們也並不額外要求甚麼。在場的西西沒置一言。陳果在訪問中仍認為去南生圍值得，因為南生圍被地產商買去，快失去了。但這與西西沒有關係，更不能罔顧老作家的健康。陳果有個人的政治社會議題，大可另行發揮，不必利用西西的紀錄片。

事後拍攝，果爾沒有超時，一直和洽。但仍不乏要西西演的場面，例如在照相店，例如在布幕前作狀周遊列國（刪去了，當時目宿監製也在場），西西照演如儀。西西一直充分合作。還有要她演的一場，只有這一場，她拒絕了。

陳果要求西西穿上長頸女子的毛熊衣服，我心想這可不得了，當場問西西：如果你不願意，就說出來。西西於是說不穿。幸好拒絕，試想想，攝氏三十三四度的八月炎夏，要一個七十四歲的病患長者穿上只餘小孔呼吸的毛衣毛頭在街上行走，簡直是謀殺。我替那位年輕演員苦。事實上，曾有一位一穿上就暈倒了。或者，這些就是他的所謂「大發脾氣」吧。大毛熊在這裏那裏行走，這是他在訪問中說的「魔幻」？但途人

只覺錯愕，大多不看一眼。再提點一句：這和他開場時貌作實錄的指示：「按平常那樣，不用管我」，就不調協。這片子病在太多的這個不用管的「我」。別忘了，是目宿給他酬勞，拍一齣西西的紀錄片，而不是要找他拍一齣紀錄片，紀錄甚麼人都可以，因為他這個導演最重要。如今想想，西西要接受十多次各種初級文學水平的提問，其實表現了過人的耐性與寬容；她久已拒絕眾多有關她的文學寫作的訪問。你以為她還需要借陳果出風頭？不過答應了朋友，就盡力完成它，單是這一點，我們就必須好好學習。

回應至此，且留有餘地。這片子還是看得的，因為西西，她長期深居簡出，家居生活從未公開；她的創作多元化，有豐富的內容，只取其中兩三點已有可觀。

下面是我對西西的發問：

何：陳果接受一本刊物訪問，訪者問他拍攝時有甚麼趣事，他答你在拍攝時試過大發脾氣，說以後不拍了。我想問你，在拍攝的過程你曾否大發脾氣，說以後不拍了？

西：答案是沒有，不單沒有發脾氣，更沒有大發，也沒有說過以後不拍的話。如果說以後不拍，我就真的不會再拍。他以為這是有趣的事麼？我如今是否應該發一下脾氣，以便證明他說的是實情？

二〇一五年四月二十五日

《候鳥 ── 我城的一位作家》的拍攝

　　拍這紀錄片最初的動因，是我們覺得陳果為目宿拍的很糟糕。技術姑不談說，最大的問題是內容和導演的態度，這導演事後一再主動提出自己沒看西西的書，甚至說西西的書太深奧，不好看。倘事前告訴目宿，還會找他拍嗎？此外，又詭稱西西在拍攝過程中大發脾氣。西西大發脾氣，倒是前所未聞。紀錄片有各種各樣的拍法。他儘可以拍一個他不喜歡的作家，就像我們可以寫一位不喜歡的人的傳記，但倒要寫出不喜歡的原由；陳先生要是把西西的書不好看拍出來，我倒要欣賞他。但這麼一來，台灣目宿應該不會資助他。可是這位導演，其實，因為他並無認識，並沒有理解，無知又妄下判斷，根本談不上喜歡與不喜歡。又或者，他可以從不認識開始，拍他一路追尋，從不認識到認識，可這導演很傲慢，一個作家大半生的努力，只成為他的工具。

　　至於內容，我在〈他拍了一齣自己不懂得的電影〉一文中

已略舉二三，我可以舉得更多，但也無此需要了。朋友於是說，為甚麼我們不可以再拍呢？我們的資金，不及別人的十分一，但豐儉由人，我們大部分人都是義務，召集起來，人人響應。要是說我不懂電影，好，所以我找來曾當港台《獅子山下》編導的黎秋華幫手；事先和西西商量，難道西西也不懂電影？她還熱心地用積木重構在上海的故居，以及土瓜灣一帶的環境，並詳細解說。

最初開拍《候鳥》的動因如此，到真正計劃開拍，我們已把陳的一齣拋諸腦後。秋華是我大學時的同學，已退休，他為紀錄片出主意，參與安排，幫助不少；可惜到剪片時，因為家事，再沒有出現。整個流程、脈絡，我按西西半自傳的《候鳥》，在上海和九龍土瓜灣一帶拍攝，後來補入西西到美國領紐曼華語文學獎的片段，順序剪成一百六十分鐘。奇怪某君評說要看陳果的一齣才清楚這紀錄片的脈絡，顛倒是非莫此為甚。

拍攝之初，因借用器材之類種種問題，需推倒重來。從二〇一五年十一月開始，拍攝斷斷續續，至翌年四月，其後再到上海。一直非常順利；我們並不問問題，任由受訪者發揮，幾乎全屬一 take 過。其中西西的哥哥張勇講上海的生活，起伏抑揚，他其實是說故事的高手。鄭樹森教授講西西與台灣的文學因緣，清晰、完整，記性之佳，令人歎服，而手上並無講稿。至於西西，講上海、土瓜灣，先後各四十五分鐘，也是一鏡而下，根本無勞裁剪。這是本片最珍貴的「紀錄」。到了剪片，只能用朋友的工餘時間，至二〇一八年中才算完成。

二〇一八年十二月在香港舉行試映會，招待朋友，收集大

家的意見，其後在二〇一九年，到美國俄克拉荷馬大學首映，反應不錯。並曾在幾所大學、中學公益放映。我們決定與台灣的 CNEX 合作，在串流平台播放。

下面是紀錄片的簡介。

本紀錄片既然以西西的《候鳥》為根據，這書泰半是她的自傳，寫她的心路歷程：從上海出生，經歷抗日、內戰、輾轉定居香港。其間遇到各種磨難，以堅毅的意志，逐一克服。

片中她的兄長談上海的生活，幼弟（《我城》阿果的原型）談香港的工作。

朋友談她早期的寫作、她的電影時期、後來的《素葉》；談她與台灣的文學因緣；再有其他朋友，通過不同文學藝術的表演，例如演奏、歌劇、舞蹈、話劇、和詩、繪畫、裝置、雕塑、書法、拍攝、歌唱，等等，與西西的創作或延伸，或對話。其中也包括若干動畫、西西手作的故居、毛熊。當然還有西西自己，談上海，談土瓜灣。片末則呈現她往美國接受紐曼華語文學獎。

《候鳥 —— 我城的一位作家》
Birds of Passage: A Writer of Our City
出品 Presenter
素葉工作坊 Plain Leaves Workshop
洪範書店 Hung Fan Books

工作人員 The Crew
監製 Producer：

西西，她這樣的一位作家

余漢江 Yu Hon Kong

製作監督 Production Supervisor：
梁滇瑛 Leung Tin Ying

導演 Director：
何福仁 Ho Fuk Yan
黎秋華（前期製作，友情協力）Charles Lai（Pre-Production, courtesy support）

策劃 Project Coordinator：
何福仁 Ho Fuk Yan

攝影指導 Director of Photography：
彭健明 Pang Kin Ming

攝影 Cameramen：
陳啟新 Chan Kai Sun
尹德明 Wan Tak Ming

剪接 Editor：
彭健明 Pang Kin Ming

後期製作 Post Production：
彭昊天 Steven Pang
泛訊媒體有限公司 Corp-Vision Media Limited

《候鳥 —— 我城的一位作家》的拍攝

音樂 Music：

李嘉齡 Colleen Lee

彭昊天 Steven Pang

動畫 Animation：

梁敏琪 Leung Man Ki

余穎欣 Yu Wing Yan

書法 Calligraphy：

徐沛之 Chui Pui Chee

場務 Location Manager：

甘玉貞 Kam Yuk Ching

中文字幕 Chinese Subtitle：

周芷晴 Chow Tze Ching

林英華 Lin Ying Hua

林紫晴 Lum Tze Ching

郭曉琳 Kwok Hiu Lam

鄺妙荃 Kwong Miu Chuen

簡慕嫻 Kan Mo Han

英文字幕 English Subtitle：

梁婉揚 Jacqueline Leung

鄭樹森 William Tay

費正華 Jennifer Feeley（Poetry translation）

趙曉彤編《西西看電影》的價值

趙曉彤編《西西看電影》的價值，可從兩方面看。

一、對香港電影文化而言

這套書是香港電影文化的重要文獻。書分上中下三冊，上冊二百五十一頁，中冊五百七十頁，下冊據說一如中冊，同樣厚度，加起來，千多頁；影評影述四百多篇。在一九六〇年代，西西可說寫得最多。之後，當然是石琪最多，從一九七一年開始，從《明報》晚報到日報，每天寫，寫了數十年；出了八冊，無論中外，絕對是一個紀錄。我們知道石琪是專業的影評家，但西西，我們好像只記得她為《香港影畫》採訪凌波、鄭佩佩，不是的。一般文青讀者也只知她是小說家、詩人，台灣讀者更認為她同時是內地小說家的中介，知道她早期和電影的關係者甚少。其實她對電影的引介、評述，可說為香港電影

其中一位元老。為香港電影文化啟蒙。照羅卡先生的書所言，西西曾影響台港兩地導演，例如許鞍華、楊凡、丁善璽（已故）都是一九六〇年代《中國學生周報》影評的忠實讀者，楊、丁兩位導演更曾的確提及西西。可是從來沒有人把她這方面的貢獻完整地呈現。

上世紀六十年代香港比較其他華語地方可以獲得更多的資訊，差不多可以同時看到歐美、日本，以至國粵語片，而那正是歐美、日本等地藝術電影的成熟期，產生大量經典名作。那也是香港影業發展東南亞市場的關鍵時期。西西是當時少數同時大量評論本地、東亞，以至歐美電影的青年影評人。她的影評面向青年讀者，由淺入深地引介了不同時空的電影文化。篇幅短小，用語淺白，語調輕鬆，這是西西的文學手法，也是當年香港專欄寫作的特色，不尚長篇大論（也沒有這種園地），但整合來看，則互相補足，看到廣闊的視野。從縱向角度看，她上追二十世紀初的電影歷史及美學知識；從橫向的角度看，則遍及本地、歐美、東亞地區的電影作品。即使年代久遠，在今日看來並未過時，讀者也可獲得閱讀的趣味。

看西西的電影書寫，會驚覺香港在電影文化，實為整個文化生態，原來有過這樣的貢獻。她的書寫，留下當年電影在香港走過的印跡，這印跡，前衛，且富前瞻性。香港應引以為榮。

二、對認識、研究西西而言

西西自己的創作，其實頗得電影之助，不少地方借鑒、轉益電影的手法。例如她剪接的《銀河系》（一九六八），是她其後的作品活用舊素材，拼貼、串演的濫觴；她第一本出版的小說《東城故事》（一九六六），有分場，不啻是和西方電影大師的對話。研究西西，不可不看她怎樣評說電影。

若能完整地呈現西西賞評電影的全貌，既可補足西西研究的缺憾，文化界也不致錯失一位親切而功力深厚的中外電影引介者。

＊

此外，本書的材料珍貴罕見，不易尋得，尤其是《新生晚報》、《星島晚報》及《亞洲娛樂》，均為本地大學圖書館藏品，《香港影畫》亦僅存於香港電影資料館，即使學界也只能在館內閱讀，不可外借。趙曉彤此編多年來在各館努力搜集，並商得少數收藏家慷慨借用，書末且附錄電影及人物的譯名，加上趙曉彤自己的深入而精審的析論。她的努力，應功不唐捐。

鎖了

每鳥美展入

哀悼乳房 耳瞎

旋轉木馬 西西詩集

拼圖遊戲 白髮阿娥

西方天科幻小說

溫室 織巢 我的好

老 石頭飯

四、

追思

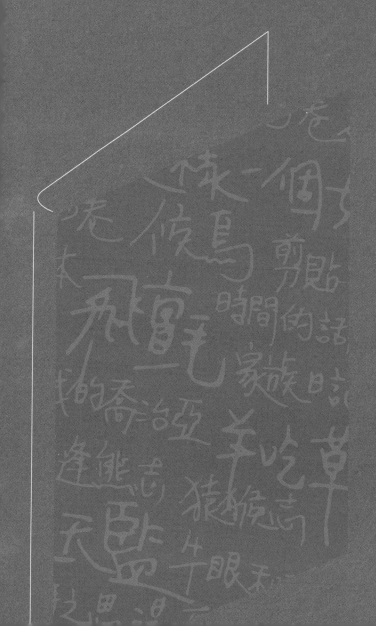

西西追思會發言

我讀《欽天監》的校稿，至容與閎最後的對話：

我會想念這個我們生活了許多年的地方。
我也是，但天下無不散之筵席。
我不怕，只是有點擔心。
對，我們並不怕，人世匆匆，有甚麼可怕的。

我讀到這幾句，有很大的感慨，素葉的朋友余漢江也有這種感慨：這是西西向讀者、向朋友告別。寫作可算窮盡了她一生的心力。但她是高興的，在文字語言裏面，遊戲、舞蹈、散步，這裏看看那裏看看，看各種不同、有趣的房子；她偶爾也小跑，像羊駝那樣，——她喜歡這種動物，因為和氣、友善，可以跟牠走入秘魯和智利的高原。

她其實喜歡所有動物，貓、狗，喜歡所有生靈，尤其是弱勢、環境困難的生靈。希望牠們也能夠好好地生活，她做毛

熊、做布偶，除了當右手的物理治療，就是要表達這個意思，一種民胞物與的精神。

她有時也走進商場，當是現代化的園林，看看新出的玩具，店員問她是不是買給孫仔孫女玩，她答：買給我自己。她說遊戲有兩種，一種是消費生命的遊戲，另一種是積極的遊戲，從其中可以參加創作，文化就是從這種積極的遊戲誕生。她因此永遠保持青春，永遠二十七歲。

她當然更會坐上飛氈，和黃飛熊一起在空中轉悠，但她不會擺出俯看眾生、高高在上的姿態，而是平視，不高也不低，謙恭的眼光。她不過將時間和空間縮短。很少人知道，其實她也會游泳，包括在文字裏。

總之，回到年青好奇的歲月。那些美好，沒有病痛的歲月。

不過，她畢竟疲累了，知道自己再不能夠寫下去，儘管腦袋裏還有許多許多東西。她完成了自己的工作，向太陽，向草地，向讀者，向朋友告別。

人世匆匆，的確是這樣，這方面我也開始有所體會。不過如果不求名不求利，的確沒有甚麼可怕的，西西老早就看穿名和利是怎麼一回事，她的寫作不走討好、媚俗的路。她為人處世也是這樣，寬容，從不得罪人，即使遇到惡意的批評，她會說：多謝意見。並不反駁。但她會堅持自己的原則，自己的選擇。她要過一種有趣同時又有意義的生活。一以貫之，她做到了。

人世的生命有限，但創作的生命，有成就的生命，就不能以歲數來衡量。

她並沒有離開，她不過擺脫了疲累的肉身，走開一陣，走入她的書本裏面，開始另一種生命，更健康、更活潑、更恆久的生命。

　　她離開前一年，開始有認知障礙，經常失眠，睡得不好時會問：我在哪裏？我要回家去。我答：你不是在家裏麼，看看這些書櫃，這些玩具，不都是你的麼。她會很乖地説：「係喎。」（是啊。）

　　她在香港成長、寫作，香港是她的家，她另一個家在台灣，她的書，泰半在台灣由洪範出版，從一九八四年《像我這樣的一個女子》開始，差不多四十年，一直到最近的《欽天監》，她和瘂弦、楊牧、葉步榮父子，因為寫作、出版，成為好友。她惦記着香港，同時惦記着台灣。

　　她現在真的回到她永久的家：她創作的書本。只要敲門，現在，將來，她就會接待大家，用她獨特的方式，往往扮演不同的角色，為大家，講小説，讀詩。讓我們知道，我城，幸好有過像她這樣的一個女子，在看護，在保佑我們，並且啟發我們，同樣可以嘗試過一種有趣又有用，同時是有創意的生活。

　　認識西西，是我一生最大的幸運。給我做香港首富交換，我也不願意。差不多半個世紀，我們一起閱讀、看戲、旅行 —— 我們總算去過許多想去的地方，我們無所不談，會討論世情、人情，交流對文學藝術的看法。她經常提醒我，令我不致成為一個一無是處的人。

　　感謝西西。

二〇二三年一月

西西，精彩的一生

那麼就再見了呵。再見白日再見，再見草地。

——《我城》結語

十多年前瘂弦給我的信，談到西西，他說：「西西的文學成就超過了張愛玲，早已超過了。」我以為這是大編輯的客氣話，並不示人，信也隨便夾進書本裏。直至最近我看他的回憶錄，講述自己十七歲離開故鄉，離開父母，從內地到台灣，從此和親人隔絕，許多年後老了，才得以重訪舊地，父母早已不在，種種辛酸悲苦，他娓娓細說，毋寧是他那一輩人亂離的寫照。其中有一段提及香港，提到西西，他說：

西西在香港是地下文學，一般人都不知道有西西這隻野而又野的鳳凰，有香港人還以為西西是台灣作家呢。西西聽了很高興，說：「不要改了，我就是台灣作家！」西西是小說大家。我認為她的小說的多樣性和現代性超過張愛玲。

我這才相信，這是他誠意的真心話。兩張，西西也本姓張，文學上的表現不同，這關乎文學觀以至人生觀，但各有所好，無需分軒輊。要補貼的是，當年，一九八九年，香港編印的《香港年鑑》，的確稱西西為台灣作家，那是某些讀一點書可又不加細究的寫手，把張冠誤戴。其實瘂弦當年寫信給西西，把西西的「美利大廈」寫成「美麗大廈」，信仍然收到，這美麗的錯誤，或竟是刻意的也未可知，同樣地，也就「不要改了」。西西並且轉化，寫出長篇《美麗大廈》。從《中國學生周報》、《快報》、《星島》、《大拇指周報》，到《素葉文學》，等等，在許多報章、周刊寫過無數專欄，六十多年來，只有臨近八十歲才停止，集中心力寫《欽天監》。香港文學界、文化界，是認識西西的。她絕對不是出口轉內銷。

　　瘂弦拿張愛玲跟西西比較，應是有感於張愛玲的盛名，加上她自己的傳奇身世，小說也得改編電影及其他媒體之助，張愛玲認為「出名要趁早呀！來得太晚的話，快樂也不那麼痛快」。她做到了，然後可能發覺，像她寫的，繁華之後，是蒼涼。西西呢，對此早就並不在乎。楊千嬅的電影《天生一對》說是根據西西原著的《哀悼乳房》（一九九二年成書），內容與題旨實全無關係。《哀》寫於自己手術後做化療期間，那是哀歎人類生命力的頹喪，用一種隨筆實錄，鄭樹森所云：「文類的綜合」，可以從不同的角度閱讀，可以自行組合，並提示讀者可以跳讀。有人說這手法來自科塔薩爾（Julio Cortázar）的《跳房子》（*Hopscotch*），是只見其同，不見其異，科塔薩爾的小說叫人跳到書中某一頁去，那原來是故事更多的支線。《哀》

根本就叫人倘讀悶了就終止，轉到其他篇章，化解那種文學不可實用的迷思。

張愛玲和西西的分別就在這裏，張的作品有戲劇的故事性，從第一篇〈第一爐香〉開始，文字已然成熟，絕好，風格自始不變。要說現代主義，她才是典型。西西走的是迥異不同的路，在思考「說甚麼」的同時，更重視「怎麼說」，於是一篇一貌，不斷創新。西西曾自言：

> 寫小說，一是新內容，一是新手法，兩樣都沒有，我就不要寫了。

內容和手法互為表裏，而不是為新而新，那形式，是貼切內容的形式；內容，是形式實現了的內容（achieved content）。所有後現代的寫法，她都有所表現。討論張愛玲的小說，大多發掘其「說甚麼」，討論西西的，則非探究美學形式不可。

這當然不是張愛玲的錯，更不是西西的。不過，兩人對香港的意義來說，大大不同，張愛玲筆下的香港，是借來的地方，這是她成就其愛情故事的「他城」。半年前因許鞍華的電影《一爐香》，曾和幾位朋友聊到這小說。我覺得張愛玲的筆調是調侃的，對中西混雜的香港，並無好感。電影中僕人被逐，家人到來懇求，下等人家也說國語，化成影像反而凸顯小說的問題。無論原著與改編，都無視香港獨特之處。眾聲複調，不是更恰當嗎？語言，是我們棲居之所。對不起，這其實

是我對張愛玲多年來的想法，四十七年前《大拇指周報》創刊之初，我編書話版，有一期請大家談談張愛玲，我大概寫：我佩服，但不喜歡。

咖啡或茶，真的各有口味。那種異鄉過客的角度，本無不妥，但對一個地方，外看與內看，原來並不一樣。例如，我在此地出生、成長，就不會用這種角度。這本來是一個 hybrid 的城市，這是它的不好處，豈知同時是好處。這和甚麼「戀殖」無關。舉一生活的實例，香港人的嫁娶，包括不少上流社會的有錢人，早上在教堂行禮，向父母輩跪拜奉茶，晚上在中式酒樓設宴，不會覺得古怪、尷尬。回歸以前，有香港人諷刺這種中西合璧？有，絕少，反而覺得自然而然。例子還有許許多多。連載於一九七五年的《我城》（一九七九年出書），那些年輕人深愛這土地，說：「我喜歡這城市的天空／我喜歡這城市的海／我喜歡這城市的路」，歸結為「天佑我城」。他們誠懇地生活，努力地工作。生活，從來沒有既定的答案。

西西一九五〇年十二歲來港，在香港成長，寫作，她是從內裏看出來，在英人治下，於是有身份的思考，有城籍的困惑，悲與喜，失落與期盼交集，不能簡化，更不能一刀切。她一生也是誠懇地生活，努力地工作，低調，毫不張揚，為這城市塑造了一個豐富而鮮活的文學形象。最近有人告訴我，她是香港文學史第一人，我加上之一，因為第一太多了；而且，還要看誰寫的文學史。

楊牧生前一九九八年曾寫信給西西，他說：

當今，文學界能夠創作新境界新思想，而有新結構新方法加以完成者，實已無多（或者根本沒有），你的實驗突破莫非是同輩朋友最大的希望、啟示乎？我常對朋友說，西西為香港五十年的文化創造了一獨特的氣象，管它中國不中國，台灣不台灣？

是的，西西已經完成了，由其他人寫下去。正如她的《我的喬治亞》（二〇〇八），那是只有香港人才能寫的小說，更只有西西，因為她的確經營過這麼一個喬治亞微型屋。這屋子如今由中文大學圖書館收藏，還包括她手作的毛熊。這小說其實是一則寓言。我們獲得一個微型屋的框架，框架裏的內容還需我們 DIY。我們總是努力營建自己理想的家，理想不盡同，且受歷史地理各種各樣條件的制約，但不是說我們無需努力，也無能為力。而建設、創造是持續不斷的過程，學習、認知、試錯、修訂，永遠沒有完成。這小說是開放式的，正在寫，一直寫，豈獨西西一個人，其他香港人都參與了。

二〇二二年十二月十五日西西入院，主診醫生斷定她心臟衰竭，找來心臟專科醫生看護。因呼吸困難，翌日在喉頸下開一孔，手術做完，她還有氣力對醫生說：多謝你。十七日晚上，還可以放下氧氣管，吃了兩杯碎飯，印傭問她好吃嗎，她會說：好吃，多謝；總是這樣。她從不抱怨。年來她有點認知障礙，我早、午探她，進門就問她我是誰？她會說阿叔。這是多年來跟隨後輩的稱呼。她總認得我。一次她默然不語，我很難過。再追問，她說：我假扮唔認識你。

深夜三時多，醫院突然來電，囑我趕去，並要我急找她的親屬。我到醫院時，西西已不能說話，兩眼還是張開的，我告訴她一切放心，認識她是我一生最大的運氣。我開始重溫我們去過許多的地方，她總帶着她小小的黃飛熊。又和朋友許多年來的歡聚。

　　延至十八日早上八時十五分，西西辭世，享年八十五歲（一九三七—二〇二二）。到親屬到來，都住得較遠，逐一跟她告別時，她已閉上眼睛，但她是聽到的，我們相信。她過了精彩，愉快，有趣，又有意義的一生。

人世匆匆，有甚麼可怕的

　　西西二〇二二年十二月十八日清晨離世，我們難過不捨，可並非太大的意外。十五日入院時，醫生已説她心臟衰竭，親人商量，下一個決定吧。決定的結果，她要去，就讓她寧靜地去。他們也問我的意見。我極力反對，但每天看着她插了氧氣管，喉邊開了洞，當她真的離去，也不得不接受，不要受更多的苦痛。早幾年，曾有兩三次，半夜兩三點鐘，印傭來電，説大家姐要你快快來。我連忙趕去，然後再致電急救車。在車上知道會去哪一所醫院，馬上致電她的弟弟。因為倘要做手術，還得親人簽署。一夜，我見到她，她躺在床上，竟然對我説：我差不多了，是時候了。不！我答，還有大把日子！她總能逢凶化吉。她從不抱怨，但我知道，她一直受着疾病的折磨。

　　二〇一九年，她從美國回來，本已不良於行，只能走很短很短的路；年底，再不行了，印傭就扶她離開輪椅，來回走十多二十步。她還是思想清明的，《欽天監》寫完了，可以讀讀

校刊本；在紙上，在簿上，寫了不少詩。在寫作《欽天監》期間，她一直感覺眼睛不適，有一天突然眼前模糊，以為沒戴眼鏡，原來早就掛在鼻樑上，帶她去看眼科，醫生說是黃斑裂孔。手術很快，但復原期很漫長，必須低頭俯伏四五個月之久。她又撐過了，繼續校完《欽天監》，還寫了後記。

二〇二〇年，她午睡醒來，告訴我自己在船上，要回家去。為甚麼是船上，你不是在家裏麼？我在，一艘海盜船上。這分明就是一篇趣妙的小說的起句，裏面一定有好些有趣的念頭，但她再沒有說下去。另一次，她忽然問，坐在她對面的人是誰？然後問：阿芝呢？印傭答：我就坐在這裏，我就是阿芝。她年來睡得不好，經常睡得不好，不好就迷迷糊糊，不知身在何處，不認識人。深夜，阿芝偶爾會起來看看她。她會說：去睡吧，為甚麼還不睡。有時，她忽然會問：你是誰？我在哪裏？我要回家去。

醫生說，這是認知障礙。說起往事，她倒還清楚記得，我帶來旅行的照片，誤記了地點，她會糾正我。但認知障礙，再不好，會逐漸腦退化。所以我一進門，就問她，我是誰？她背向門，坐在輪椅上，聽聲音已會說：阿叔。說我是阿叔，許多年了，這是跟隨後輩的叫法。一次，我問她她沒有回答，坐到她面前，再問。她看着我，沒答。我很難過，連我也不認識了。然後她說：「我詐家依唔認識你。」

二〇二一年四月住院整整一個月，才知道她曾經中風，而且缺鈉缺鉀，嚴重營養不良。回來後，身體反而好了，但吞咽困難，需言語治療師幫助。言語治療的姑娘來了十多次，終於

可以好好吃東西了，而且開始喜歡吃，早餐慣常吃麥片加蛋、麵包。她最喜歡吃麵包，分成小塊，塗一點蜜糖。好吃嗎？她會說：好吃，多謝，你也吃吧，一起吃。姪女探她時帶來好些不同的蛋糕，她每一樣都要試試。每天量度她的血壓、血糖，記錄起來，總是正常的。我囑咐印傭，每天早上起來，要問問她：大家姐，開心嗎？開心，很開心。有不舒服嗎？沒有，謝謝。阿芝照顧西西姐妹起居飲食八年，初來送走了妹妹。她自己的女兒在印尼讀書，由中學到大學。西西說到大學畢業時招呼她來港，看看母親工作多麼辛苦。西西不良於行後，對阿芝說，喜歡任何衣物，就拿吧，寄給女兒。阿芝高大，聰明，能幹，自己穿不來，果然就寄了一些回印尼。她也問問我，我說大家姐給你，就是你的。十月間天氣仍然很暖和，買了兩件短衣給西西，很喜歡，也要我買兩件給印傭：帶去，自己揀。樓上樓下住客都認識她。這一帶，住了許多長者。一次竟有不認識的女士向我查問，這印傭做得很好啊，可否介紹，或者她有些姐妹哩。我心裏吃驚，連忙加了她的薪酬，並且說，從五月開始，看護大家姐一年，額外給她三萬港元，兩年六萬，三年九萬。如是順推。我並不富有，全賴工作許多年的存積，不過無兒無女，兄姐早移民外國，自忖十年八年，也還是足以應付的。西西走後，阿芝好快另外找到東主，不過工作一月，就來電向我訴苦。我想，她沒可能找到比西西更好的僱主。有些人，一生難得一遇。

　　西西一般很少說話，即使年輕、健康的歲月。從醫院回來，她開始說話有時模糊不清。但我想，她的心思還是很細密

的。她不説話，卻時而奇怪地要張口吱啞，睡覺時也張口，以為是肺有問題，氣量不足，看了老人科醫生，説肺沒有問題。疫症猖獗期間，為策安全，我們都打了四針復必泰，加上流感針，她完全沒不良反應。

二〇二二年初，藝術發展局要頒她終身成就獎，讓她不用上台接受獎座，也不用受訪。不過我覺得私下説幾句也好，請阿芝用我的手機，分兩次拍了給 Now 電視播出，一共四五分鐘。她的説話很清晰、周到，只是緩慢些，畢竟年事已高。這算是她最後的説話了。我從沒留神她的年齡，直到她在二〇一七年到北京，攀上古觀象台，石階梯傾斜，沒有扶手，她竟不用我攙扶；問題在，還得走下來，那是更大的艱難，這次我走在前面，摸着左邊石牆，一步一竭。我算一下，原來她已經八十歲了。她還提出要再去長城走走，我當然反對，説不是她不行，而是我走不了。

我習慣早上和下午四時左右去看她，晚飯後偶爾也去。早上有陽光，下樓曬曬太陽，在少人的地方，除下口罩，捲起衣袖。這時候，她是最精伶的，神色也變好。問她下午茶除了乳酪，還想吃甚麼，會買給她。她會説叉燒酥，會説各種各樣的甜品。都淺嚐而已，意思意思，因為對血糖不利。有時，她會説，由你決定吧。

西西離世，有媒體訪問，要我概括兩句，我想到的是：

她首先是非常非常好的人，然後是作家中的作家。

追思會（二〇二三年一月八日）之後，我寫了一首短詩〈花圈〉：

她沿着圓圓的竹藤從容地走了一圈
一路編織菊花、白玫瑰、黃槐……
有無數發現，無限欣喜
也有哀愁，一點點
不然，就像壞了的寒暑表
度數固定，還有甚麼樂趣呢
她回到了起點了
我們一時跟不上
捨不得也只好說再見
然後深切地懷念

二〇二三年二月

朝了

飛鳥 美麗 入

哀悼 乳房 軍睛

旋轉木馬 西西 詩集

拼圖遊戲 白髮阿娥

西西 天地 科幻小說

溫室 織巢 我的

石頭記

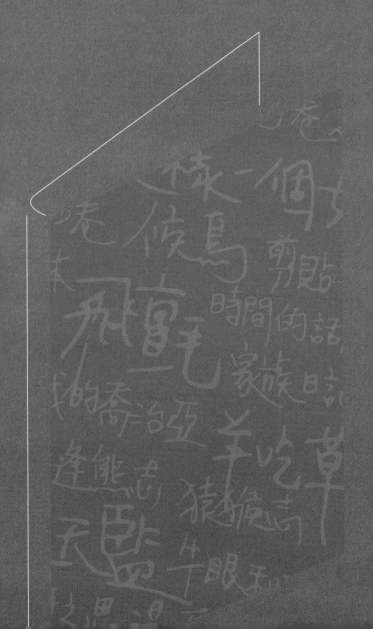

附錄

西西答問
——二〇二〇年七月譯林出版社訪問

———

（一）今年《哨鹿》、《我的喬治亞》的譯林出版社簡體中文版首次在大陸出版。這兩部作品對你有甚麼特殊的含義？

對我來說，含義都寫在書本裏了。這兩本書，可不是同一時期寫的，寫法不同，是我不同時期的思考。《哨鹿》的背景是乾隆時期，比較寫實，是平行兩套言語，庶民與帝皇，各自敘述，然後會合。這不是二元對立，而是並置，因為要互補、合作才好，怎麼說呢，兩者是辯證的，在那個時代，是互相依存的。

至於《我的喬治亞》，則從我自己經營一座微型屋說起，想到英國喬治亞時期產生的種種，這其實牽涉中國，牽涉我的生活，我由此想到建造一個理想的家園的問題，這可能有不同的答案。我到過歐洲各地看博物館收藏的微型屋；我是從實際情況出發，再加以想像。

（二）大陸版《我的喬治亞》還設計了「西西的小屋」手工微型書，你喜歡這樣的設計嗎？通過這兩本書，你有甚麼話想和你的大陸讀者說？

非常喜歡，感謝。《我的喬治亞》是我做微型屋的故事，

那是仿英國的喬治亞時期的微型屋，我買了這麼一個屋子的框架，這屋子，有點像我幼年時在上海的屋子，那原本是養馬的地方。但屋內的物品要自己努力經營，我想到我目前生活的地方，香港。屋裏的家具、物品，是我從各處搜集回來，有的從英國訂購，也到過英國去購買，參觀微型屋的展銷會。因為搜集喬治亞時期的物品，我重新認識英國的歷史，這一段歷史和我們密切相關。這是英國工業革命的時期，科技突飛猛進，物質豐盛多了，可是也因此驕傲起來，要天合於人，結果製造了許多的後遺症，其中之一是「鴉片戰爭」，香港由此而來。當年，英國奉行保護主義，清朝則開始海禁，實行鎖國。

我希望讀者讀書時有一點耐性，喜歡這本書。

（三）《哨鹿》、《我的喬治亞》寫的都是十八世紀，一中一西。對於十八世紀，你曾表示：「這是一個最好，同時是最壞的時代。」為甚麼這麼說？和當下這個時代比呢？

是的，這是狄更斯的話。乾隆時代是清朝最興盛的時期，但也種下許多問題，盛極轉衰；英國的喬治亞也是這樣。當下這個時代，屬於年青人的，讓他們去比，去思考，去尋找，去創造吧。

（四）我們看到媒體鏡頭下的你有時比較嚴肅，但你的作品總有一種溫柔明快的氣質。寫作對你而言意味着甚麼？

我不是演員，在鏡頭前並不緊張，但總不大舒服。拍《候

鳥》紀錄片，都是一鏡直下，不會有人忽然問我這書本寫甚麼的問題，任由我說甚麼。不過，是嘛？你看貓，看狗，牠們雖然很高興，內心竊喜，可不會笑給人看。我喜歡寫作，我當是一種很嚴肅、很認真，也很有意思的遊戲。所以，我可以一直玩下去，我接近八十歲才每周寫一個叫「我的玩具」的專欄，好像寫了一年多。

（五）許多人提到您的作品都會用上「童趣」、「遊戲」、「童心」等字眼，您是刻意用童幻的眼光進行創作嗎？尤其是在《候鳥》和《織巢》裏面，那些童年往事您是如何記得如此清晰的呢？您有甚麼保持童心的方法嗎？

這很好。不過我是否用兒童，或者少年的角度敘述，要看寫的是甚麼，倘是成長的故事，往往就從兒童，或者少年的角度開始。我寫《候鳥》、《織巢》、《我城》也是這樣，但要是故事裏的人物逐漸成長，那麼語言、角度，也會稍稍變化。我新近寫成的長篇《欽天監》也是由幼至長。我其他的小說，用童幻的敘事方式，其實並不是想像中那麼多。《哨鹿》、《美麗大廈》和《我的喬治亞》就不是了。

外國的詩人、藝術家都說，你必須用兒童的眼光看世界。大家都知道，中國的佛家也有看山看水的說法，經過山不是山，水不是水的階段，又回到最初看山是山，看水是水。但沒經過中間的過程、磨練，恐怕只是幼稚、無知。

保持童心的方法，是要達觀，有好奇心，與人為善，別計較名利，我只是希望能夠保持罷了。

（六）您曾說：「我不是一個適合寫劇本的人，我不懂說話。」似乎您在生活中並不是善言的人，也多次表達不希望被媒體打擾，只想安心寫作。您認為作家應該常與人接觸、觀察生活，還是沉浸在別的時空汲取靈感（比如《哨鹿》）？記錄時代與記錄自我之間要如何平衡？

這不是完整的話，要有上文下理。我當年寫劇本，是按主事人的要求，指定改編外國的作品，而且是指定的作品。電影是很大的投資，並不容許我自由創作。我說「我不是一個適合寫劇本的人」，是這樣的意思。事實上我後來也自己創作過好幾個劇本，寫好分場，當然沒有拍電影的機會。

我的確不懂說話，不過沒有妨礙，或者限制我在小說裏寫對白。我的小說一直有不少對白。關於小說裏的對白，我有一種粗淺的想法，十七八世紀紅樓夢式的對白，句句緊扣、呼應，個個人物都很會說話，那是那些年代的範式。現實人生恐怕並不是這樣的，我們也不是這樣說話的，許多時候是無的放矢，是無厘頭，有時甚至是自相矛盾的。不是說文學創作可以有廢詞冗語，評論家又有所謂文學要高於生活，不過創作的人是否要想想，怎麼的一種話語，才真正貼近如今常態的生活。

（七）莫言曾說您早年生活很艱苦，常在廚房寫作，您認為環境對您的寫作影響大嗎？如果不在香港，您最希望可以去哪裏寫作或生活？

我一九五〇年隨父母從上海到香港，一家九口，包括外祖父、外祖母，全賴父親一個人工作維持，當然生活很艱苦，其

實上世紀五六十年代，大部分人的生活都很艱苦。這也有好處，我因此自小養成節儉、樸素的生活習慣，我自得其樂，對物質沒有甚麼要求。

環境對我的寫作沒有甚麼影響，我在甚麼地方都可以寫，沒有書房，我在廚房寫；右手不能寫，可以左手寫。唯一影響的，還是我自己，我經常有些病痛。至於寫了沒有地方發表，那可不是我的問題。

（八）您一共教書多少年（因在報道中見過不同版本的回答，所以不太確定）？教書這門職業您享受嗎？除了作家和老師，您還對哪些職業很感興趣呢？

我大約全職教了二十年，然後斷斷續續又教了一些日子。當年因為教師太多，學生減少，教育署讓我們可以選擇提早退休，他們叫這做「肥雞餐」。教育署如今叫教育局。我提出申請。但之後，我經常到不同的官校代課，偶然也教一整年，為甚麼呢？我是公務員，每月有退休金，但只得原本薪金三分之一，我退休時原薪三千多元港幣，我當初計算一下，節儉一點，生活應該不成問題的。問題是香港生活指數衣食住行都高，而且不斷通脹。退休後過了幾年，舊同事已加薪到一二萬元，我仍然不變，要到五十五歲正式退休年齡才可以調整。我退休時四十歲上下，所以不得不經常代課。由教育署安排。代課以日薪計，教一整年的話，退休金就停發了。在香港，寫作是不能謀生的，何況我不會寫流行、暢銷的小說。

政府讓提早退休的教員轉職，到郵政局去，或者到公園去收票，我都沒有興趣。你問我對哪些職業很感興趣，我其實想做動物園的管理員，不過是野生的，管理長臂猿，金絲猴，環尾狐猴也不錯。但香港沒有動物園，像新加坡那樣，更沒有野生動物園。

（九）「從前我等當然十分豪邁，那麼大一群人，做對了或許也做錯了不少事，畢竟曾經起勁過好一陣子，現在，似乎沒有甚麼，叫我們大感動了。」回望過去，可以與我們分別分享您最欣慰與最後悔的事情嗎？

欣慰的事很多，早年認識一群電影「發燒友」，六七十年代可以看到許多好電影，哈哈，我還拼貼了一齣紀錄片《銀河系》，是一組蒙太奇的剪接，朋友提醒我，那是一九六八年，在第一屆香港國際電影節放映，近年還有台灣年輕的朋友送到歐美去放映。此外，和朋友合辦素葉出版社，尤其是早期的時候，大家志同道合，又一起去旅行，去了不少地方。

我對一生無悔，真要找，可能是年輕時沒有好好鍛煉身體。現在每一天量度血壓、血糖，都正常，就是美好欣慰的一天。

最後的訪問

—

　　二〇二二年西西獲香港藝術發展局頒最高榮譽的終身成就獎，她本來婉拒了，說年紀太大，不能登台領獎，也不想受訪，但回覆是不用她出現，也不用受訪。不過我覺得這次盛情難卻，私下裏在她精神較佳時分別做了幾句話的訪問，請印傭用手機錄下來。約共四、五分鐘，讓 NOW 電視台播出。這是她最後接受的訪問。

何：何福仁
西：西西
時地：二〇二二年三月十四日西西家中

—

何：西西，藝術發展局給你終身成就獎，高興嗎？

西：高興，當然高興，多謝。

何：好，過去曾給你一個文學創作獎，那是一九九七年，記得嗎？

西：那麼久，不記得了。

何：很久了，你近來身體好嗎？

西：倒算好啦。

何：你的作品裏，你比較喜歡哪一本？

西：《欽天監》，還是。

何：《欽天監》是近年寫的，為甚麼？

西：因為這種形式、這種題材，沒有人寫過。我就喜歡這樣。
　　因為寫來寫去都沒有特別的地方，但文學貴於創新，有創
　　新就是好的了。

二

何：藝術發展局的獎座，漂亮嗎？

西：漂亮，很漂亮。

何：拿得起嗎？

西：拿不起，很高。

何：你拿過不少獎。

西：一些，不多。

何：在香港，可能你比較多。

西：因為我年紀比較大。

何：有多大？

西：我已經，二十七歲。

何：哈哈，年年二十七歲。

西：哈哈，有些獎，你不出席、不受訪，就不頒給你了。沒所
　　謂，這是遊戲規則。

何：沒錯，的確有好幾個放棄了。

西：因為行動不方便，身體不知幾時好，幾時壞。

何：那次美國俄大紐曼華語文學獎，你有去。

西：不去，Tammy、Jennifer 會很失望。你又會不會失望？

何：不會。

西：我又沒去過美國。

何：四十年前，有人請過你去 Iowa Writers' Workshop，結果你沒有去。

西：我正在教書，又怎可以放下母親去一兩年。不可惜。

何：這次我對俄大提出很多條件，要商務客位，要準備輪椅，活動盡量不參加，又要醫生隨行。

西：區醫生。

何：都答應，我那麼多要求，所以也請了我。很難拒絕。好玩嗎？

西：非常好玩。紐曼先生年紀比我大，比我還精神。

何：你只出席讀詩會，頒獎時由 Jennifer 代讀謝辭。

西：是的，多謝她。我只能夠講一句：多謝。

三

何：你最近一個短篇小說結集，叫《石頭與桃花》。設計了三個封面，你喜歡哪一個？

西：都好，都用心機，第一個吧。

何：第一個喜歡多些？

西：是的。

何：還有一本，是從你近年寫的詩選出來，用動物做主題，有

好多位畫家，二十七位參加配圖，叫《動物嘉年華》。是
繪本，你喜歡嗎？

西：非常喜歡，我一直想出一本繪本。

何：本來你可以自己畫，現在由其他人畫，好多人主動參加。

西：更好，多謝他們。

何：香港有哪些比較年輕的小說家，你覺得寫得好？

西：我看得少。

何：想一想吧。

西：謝曉虹、黃怡、潘國靈……一定還有其他人。

西西年譜

一

一九三七年

- 十月七日，生於上海浦東。香港身份證為一九三八年，因來港時已開學，為方便翌年入學，父親把她的年齡報小了。十月七日實為陰曆。

一九四一年

- 日本侵華，進佔上海租界。隨父母避地浙江金華蘭溪上徐村，寄住二姑母家。蘭溪並無女校，由二姑母教她讀書。

一九四五年

- 日本投降。先隨父親坐大烏篷船回上海找尋居所，定居中正西路三四五弄二號，本為馬場員工宿舍。中正西路今名延安西路。一家團聚。入讀「新閘路小學」，今名「上海市靜安區第一中心小學」。至小學畢業。

一九五〇年

- 父親赴港，覓得九龍巴士公司工作，為查票員，並兼任九巴球隊教練，及後轉任球證。西西從此定居香港。

一九五一年

- 入讀協恩中學，初為中文部，中四後轉英文部。

一九五二年

- 十月，第一首公開發表的詩作：〈湖上〉（《人人文學》二十期）。

此後以不同筆名，例如藍子、皇冠、序曲、張愛倫，等等，附上中學校名，發表詩、散文、小説；並往往配上自己的繪畫或木刻。

一九五五年
- 小説〈春聲〉參加《學文》徵文，七月公佈越級得高級組第一。

一九五七年
- 高中畢業，進入葛量洪教育學院（為香港教育大學前身），一年在校學習，兩年出外實習。

一九五八年
- 小説〈和孩子們一起歌唱〉獲《青年樂園》徵文比賽冠軍。

一九六〇年
- 十一月，專欄「童話」（《天天日報》），嚴以敬配圖。

一九六一年
- 四月，正式成為教師，任職農圃道官立小學。

一九六三年
- 九月，擔任《中國學生周報・詩之頁》編輯，至一九六五年五月。

一九六五年
- 六月，小説〈瑪利亞〉獲《中國學生周報》第十四屆徵文比賽小説組第一名。

一九六六年
- 一月，《香港影畫》創刊，應邀採訪影星，寫下〈印象・凌波〉、〈那是佩珮〉等文。

- 三月，中篇小說《東城故事》（明明出版社）。
- 四月，《香港影畫》第四期開始專欄「開麥拉眼」。
- 七月，小說《家族日誌》。
- 八月，應宋淇的邀請，編劇《黛綠年華》（秦劍導演，胡燕妮、馮寶寶等主演），改編自《小婦人》（*The Little Women*），並為戲中插曲填詞。
- 劇本《寂寞之男》。

一九六七年

- 專欄「牛眼和我」。
- 父親逝世。

一九六八年

- 二月，散文〈港島、吾愛〉。
- 從紅磡寶其利街遷往港島北角親友留下的照相店。學會沖曬、剪接。
- 數年後再遷回九龍土瓜灣的美利大廈。
- 哥哥任職麗的電視台新聞部，經上司同意，取得廢棄的新聞片，西西剪接成蒙太奇組合的紀錄片：《銀河系》。
- 十月，劇本《窗》（龍剛導演，謝賢、蕭芳芳等主演），改編自柯德莉・夏萍的《盲女驚魂記》（*Wait Until Dark*）。
- 名列台灣《劇場》編輯（第九期）。
- 應龍剛之邀，改編卡繆的《瘟疫》，惟因爭取版權問題不果，退出編劇之任；龍其後拍成《昨天今天明天》（一九七〇），已與西西無關。

一九六九年

- 四月，連載中篇〈象是笨蛋〉（《快報》），為一月完小說。

一九七〇年

- 專欄「我之試寫室」（《快報》），自繪版頭，寫了一回，專欄交

亦舒；亦舒不足一月交回。西西寫作幾個月後轉薦也斯接手。
亦舒後來出書，書名用《我之試寫室》；多年後西西的書遂改名
為《試寫室》（二〇一六）。

一九七三年
- 九月九日至九月二十三日，連載小說〈草圖〉（《快報》）。
- 訪北京。
- 訪台灣。

一九七五年
- 一月三十日至六月三十日，連載小說《我城》（《快報》）。
- 十月二十四日與友人創辦《大拇指周報》，為綜合性刊物，版面
  包括文藝、藝叢、時事、生活、書話、電影電視、音樂等，由
  不同人分責編輯，並不設總編輯之職。西西負責藝叢版。
- 十一月，採訪之作〈有趣的店〉（《大拇指周報》）；其後收入香
  港中學教科書，改名〈店舖〉。
- 十二月，詩〈我高興〉（《大拇指周報》）。

一九七六年
- 一月，詩〈快餐店〉（《大拇指周報》）。
- 三月，小說〈玩具〉。
- 三月九日至十月一日，連載小說〈阿髮的店〉（《快報》）。
- 五月，小說〈染〉、〈泳〉。
- 訪台灣。

一九七七年
- 一月四日至三月三十一日，連載小說《美麗大廈》（《快報》）。

一九七八年
- 十二月，詩〈石磬〉、〈咳嗽的同志〉、〈城遇〉、〈白髮朋友〉。
- 訪中國大陸。

一九七九年

- 三月，長篇小說《我城》（五萬字，素葉出版社）。
- 五月，因香港學生減少，教署批准提早退休。
- 與友人成立素葉出版社（《大拇指周報》改月刊後已退出）。
- 九月，小說〈奧林匹克〉（《八方》文藝叢刊一輯）。
- 七月，訪英國。

一九八〇年

- 二月，小說〈北水〉（《華實文藝》）。
- 四月，小說〈龍骨〉（《明報月刊》）。
- 六月，《素葉文學》創刊，西西小說〈碗〉。
- 七月，小說〈海棠〉。
- 九月，小說〈春望〉（《八方》文藝叢刊三輯）。
- 九月二十七日至一九八一年一月二十五日，連載小說《哨鹿》（《快報》）。
- 十月，小說〈玻璃鞋〉。
- 十二月，中環藝穗會布偶、毛熊展。
- 訪中國大陸。
- 訪意大利佛羅倫斯、阿柏多瓦、阿西西、羅馬等地。

一九八一年

- 一月，開始專欄「閱讀筆記」（《快報》）。
- 小說〈煎鍋〉。
- 二月，小說〈南蠻〉。
- 四月，小說〈抽屜〉。
- 五月，小說〈魚之雕塑〉、〈櫥窗〉。
- 五月二十九日至一九八二年五月，連載小說《候鳥》（《快報》）。
- 六月，小說〈方格子襯衫〉。
- 八月，小說〈阿莎〉、〈浮板〉。
- 十月，散文〈羊吃草〉。
- 《新晚報・星海》十月十三日「西西專輯」。

- 十二月，小説〈十字勳章〉。
- 訪新疆（七月）。
- 訪中國東北（十二月）。

一九八二年

- 一月，小説〈像我這樣的一個女子〉先刊《素葉文學》六期，後台灣《聯合報》副刊轉載。
- 小説散文合集《交河》（香港文學研究社）。
- 二月，小説〈感冒〉。
- 四月，小説〈浮生不斷記〉。
- 六月，短篇小説集《春望》、長篇小説《哨鹿》、詩集《石磬》（素葉出版社）。
- 七月，小説〈檔案〉。
- 八月，小説〈假日〉。
- 九月，小説〈肥土鎮的故事〉。
- 訪廣州（二月、三月）。
- 訪貴州（四月）。
- 訪四川、青海（十二月）。

一九八三年

- 一月，《素葉文學》十六期開始刊出西西與何福仁對談系列。
- 九月，〈像我這樣的一個女子〉獲台灣第八屆聯合報小説獎之短篇小説獎。
- 訪廣州（一月、二月、三月）。
- 訪江西（四月）。
- 訪荷蘭（七月）。
- 訪海南島（十二月）。

一九八四年

- 六月，短篇小説集《像我這樣的一個女子》（洪範書店）。
- 訪西班牙馬德里、托雷多等地（四月）。

- 訪埃及、土耳其、希臘（七月）。

一九八五年

- 一月，《讀者良友》推出「西西專輯」。
- 二月，小說〈鎮咒〉。
- 八月，小說〈圖特碑記〉。
- 十月，小說〈鬍子有臉〉。
- 訪西班牙巴塞隆那（四月）。
- 訪廣州、北京。
- 訪捷克、奧地利（十二月）。

一九八六年

- 一月，小說〈永不終止的大故事〉。
- 長篇小說《哨鹿》（皇冠出版社）。
- 三月，長篇小說《我城》（允晨文化），增添素葉初版六萬字。
- 四月，小說〈浮城誌異〉。
- 短篇小說集《鬍子有臉》（洪範書店）。
- 六月，小說〈這是畢羅索〉。
- 九月，讀書筆記《像我這樣的一個讀者》（洪範書店）。
- 十二月，小說〈瑪麗個案〉（《香港文學》）、〈肥土鎮灰闌記〉（《聯合報》）。
- 訪廣州。
- 訪意大利羅馬、蒂沃利（Tivoli）、龐貝（四月）。
- 訪西德、奧地利（十二月）。

一九八七年

- 一月，小說〈夢見水蛇的白髮阿娥〉。
- 三月，小說〈貴子弟〉（《香港文學》）。
- 四月，小說〈虎地〉（《八方》文藝叢刊五輯）。
- 六月，小說〈玫瑰阿娥〉（《香港文學》）。
- 七月，小說〈陳塘關總兵府家事〉（《聯合文學》）。

- 九月，《聯合文學》「西西作品專輯」（第三十五期），刊小說〈雪髮〉、〈手卷〉、〈陳塘關總兵府家事〉等。
- 小說〈手卷〉（《聯合文學》）。
- 十月，小說〈芭蕉扇〉。
- 十一月，率先向台灣介紹中國新興小說家莫言、韓少功、王安憶等等，編選「八十年代中國大陸小說選」：（1）《紅高粱》、（2）《閣樓》（洪範書店）；翌年七月，再編選（3）《爆炸》、（4）《第六部門》（洪範書店）。其後並赴北京、上海、深圳等地面交稿酬。
- 訪土耳其（四月）。

一九八八年
- 一月，小說〈陳大文的秋天〉（《香港文學》）；〈致西緒福斯〉（《聯合報》）。
- 三月，小說〈宇宙奇趣補遺〉。
- 七月，小說〈母魚〉（《中國時報》）。
- 九月，小說〈玫瑰阿娥的白髮時代〉（《八方》文藝叢刊十輯）。
- 短篇小說集《手卷》（洪範書店）。
- 〈致西緒福斯〉再獲第十屆聯合報小說獎之短篇小說獎。
- 十月，小說集《手卷》獲第十一屆時報文學獎之小說獎。
- 十二月，小說〈九紋龍〉。
- 赴深圳、廣州；訪土耳其（十二月）。

一九八九年
- 九月，小說〈休憩公園的午後〉。
- 獲《八方》文藝叢刊之八方文學創作獎。
- 確診乳癌，接受手術及化療，其間寫作《哀悼乳房》系列，一九九〇年開始刊載。

一九九〇年
- 一月，散文集《花木欄》（洪範書店）。

- 四月，長篇小說《哨鹿》（洪範書店）。
- 六月，長篇小說《美麗大廈》（洪範書店）。
- 應《明報》之邀，六月至七月世界盃舉行期間，連載「看足球」。
- 八月，短篇小說集《母魚》（洪範書店）。
- 十月，獲香港《八方》文藝叢刊之八方文學創作獎。
- 十一月，《八方》文藝叢刊第十二期推出「西西專輯」。
- 和哥哥訪上海（七月）。
- 訪荷蘭（十二月）。

一九九一年

- 二月，散文集《剪貼冊》、《耳目書》（洪範書店）。
- 三月，《台港文學選刊》第三期刊載「西西作品單行本編目」。
- 九月，中篇小說集《象是笨蛋》；長篇《候鳥》（洪範書店）。
- 訪土耳其。

一九九二年

- 六月，《西西卷》（何福仁編，香港三聯書店）。
- 九月，小說〈共時 —— 電視篇〉。
- 長篇小說《哀悼乳房》（洪範書店）。
- 十二月，《哀悼乳房》獲台灣《中國時報》開卷版選為十大好書。
- 訪約旦 Siq、佩特拉等地（七月）。

一九九三年

- 一月，《聯合文學》「西西回顧展」（第九十九期），刊〈瑪利亞〉、〈家族日誌〉、〈星期日的早晨〉等。
- 二月，小說〈八月浮槎〉。
- 英譯《我城》（*My City: A Hongkong Story*）、《像我這樣的一個女子》（*A Girl Like Me & Other Stories*）（Renditions）。
- 十一月，《西西卷》獲香港中文文學雙年獎小說獎。

- 訪意大利西西里（七月）。

一九九四年

- 六月，散文〈看貓〉，乃應百達翡麗（Patek Philippe）之邀，寫自己的珍愛。
- 訪台灣微型屋博物館（六月）。
- 訪敘利亞大馬士革、黎巴嫩貝魯特等地（七月）。

一九九五年

- 二月，讀書筆記《傳聲筒》、圖文互涉散文集《畫／話本》（洪範書店）。
- 十月，與何福仁合著藝談《時間的話題 —— 對話集》（素葉出版社）。
- 訪東歐羅馬尼亞、匈牙利、波蘭等地（十月）。

一九九六年

- 五月，長篇小說《飛氈》（洪範書店）。
- 六月，長篇小說《我城》第三版（素葉出版社），十六萬字完整版。
- 英譯《浮城誌異》（*Marvels of a Floating City*）（Renditions）。
- 法譯本《像我這樣的一個女子》（*Une Fille Comme Moi*）（Veronique Jacquet-Woillez 譯，Edition de L'aube）。
- 九月，小說〈浪子燕青〉。
- 十月，小說〈代課〉。
- 十一月，小說〈看洛神賦圖卷〉。
- 《時間的話題 —— 對話集》（與何福仁合著）獲第四屆香港中文文學雙年獎文學評論推薦獎。
- 訪奧地利、捷克等地（十一月）。

一九九七年

- 獲香港藝術發展局第一屆文學獎之創作獎。

- 四月，小説〈長城營造〉。
- 九月，小説〈骨架〉。
- 小説〈白髮阿娥與皇帝〉。
- 十一月，小説〈陪李金吾花下飲〉。
- 訪西班牙（一月）。
- 訪摩洛哥（十二月）。

一九九八年

- 六月，短篇小説集《故事裏的故事》（洪範書店）。
- 訪敘利亞、約旦、黎巴嫩（一月）。
- 訪土耳其（四月）。
- 訪山東曲阜、泰山（十二月）。

一九九九年

- 八月，《我城》（洪範書店完整版）。
- 訪吳哥窟（一月）。

二〇〇〇年

- 母親逝世。
- 獲《星洲日報》之花蹤世界華文文學獎。
- 《我城》入選《亞洲周刊》二十世紀華人中文小説一百強。
- 英譯本《飛氈》（ *Flying Carpet: A Tale of Fertillia* ），譯者余丹（Diana Yue），Hong Kong University Press 出版。
- 二月，為詹宏志首創全數碼電子報《明日報》寫作專欄。
- 五月，詩集《西西詩集》（洪範書店），分三卷，卷一為早期《石磬》大部分作品。
- 十一月，小説〈照相館〉、〈他者〉。
- 十二月，小説〈解體〉（《素葉文學》六十八期）。《素葉文學》至此因乏人手，停止出版。
- 訪伊朗。
- 癌症手術後遺症致右手逐漸喪失功能，做布偶、毛熊作為物理治療。

二○○一年

- 三月，散文集《旋轉木馬》、《拼圖遊戲》（洪範書店）。
- 八月，小說〈巨人島〉
- 訪以色列（七月）。
- 訪台灣（十二月）。

二○○二年

- 一月，小說〈巴士 —— 向格諾致敬〉。
- 訪上海，周莊、同里等水鄉（一月）。
- 訪英國、蘇格蘭（四月）。
- 訪德國柏林、瓦爾特堡、紐倫堡等地（十二月）。

二○○三年

- 一月，小說〈陳大文搬家〉（《香港文學》）。
- 四月，小說〈燕青補遺〉（《香港文學》）。
- 訪紹興、上海（二月）。
- 訪台灣微型屋博物館（七月）。
- 訪英國湖區。

二○○四年

- 五月，《INK 印刻文學生活誌》專輯「西西：我的喬治亞」選段，並與何福仁對談。
- 右手完全失靈，改用左手寫作。
- 訪意大利威尼斯（一月）。
- 訪日本京都、桂離宮、美秀博物館等（四月）。
- 訪蘇州園林（四月）。
- 訪俄羅斯（七月）。
- 訪順德清暉園（十二月）。

二○○五年

- 一月，小說〈鶩或羔羊〉（《香港文學》）。

- 五月，小説〈盒子〉（《文學世紀》）、〈創業〉（《香港文學》）。
- 訪荷蘭阿姆斯特丹、哈倫、海牙、烏特勒支等地（七月）。
- 訪北京、天津；訪福建（十二月）。

二〇〇六年
- 二月，短篇小説集《白髮阿娥及其他》（洪範書店）。
- 法譯《浮生不斷記》（*Au Fil de la vie*，Veronique Jacquet-Woillez 譯，Bleu de Chine）。
- 三月，《i- 城志・我城 05 跨界創作》，為紀念並回應《我城》發表三十年，收謝曉虹及潘國靈的小説，以及其他各種媒體創作（Kubrick、香港藝術中心出版）。

二〇〇七年
- 訪捷克、瑞士。
- 訪南韓；訪日本，參觀毛熊展（六月）。

二〇〇八年
- 九月，遊記《看房子》、長篇小説《我的喬治亞》（洪範書店）。
- 訪意大利羅馬、阿西西等地。
- 訪西安。

二〇〇九年
- 四月，香港機場毛熊展。
- 八月，《縫熊志》（香港三聯書店）。
- 九月，《縫熊志》（洪範書店）。
- 灣仔三聯書店《縫熊志》發佈會，毛熊展。
- 訪法國諾曼第、昂布瓦斯李奧納多・達文西故居等地。

二〇一〇年
- 一月，簡體字版《我城》、《像我這樣的一個女子》、《鬍子有臉》、《手卷》、《哀悼乳房》、《看房子》（廣西師範大學出版社）。

- 七月，七月二十四日至八月十五日，香港青年廣場展出西西手
  作布偶、毛熊及猿猴，是為歷來展出最完備，並一再延展。
- 訪馬來西亞（六月、七月）。
- 訪新加坡（九月）。

二〇一一年
- 一月，簡體字版《縫熊志》出版（江蘇文藝出版社）。
- 三月，深圳物質書吧毛熊展（十二日—二十日）。
- 七月，《猿猴志》（洪範書店）。
- 七月，選為香港書展之年度作家。
- 《縫熊志》獲《新京報》、《濟南日報》、《南方都市報》等選為
  年度好書。
- 《猿猴志》獲台灣《中國時報》開卷版選為年度好書。
- 韓譯本《我城》（金惠俊譯，知萬知出版社）。
- 七月、八月，香港中央圖書館毛熊展。
- 訪日本（一月）。

二〇一二年
- 五月，散文集《羊吃草》（何福仁編選，中華書局）。
- 六月，開始「看小說」系列（《蘋果日報‧名采》）。
- 八月，簡體字版《猿猴志》（廣西師範大學出版社）。
- 東莞圖書館西西作品展。
- 訪北京野生動物園、順德清暉園。

二〇一三年
- 七月，連載散文〈非洲夏娃系列〉（《字花》四十四期至二〇
  一四年五十期）。
- 訪荷蘭、比利時等地（四月）。

二〇一四年
- 獲第四屆全球華文文學星雲獎之貢獻獎。

- 三月，江瓊珠導演紀錄片《我們總是讀西西》首映，西西並無參演。
- 九月，《字花》五十一期開始，與何福仁對談科幻小說與電影，第一篇為〈烏托邦、敵托邦、異托邦〉。
- 《羊吃草》再在中國內地出版；下卷與港版稍有不同。
- 訪越南（五月）。
- 再訪德國紐倫堡（十二月）。

二○一五年

- 三月，陳果導演紀錄片《他們在島嶼寫作：我城》首映。
- 五月，小說〈文體練習〉。
- 八月，專欄「我的玩具」（《明報周刊》）。
- 十二月，何福仁編導的《候鳥 —— 我城的一位作家》開拍（素葉工作坊及洪範書店出品）。
- 訪廣州書店。

二○一六年

- 一月，簡體字版《像我這樣的一個讀者》、《傳聲筒》、《飛氈》（廣西師範大學出版社）。
- 英譯《西西詩集》（*Not Written Words*），Jennifer Feeley（費正華）譯，Zephyr Press 出版，詩選自《石磬》與《西西詩集》。
- 八月，散文集《試寫室》（洪範書店）。
- 十二月，小說〈仿物〉。
- 寫作長篇小說《欽天監》。

二○一七年

- *Not Written Words* 獲美國 Lucien Stryk Asian Translation Prize。
- 二月，小說〈星塵〉（《明報・星期日生活》）。
- 五月，香港和聲《當代合唱音樂沙龍》演出盧定彰改編自〈瑪麗個案〉的無伴奏合唱樂曲。
- 八月，浪人劇場《與西西玩遊戲》在第十屆台北藝穗節演出，

並獲得「最佳空間運用」獎。二〇一八年七月在香港重演。

- 訪成都書店（九月）。
- 訪北京故宮、古觀象台等地（十二月）。

二〇一八年

- 三月，專欄「造房子」（《明周文化》）。
- 四月，眼患黃斑裂孔，手術後需維持面部朝下趴俯，令眼內氣泡日漸上升，促進裂孔癒合。休息三個多月。長篇《欽天監》暫停寫作。
- 五月，《銀河系》（一九六八）於台灣第十一屆國際紀錄片影展「想像式前衛：1960s 的電影實驗」播放，與羅卡的《全線》選為香港代表。
- 七月，《西西研究資料》四冊（中華書局），王家琪、甘玉貞、何福仁、陳燕遐、趙曉彤、樊善標合編。
- 八月，《明報周刊》（二千五百九十八期）專題「我們如此讀西西」。
- 長篇小說《織巢》（洪範書店），乃《候鳥》（一九九一年）的姐妹篇。《候鳥》同時再版（洪範書店）。
- 十月，喬治亞屋及親自縫製的水滸系列毛熊贈予中文大學圖書館香港文學特藏，作永久保存。該館並以西西贈書設立「西西文庫」。
- 十一月，PMQ 展出建築師楊建邦的裝置藝術，以文字、燈光、音樂等，與西西的詩對話。
- 十二月，紀錄片《候鳥 —— 我城的一位作家》試映會。
- 《西方科幻小說與電影 —— 西西、何福仁對談》（中華書局）。
- 訪廣州書店。

二〇一九年

- 三月，獲美國紐曼華語文學獎；赴美領獎。
- 紀錄片《候鳥 —— 我城的一位作家》在俄克拉荷馬大學首映。
- 《明報周刊》二千六百二十九期，西西美國領獎專輯。

- 七月至八月，《字花》（八十期）全書為「西西時間」，向西西致敬。
- 十一月，獲瑞典蟬文學獎。
- 散文集《我的玩具》、讀書筆記《看小說》（洪範書店）。

二〇二〇年
- 〈感冒〉和〈像我這樣的一個女子〉改編為粵語室內歌劇《兩個女子》，本於春季上演，因疫症延後再訂。二〇二三年三月十七日至十九日《兩個女子》改為舞蹈歌劇《兩生花》演出，為香港藝術節項目。
- 《縫熊志》英譯 *Teddy Bear Chronicles*，香港中文大學出版社，譯者 Christina Sanderson，John Minford 編輯。
- 《我城》膺選為「我城我書」（One City One Book Hong Kong）之年度選書，由香港教育大學文學及文化學系主辦。活動之一為「聲演《我城》」，由十八位作家、音樂家用粵語分別誦讀十八章的《我城》。
- 八月，小說〈石頭述異〉（《明報·星期日生活》）。
- 十月，小說〈桃花塢〉（《明報·星期日生活》）。

二〇二一年
- 二月，簡體字版《欽天監》（廣西師範大學出版社）。
- 四月，入寶血醫院，住院一個月。

二〇二二年
- 二月，《欽天監》出版（洪範書店）。
- 四月，香港藝術發展局頒予終身成就獎。
- 短編小說集《石頭與桃花》（中華書局）；二〇二三年，洪範版。
- 七月，詩集《動物嘉年華》出版（香港中文大學出版社）。以動物為主題，中英對照，為一繪本，由二十七位畫者配圖，何福仁編，費正華譯。（此書在二〇二三年獲第四屆香港出版雙年獎之出版大獎及最佳出版獎。）九月十日至二十七日，在香港中

環太子台 Yrellag Gallery 畫廊舉行《動物嘉年華》的詩畫展。

- 九月十七日，下午在 Yrellag Gallery 畫廊舉行詩會，由《字花》主辦，黃怡主持，向西西致敬，誦讀西西的動物詩並及自己的創作。參加誦詩按出場序：樊善標、鍾國強、飲江、洛楓、張婉雯、劉偉成、璇筠、潘國靈、吳智欣、周漢輝、陳志堅、何福仁。觀眾甚多。
- 十二月十五日入院，十八日清晨心臟衰竭，安詳離世。

* 西西曾於一九九○年間與親戚訪南非，確切年期待考。

西西作品（單行本）
（至二〇二三年七月）

——

書名	類型	出版社 香港：（港） 台灣：（台） 中國內地：（內地）	年份
1 《東城故事》	中篇小說	（港）明明	一九六六年三月
2 《我城》	長篇小說	（港）素葉	一九七九年三月
《我城》第二新版		（台）允晨文化	一九八六年三月
《我城》第三新版		（港）素葉	一九九八年六月
		（台）洪範書店	一九九九年八月
		（內地）廣西師範大學	二〇一〇年一月
3 《交河》	散文及 小說合集	（港）文學研究社	一九八二年二月
4 《春望》	短篇小說集	（港）素葉	一九八二年六月
5 《哨鹿》	長篇小說	（港）素葉	一九八二年六月
		（台）皇冠	一九八六年一月
		（台）洪範書店	一九九九年四月
		（內地）譯林	二〇二〇年七月
6 《石磬》	詩集	（港）素葉	一九八二年六月
7 《像我這樣的一個女子》	短篇小說集	（台）洪範書店	一九八四年四月
		（內地）廣西師範大學	二〇一〇年一月
8 《鬍子有臉》	短篇小說集	（台）洪範書店	一九八六年四月
		（內地）廣西師範大學	二〇一〇年一月
9 《像我這樣的一個讀者》	讀書筆記	（台）洪範書店	一九八六年九月
		（內地）廣西師範大學	二〇一六年一月
10 《手卷》	短篇小說集	（台）洪範書店	一九八八年三月
		（內地）廣西師範大學	二〇一〇年一月
11 《花木欄》	散文集	（台）洪範書店	一九九〇年一月

西西，她這樣的一位作家

（續上表）

12	《美麗大廈》	長篇小說	（台）洪範書店	一九九〇年六月
13	《母魚》	短篇小說集	（台）洪範書店	一九九〇年八月
14	《剪貼冊》	散文集	（台）洪範書店	一九九一年二月
15	《耳目書》	散文集	（台）洪範書店	一九九一年二月
16	《象是笨蛋》	中篇小說集	（台）洪範書店	一九九一年九月
17	《候鳥》	長篇小說	（台）洪範書店	一九九一年九月、二〇一八年四月
18	《西西卷》（何福仁編）	選集	（港）三聯書店	一九九二年六月
19	《哀悼乳房》	長篇小說	（台）洪範書店	一九九二年九月
			（內地）廣西師範大學	二〇一〇年一月
20	《傳聲筒》	讀書筆記	（台）洪範書店	一九九五年二月
			（內地）廣西師範大學	二〇一六年一月
21	《畫／話本》	散文集	（台）洪範書店	一九九五年二月
22	《時間的話題——對話集》（西西、何福仁合著）	藝談	（港）素葉	一九九五年十月
			（台）洪範書店	一九九五年十二月
23	《飛氈》	長篇小說	（港）素葉	一九九六年五月
			（台）洪範書店	一九九六年五月
			（內地）廣西師範大學	二〇一六年一月
			（內地）譯林	二〇二二年三月
24	《家族日誌》	短篇小說集	（台）洪範書店	一九九六年九月
25	《故事裏的故事》	短篇小說集	（台）洪範書店	一九九八年六月
26	《西西詩集》	詩集	（台）洪範書店	二〇〇〇年五月
			（內地）廣西師範大學	二〇一九年九月
27	《旋轉木馬》	散文集	（台）洪範書店	二〇〇一年三月
28	《拼圖遊戲》	散文集	（台）洪範書店	二〇〇一年三月
29	《白髮阿娥及其他》	短篇小說集	（台）洪範書店	二〇〇六年二月
			（內地）譯林	二〇二二年三月
30	《看房子》	散文集	（台）洪範書店	二〇〇八年九月
			（內地）廣西師範大學	二〇一〇年一月
31	《我的喬治亞》	長篇小說	（台）洪範書店	二〇〇八年九月
			（內地）譯林	二〇二〇年七月

（續上表）

32	《縫熊志》	散文／藝術	（港）三聯書店	二〇〇九年八月
			（台）洪範書店	二〇〇九年九月
			（內地）江蘇文藝	二〇一一年一月
33	《猿猴志》	散文／對話	（台）洪範書店	二〇一一年七月
			（內地）廣西師範大學	二〇一二年八月
34	《羊吃草》（何福仁編）	散文集	（港）中華書局	二〇一二年五月
			（內地）中華書局	二〇一四年一月
35	《試寫室》	散文集	（台）洪範書店	二〇一六年八月
36	《織巢》	長篇小說	（台）洪範書店	二〇一八年八月
37	《西方科幻小說與電影——西西、何福仁對談》（西西、何福仁合著）	對話集	（港）中華書局	二〇一八年十二月
38	《我的玩具》	散文集	（台）洪範書店	二〇一九年十一月
39	《看小說》	讀書筆記	（台）洪範書店	二〇一九年十一月
40	《欽天監》	長篇小說	（內地）廣西師範大學	二〇二一年二月
			（台）洪範書店	二〇二二年二月
41	《牛眼和我》	散文集	（港）中華書局	二〇二一年七月
42	《石頭與桃花》	短篇小說集	（港）中華書局	二〇二二年四月
			（台）洪範書店	二〇二三年四月
43	《動物嘉年華》（何福仁編）	詩集、繪本	（港）香港中文大學出版社	二〇二二年七月
44	《西西看電影（上）》（趙曉彤編）	影介、影評	（港）中華書局	二〇二二年七月
45	《左手之思》（何福仁編）	詩集	（港）中華書局	二〇二三年七月
46	《港島吾愛》（何福仁編）	散文集	（港）中華書局	二〇二三年七月
47	《西西看電影（中）》（趙曉彤編）	影介、影評	（港）中華書局	二〇二三年七月

* 書本初版年份並不等於寫作發表時期，例如《我城》，一九七五年在
報上連載，一九七九年方出專書，至一九九九年始有完整版本。

西西的主要文學獎項

———

一九五五年　小說〈春聲〉參加《學文》徵文比賽，越級得高級組第一。

一九五八年　小說〈和孩子們一起歌唱〉獲《青年樂園》徵文比賽冠軍。

一九六五年　〈瑪利亞〉獲《中國學生周報》第十四屆徵文比賽小說組第一名。

一九八三年　〈像我這樣的一個女子〉獲台灣第八屆聯合報小說獎之短篇小說獎。
　　　　　　（此獎乃頒給該年在該報副刊上發表最佳之短篇小說）

一九八八年　〈致西緒福斯〉再獲第十屆聯合報小說獎之短篇小說獎。
　　　　　　小說集《手卷》獲台灣第十一屆時報文學獎之小說獎。（此獎乃授予
　　　　　　該年在台灣出版之最佳小說集）

一九八九年　獲《八方》文藝叢刊之八方文學創作獎。

一九九二年　《哀悼乳房》獲台灣版《中國時報》開卷版選為十大好書。

一九九三年　《西西卷》獲香港市政局主辦第二屆香港中文文學雙年獎小說獎。

一九九七年　《時間的話題——對話集》（與何福仁合著）獲香港市政局主辦第四
　　　　　　屆香港中文文學雙年獎文學評論推薦獎。
　　　　　　獲香港藝術發展局第一屆文學獎之創作獎。

二〇〇〇年　獲《星洲日報》舉辦之花蹤世界華文文學獎。

二〇〇九年　《我城》入選《亞洲周刊》舉辦之二十世紀全球華人中文小說一百強。

二〇一一年　獲選為香港貿易發展局主辦香港書展之年度作家。
　　　　　　《縫熊志》獲《新京報》、《濟南日報》、《南方都市報》等選為年度
　　　　　　好書。
　　　　　　《猿猴志》獲台灣《中國時報》開卷版選為年度好書。

二〇一四年　獲全球華文文學星雲獎第四屆之貢獻獎。

二〇一九年　獲美國紐曼華語文學獎。
　　　　　　獲瑞典蟬文學獎。

二〇二二年　獲香港藝術發展局終身成就獎。

二〇二三年　《動物嘉年華》獲第四屆香港出版雙年獎之出版大獎及最佳出版獎。
　　　　　　《石頭與桃花》獲第四屆香港出版雙年獎之文學及小說出版獎。

西西，她這樣的一位作家

何福仁 著

責任編輯	張佩兒
裝幀設計	簡雋盈
排　　版	楊舜君
印　　務	周展棚

出　　版　中華書局（香港）有限公司
　　　　　香港北角英皇道四九九號北角工業大廈一樓 B
　　　　　電話：(852) 2137 2338　傳真：(852) 2713 8202
　　　　　電子郵件：info@chunghwabook.com.hk
　　　　　網址：http://www.chunghwabook.com.hk

發　　行　香港聯合書刊物流有限公司
　　　　　香港新界荃灣德士古道二二○－二四八號
　　　　　荃灣工業中心十六樓
　　　　　電話：(852) 2150 2100　傳真：(852) 2407 3062
　　　　　電子郵件：info@suplogistics.com.hk

印　　刷　美雅印刷製本有限公司
　　　　　香港觀塘榮業街六號海濱工業大廈四樓 A 室

版　　次　二○二三年十二月初版
　　　　　© 2023 中華書局（香港）有限公司

規　　格　特十六開（210mm×150mm）

ISBN　　　978-988-8861-02-6